Firoozeh's

Teufelsmoor Saga – Band 1

DER ROTE GERD

Firoozeh Milbradt,
geboren in Shiraz/Persien, begann 1998 ihr Studium (Biologie/Medizin) in München. Lebt seit 2005 im Herzen des Teufelsmoores, aus dem diese Geschichten durch Erzählungen und Überlieferungen in fantasievoller Zusammenarbeit mit ihrem Mann entstanden sind. Die Entdeckung der Natur, die Inspirationen aus der direkten Umgebung und die Hilfsbereitschaft vieler Heimatvereine haben die Sicht auf diese wundervolle Landschaft beflügelt. Jetzt sind mit Firoozeh's Teufelsmoor Saga längst vergessene Gestalten, Persönlichkeiten, Riesen, Fabelwesen und Geister in unsere Welt zurückgekehrt.

Titelabbildung:
Karin Bison-Unger/karibudesign: Roter Gerd Vordergrund, Torfkahn Hintergrund; Firoozeh's: Bildkomposition; Schriftatelier Hoyer: Schriftzug Teufelsmoor Saga und De Rode Gerd

Abbildungen:
Karin Bison-Unger/karibudesign (www.karibudesign.de): 28, 35, 55, 68, 72, 80, 106, 112, 120, 128, 148, 154, 162, 195, 203, 210, 217, 222, 238, 244.
Moorperle Vertrieb: Bildmarke »De Rode Gerd«: 145; Copyright sämtliche Bildwerke: Firoozeh's; S. 55: Bildnis König Georg V. von Hannover: gemeinfrei; Kartendarstellungen als Hintergründe: 19, 45, 63, 89, 101, 137, 148, 173, 217 Quelle: Auszug aus den Geobasisdaten des Landesamtes für Geoinformation und Landesvermessung Niedersachsen © Jahr 2020

LGLN

Ausführliche Informationen unter
www.worpswede-tipps.de/teufelsmoorsaga/
– und natürlich in den Tourismus-Informationen vor Ort.

1. Auflage 2021

ISBN 978-3-95494-241-1
www.edition-falkenberg.de

Firoozeh's

Teufelsmoor Saga

Band 1

DER ROTE GERD

Edition Falkenberg

Dem Teufelsmoor,
seinem Geheimnis und seiner Schönheit.

Firoozeh Milbradt

ANNO 1855

Vor langer Zeit im Teufelsmoor ... Das Königreich Hannover war dem Deutschen Zollverein beigetreten. In den entfernten Moorgebieten wurden deshalb die Kontrollen härter und die Abgaben höher. Kaum waren die Moorbauern der ersten Not entkommen, versuchten sie, sich durch Schmuggel gegen die neuen Abgaben zu wehren. Aber nur ein Mann stemmte sich mit aller Kraft gegen die Macht der Zöllner.

Es begann in einer Winternacht 1854, ein Jahr zuvor.

DIE BEGEGNUNG

»Haaaalt, anhaaaaalten!« Die Stimme aus der Dunkelheit überschlug sich fast. Selten war dem Mann auf dem Torfkahn der Schreck derart in die Glieder gefahren. Nicht, dass die hünenhafte Gestalt Angst gekannt hätte, aber hier? Kommandos aus dem Nichts, mitten in der Wildnis, nachts und völlig unvermittelt?

Das Ruder schlug zur Seite und das schlanke Schiff stieß gegen das Ufer des Torfkanals am Ausgang zum Blockland. Der Mann mit den roten Haaren fluchte und schaute auf. Erst jetzt bemerkte er die beiden Uniformierten. Zwar bedrohten sie ihn nicht direkt mit ihren Waffen, die Pistolen trugen sie jedoch griffbereit und nicht weit entfernt lag ihr Dienstboot. In der mondhellen Nacht wirkte die Situation gespenstisch.

»Was wollt Ihr hier draußen und zu dieser Stunde?« Der Mann im Torfkahn ergriff die Initiative, denn er war es nicht gewohnt, auf Befehle zu hören. Während der vielen Jahre, die er im Teufelsmoor als Schmuggler und Händler unterwegs war, hätten weder er noch sonst jemand von einer Kontrolle dieser Art berichten können. Er beschloss, dem Problem sofort ein Ende zu setzen. Die Gelegenheit kam schneller als gedacht, denn vom Ufer her wurde gerufen: »Was habt Ihr geladen und wohin geht Euer Weg?«

Der Händler beugte sich am Mast hinunter zu einer Halterung, an der ein Tau befestigt war. Er griff in eine kleine Kiste und hakte etwas an die Halteleine, die er schlagartig losließ. Mit einem Ruck fiel das Segel wie ein Blitz herab und gleichzeitig schoss auf der anderen Seite zitternd eine Art weiße Schlange in die Höhe. Oben angekommen öffnete der Wind den eben noch gewickelten Stoff und trieb ihn über das Schiff als große Fahne hinaus. Darauf standen in blutroter Schrift die Buchstaben R'G.

Die abergläubischen Männer knickten vor Schreck ein. Sie schauten mit starrem Blick nach oben, um zu verstehen, was da gerade passierte. Zwei dumpfe Schläge und sie fielen benommen auf den kalten Moorboden. Zu spät begriffen sie, dass sie sich mit dem Falschen angelegt hatten.

Der Mann fesselte die beiden Störenfriede an den Händen und schleifte sie zu ihrem kleinen Boot. Zusammengesunken saßen sie nun auf der Ruderbank. Er stand in seinen schweren Stiefeln vor ihnen, einen Fuß auf die Bordwand gestützt, und beugte sich zu den Gefangenen hinunter. Sein außerordentlich höflicher Ton unterschied sich deutlich von der sonst oft rauen Umgangssprache im Moor: »Werte Herren, was treibt Ihr hier?«

Nie zuvor waren die Männer mit einer derartigen Höflichkeit angesprochen worden. Sie schwiegen etwas beschämt und der Torfkahnfahrer, der aus einer anderen Welt zu kommen schien, fuhr fort: »Was steht Ihr hier mitten im Winter in der Kälte herum? Am Ausgang des Torfkanals von Bremen ins Teufelsmoor? Was sind das für Uniformen, die Ihr tragt, und warum bedroht Ihr mich mit Euren Waffen?«

Der Wind schob die Wolken fort und der Mond warf sein kaltes Licht auf die winterliche Landschaft. Über den beiden Booten wehte die lange Fahne und nur das Flattern des Stoffes durchbrach die Stille. Der Rothaarige beugte sich tiefer herab und schaute seinen Gefangenen direkt in die Augen.

»Wer seid Ihr?«, fragte er noch einmal.

Doch die Männer schwiegen beharrlich! Jetzt nahm der Schiffer die Pistolen an sich und brüllte die Uniformierten mit furchteinflößend tiefer Stimme an.

»Also noch einmal, warum seid Ihr hier?«

»Wir sind Beamte aus der neuen Zollstelle am Torfhafen in Bremen. Es ist unsere Aufgabe zu ermitteln, wer hier fährt und welche Waren transportiert werden. Die Königliche Regierung in Hannover hat einen Amtmann bestellt, der den Aufbau der neuen Kontrollpunkte im Teufelsmoor überwacht.«

»Was ist in den Kisten?«

»Das sind Waren, die wir anderen Schiffern abgenommen haben«, sagte der eine Uniformierte mit kleinlauter Stimme. »Wir handeln nach Recht und Gesetz! Sie hatten dafür in Bremen keinen Zoll bezahlt.« Der Dominanz des strengen Bootsführers hatten sie nichts entgegenzusetzen.

»Nun, dann lasst Euch sagen, dass im Teufelsmoor meine Gesetze gelten. Ich nehme diese Waren jetzt mit. Euch erlaube ich die Rückfahrt, damit Ihr dem Königlichen ›Amtsdingsda‹, diesem Beamten, sagen könnt, er soll das Teufelsmoor vergessen. Hier brauchen wir Eure Gesetze nicht.«

Eine Antwort wartete er nicht ab, entsicherte eine der Pistolen, schnitt den Beamten die Fesseln durch und befahl ihnen, die Pakete auf sein Schiff umzuladen. Dabei wirkte die auf sie gerichtete Waffe Wunder. Alle Kisten waren flott verstaut und die beiden Pechvögel durften abfahren.

Mit den Rudern stakten sie ihren Kahn durch den Kanal zurück nach Bremen, wo sie den Vorfall sogleich dem Amtmann meldeten. Noch ganz unter Schock des ungeheuerlichen Vorfalls stehend begann einer der Beamten in der Bremer Zollstelle mit überzeugender Stimme zu berichten: »Amtmann, unsere Waffen sind bei einer Kontrolle verloren gegangen, zu beschlagnahmen gab es auch nichts. Überhaupt sind diese Moorbauern allesamt üble und dazu gewalttätige Schmuggler und wir sagen Euch, die kümmern sich einen Torf um unsere Vorschriften!«

Noch bevor der Amtmann etwas entgegnen konnte, begann der andere Zöllner sich zu rechtfertigen: »Amtmann, das wird nix mit dem Zoll im Moor! Die Moorbauern gehorchen nicht wie die braven Preußen! Das könnt Ihr uns glauben. Wenn Ihr einmal ins Moor kommt, werdet Ihr das schon merken, die haben ihre eigenen Gesetze.«

Der bunt uniformierte Amtsleiter saß am Tisch in der Zollstube, vor sich ein Blatt Papier und die Feder zum Schreiben in der Hand. Er zögerte! Was sollte er denn nun notieren? Wirklich erzählt hatten die beiden Männer nichts. Darum ließ er nach kurzem Überlegen den Federkiel fallen, schob das Papier zur Seite und dachte: Die lügen doch beide! Das ist kein Fall, es gibt keinen Bericht, keine Akte und damit auch keine Blamage! Er wandte sich den Beamten zu, die mit hängendem Kopf vor ihm standen.

»Was Ihr feigen Gesellen Euch geleistet habt, ist abgrundtief peinlich. Heute will ich gnädig sein und schreibe keinen Bericht. Wer über den Vorfall redet, wird degradiert, ist das klar?«

Seine Untergebenen atmeten auf und schworen, kein Sterbenswörtchen verlauten zu lassen.

Genau jetzt wurde der Zeitpunkt verpasst, eine Warnung über den Widerstand im Moor an die Königliche Regierung nach Hannover zu senden.

Das traumatische Erlebnis hatte die beiden Zöllner verändert. Doch es fiel ihnen täglich schwerer, den Mund zu halten. Wenige Tage später plapperten sie bereits in den Kneipen über ihre unheimliche Begegnung und wie sie heldenhaft einen wilden Kerl vertrieben hätten. Je öfter sie ihre Geschichte erzählten, umso fantasievoller wurde sie ausgeschmückt, das Teufelsmoor gruseliger, der »Geistermann« unheimlicher und ihre Taten heldenhafter.

Während der Amtmann immer noch darüber nachdachte, einen Bericht zu verfassen, hatte der rabiate Torfkahnfahrer die Fahne eingeholt und hievte gleichzeitig mit dem Segel einen Stein am Mast in die Höhe. Doch weshalb beschäftigte sich der rätselhafte Mann mit diesen Spielereien, die ein normales Torfschiff nicht brauchte?

Das dünne Eis am Ufer knisterte beim Ablegen. Der Westwind schlug in das Segel und der Unbekannte fuhr auf das überschwemmte Blockland in Richtung Hamme bis in das weite Teufelsmoor, wo die dunklen Baumreihen am Horizont das Segel verschluckten. Nur der Wind blieb flüsternd zurück und weil keine Akte der Regierung den Vorfall erwähnte, geriet er in Vergessenheit.

Einige Jahre zuvor.
Die mutige Entscheidung einer jungen Frau,
sollte das Teufelsmoor für immer verändern.

DRAMA AUF HOF JEWENHUBER

Johannes Jewenhuber hatte einen Moorhof übernommen, der bereits in fünfter Generation geführt wurde. Von weiter nördlich aus der Gegend um Stade hatte er in dieses Gehöft eingeheiratet und brachte Sitten und Gebräuche mit, die hier neu waren. Sowohl für die Familie als auch den neuen Hausherrn schien sich diese Verbindung glücklich zu entwickeln. Vor allem Johannes hatte sich im Paradies gewähnt, denn sofort und ohne eigene Leistung war er zu einem reichen Bauern im Dorf Teufelsmoor aufgestiegen.

Diese Ortschaft war die einzige wohlhabende in der gesamten Umgebung. Ganz im Gegensatz zur Region Teufelsmoor zwischen Bremen, Bremerhaven und Hamburg, die vor Jahrhunderten aus unwegsamen morastigen Flächen bestand und von natürlichen oder menschengemachten Kanälen durchzogen wurde. Wo eine Entwässerung gelang, konnten die Moorbauern mit harter Arbeit Torf stechen. Durch den Verkauf der Torfsoden als Brennmaterial vor allem in der Hansestadt Bremen entkamen sie langsam der Armut. Aus dieser Zeit stammte die überlieferte Klage: »Dem Ersten der Tod, dem Zweiten die Not, dem Dritten das Brot«

Ganz anders war es dagegen im gleichnamigen Dorf Teufelsmoor. Auf das Jahr 1335 datiert die erste Erwähnung und zeigt, dass diese Ortschaft bereits mehrere Jahrhunderte vor allen anderen Siedlungen existierte. In diesem wohlhabenden Dorf standen auf den Höfen bereits große reetgedeckte Bauernhäuser und die Menschen lebten mit ihrem Vieh unter einem Dach. Einen kleinen Torfstich unterhielten die Bauern in der Nähe des Hauses, wo sie Brennmaterial für den Eigenbedarf abbauten. An den mühsamen Transport und den Verkauf nach Bremen dachte hier kaum jemand. Etwas nördlich zog sich ein sandiger Geestrücken am Dorf entlang, dessen dichter Wald und die vorgelagerten Wiesen Jagd und Viehzucht erlaubten. Selbst Pferde wurden in großer Zahl bis weit in das Umland verkauft. Schließlich hieß es in den ärmeren Gegenden: »Die da im Dorf Teufelsmoor, das sind die Grasbarone!«

So einer wurde Johannes Jewenhuber, als er die Witwe Gesine Heißenbüttel geheiratet hatte, und weil er bis dahin zeitlebens hart hatte arbeiten müssen, stieg ihm die neue Position zu Kopf. Die Erwartungen seiner neuen Frau passten nicht zu Johannes, denn sie hatte die große Hofstelle mit ihren jungen Söhnen und der erwachsenen Tochter Elsbetta lange Zeit und fast bis an das Ende ihrer Kräfte allein bewirtschaftet. Nun hofften sie, dass sich durch den neuen Bauern die Situation bessern würde. Anfänglich verlief das Leben auch harmonisch und Johannes hatte sich bemüht, seiner neuen Rolle gerecht zu werden. Jedoch konnte er den schönen Schein eines guten Familienlebens nicht lange aufrechterhalten, denn im Grunde seiner Natur war er arbeitsscheu, und so kam es bald zu Diskussionen um die Pflichten auf dem Hof. Gesine versuchte zu retten, was zu retten war, ermunterte ihren Mann, versuchte es mit Liebe und Verständnis und schließlich mit Streit.

Der Bauer hat immer recht. Das jedenfalls war Jewenhubers Devise, und in der Folge entwickelte sich Johannes zu einem nörgelnden Dickkopf und Tyrannen. Seine Frau versuchte stets, ihn zu besänftigen, aber als hätte sie Brenntorf in die Glut geschleudert, geriet Johannes dadurch nur noch mehr außer Kontrolle. Das Verhältnis zu seiner Familie und der Nachbarschaft verschlechterte sich von Tag zu Tag.

Das Drama begann, als das unberechenbare Familienoberhaupt eines Tages seine Frau und die Stiefkinder zu sich rief. Sie versammelten sich an der Feuerstelle in der Mitte des Hauses, die das Vieh vom Wohnbereich trennte, und Johannes verkündete, dass er nun einiges zu erklären hätte, damit alle wüssten, wie es in Zukunft auf dem Hof zu laufen habe. Es folgte eine lange Liste von Vorschriften und sodann befahl er zwei Knechte herein, die zuvor genaue Anweisungen erhalten hatten. Sie nahmen ihre schweren Hämmer und schlugen aus der seitlichen Hauswand zwei der gemauerten Gefache heraus, sodass ein schmaler Ausgang entstand. Eine vorbereitete

Tür wurde eingebaut und sofort verschwanden die Handwerker kopfschüttelnd wieder, weil sie nicht einmal wussten, wozu diese Vorführung gut gewesen sein sollte.

Johannes aber hatte damit seine Macht demonstriert. Er stand auf und sagte in überheblichem Ton: »Da, wo ich herkomme, haben alle Häuser diese kleine Pforte, die wir Brauttür nennen. Sie dient nur einem Zweck: Wenn die Bäuerin stirbt, ist dies ihr letzter Weg. Niemals sonst wird die Tür geöffnet. Der tägliche Anblick soll der Frau ins Bewusstsein rufen, dass sie vor ihrem Tod den Hof nicht verlassen darf. Ich will, dass dir das ab jetzt klar ist!«

Er wandte sich seiner Frau zu, die mit einem Rest an Stolz kerzengerade dasaß und sich auf die Lippen biss. Innerlich hatte sie beschlossen, dass sie diesen Verrückten nie mehr unterstützen würde. Doch ihre Erkenntnis kam zu spät. Johannes, nun erst richtig in Fahrt gekommen, wandte sich der Stieftochter zu.

»Elsbetta, merke dir das gut! Du wirst eines Tages auf einen anderen Hof einheiraten. Sei dort nicht so zänkisch wie deine Mutter hier, denke immer an diese Tür!« Leider übersah Johannes bei seiner Tochter etwas Wesentliches. Da im Königreich Hannover bereits seit 1845 Schulpflicht bestand, konnte der Stiefvater ihr das Lernen nicht verbieten, was er des Öfteren versucht hatte. Da sie selbst interessiert alles Wissen in sich aufnahm, war sie gebildeter, als Johannes es sich je hätte träumen lassen. Also schwieg sie und beschloss für sich: Irgendwann verlasse ich das alles hier, seine Brauttür ist doch nicht für mich. Die Söhne saßen zusammengesunken da und wussten ebenfalls nichts zu sagen. Schließlich ging dieser unangenehme Tag zu Ende.

Später im Winter erkrankte Johannes schwer und er, der ein Baum von einem Mann war, rang plötzlich mit dem Tode. In seiner Überheblichkeit war er stets davon ausgegangen, dass ihm das nicht passieren könnte. Denn sonst hätte er wohl nicht vor seiner Krankheit von der Sitte berichtet, dass der Familienrat beschließen musste, ob als Hoffnung für die Genesung ein Huhn geschlachtet und nur für den kranken Bauern zubereitet werden sollte. Denn schon lange wurde allseits vermutet, dass dieses Federvieh Leben retten konnte. Die Familie musste abwägen, was wertvoller war, das Huhn zu behalten oder die Aussicht auf das Überleben des Familienoberhauptes.

Der Familienrat tagte, aber nur Elsbetta war dagegen, das Huhn zu opfern. Schließlich überstand Johannes die Krankheit, aber das Familienleben wurde nicht besser. Im Gegenteil, es war die Hölle und Elsbetta dachte nur noch an Flucht, egal wohin! Weder der Mutter noch den Söhnen gelang es, Johannes zu überzeugen, den Weg des persönlichen Niedergangs zu verlassen. Im Gegenteil, er stritt über jede Kleinigkeit und begann die Nachbarn zu schikanieren, bis der Moorkommissar Erasmus Castell höchst persönlich einschreiten musste.

Nichts half, die Streitigkeiten nahmen zu. Und egal, um was es ging, am Ende waren sich alle spinnefeind, ohne zu wissen, was genau der Anlass gewesen war.

Um endlich Ruhe zu haben, gingen die Familienmitglieder und Dorfbewohner dem Bauern Jewenhuber mehr und mehr aus dem Weg. Denn wer den Frieden nicht in sich trägt, musste bereits auf Erden in der Hölle sein, glaubten sie. Elsbetta konnte ihrem Stiefvater die Ungerechtigkeiten und Erniedrigungen nicht verzeihen. Sie musste zusehen, wie schlecht er vor allem ihre Mutter behandelte und dass Fortuna den Hof nach und nach verließ. Sie konnte bereits vorhersehen, welche Folgen das für ihr Leben haben würde.

Niemand in ihrer Familie bemerkte ihren Gemütszustand, denn sie erledigte weiterhin fleißig ihre tägliche Arbeit. Doch eines Tages folgte sie ihrem Traum nach Freiheit und verließ den Hof, ohne sich zu verabschieden.

Es gibt Momente, die nur in diesem einen Augenblick wirken.
Ob sie verpasst oder angenommen werden, verändert die Zukunft.
Elsbetta musste sich gleich zweimal entscheiden.
Erst verließ sie den Hof und dann …

EINE NEUE ZUKUNFT

Im Westen schlängelte sich der Fluss Beek am Dorf Teufelsmoor vorbei. Rechts und links der Windungen gab es sumpfige Bereiche, flache Gewässer und unübersichtliche Torfinseln, die mit niedrigen Birken bewachsen waren. Absichtlich fuhr dort niemand hinein, denn man konnte dort schnell die Orientierung verlieren. Außerdem hielt der Aberglaube viele Menschen davon ab, die Gegend zu erkunden, denn die Sage von dem Riesen Hüklüt, der bei seinem Weg durch den Sumpf diese zerklüftete Moorlandschaft geschaffen haben soll, machte vielen Menschen Angst. Wer aber ein Versteck brauchte oder unerkannt bleiben wollte, suchte Schutz in dem Labyrinth der Wasserläufe.

Es war genau diese Flusslandschaft, die Elsbetta die Gelegenheit bot, der Beek ein Stück nach Süden zu folgen, während sie den Verkehr der Torfkähne auf dem schmalen Fluss beobachtete. Diese kamen von Norden aus dem Torfgebiet Huvenhoopsmoor und hatten Bremen zum Ziel. Auf dem Fluss konnten die beladenen Schiffe nicht segeln, sondern mussten mit Stangen geschoben oder getreidelt, also mit Tauen vom Ufer gezogen, werden. Elsbetta war als Kind erst ein Mal in der für sie weit entfernten Stadt gewesen und bereits dieser erste Eindruck hielt ihre Fantasie gefangen. Ihr Vater hatte sich Zeit genommen und sie sah die Baustelle des Bahnhofs, den Hafen an der Schlachte mit den riesigen Masten der Hochseesegler und die herrschaftlichen Stadthäuser. Sie hatte sich den Anblick der reich dekorierten Häuserfassaden eingeprägt und träumte seitdem einen unerreichbaren Traum!

Jetzt schaute sie auf den Fluss und fragte sich, ob wohl ein Torfschiffer anhalten würde, um sie mitzunehmen, ihrem alten Kindheitstraum entgegen. Obwohl sie die gruseligen Geschichten über Schmuggler und Verbrecher auf den Flüssen kannte, beschloss sie, ihre Bedenken abzuschütteln und bald einen Kahn anzuhalten. Ihr fiel ein großer Mann in einem Torfkahn auf, der nicht die übliche Ladung führte und mühelos durch das Wasser glitt. Mit wehendem

Mantel stand der Schiffer am Ruder und obwohl er mit den langen roten Haaren besonders auffällig war, beachteten ihn die anderen Torfschiffer nicht.

Als ob er unsichtbar wäre, überlegte Elsbetta laut und schaute kurz auf zum Horizont, ob noch weitere Schiffe folgten. Aber nichts war zu sehen, und als sie sich wieder umdrehte, erschrak sie. Plötzlich war auch der sonderbare Torfkahnfahrer verschwunden!

Er ist tatsächlich unsichtbar!, dachte sie noch.

Ihr erster Versuch, ein Schiff nach Bremen zu finden, war zu zaghaft gewesen.

Morgen werde ich jemanden anhalten, versprach sie sich selbst, denn allein konnte sie nicht lange in der Wildnis am Fluss bleiben.

In der sternklaren Nacht zogen nochmals die schlimmen Erlebnisse mit ihrem Stiefvater in ihren Gedanken vorüber und trotz aller Bedenken vor einer ungewissen Zukunft fühlte sie sich das erste Mal richtig frei.

Am nächsten Morgen kamen die immer gleichen Schiffe in Sicht. Die Torfstecher schafften Unmengen an Brennmaterial nach Bremen und Elsbetta beobachtete wieder den Fluss, denn sie war entschlossen, endlich einen Torfkahn anzuhalten. Doch ihr fehlte der letzte Entschluss. Sie war unsicher. Wie sollte sie ihre Bitte um Mitfahrt signalisieren? Und würde überhaupt jemand anhalten? Alle Torfschiffer wirkten abwesend, standen mühevoll gebeugt auf ihren Kähnen und sahen nicht einmal zu ihr herüber. Sie schaute bereits längere Zeit auf den Fluss und als um die Mittagszeit die letzten Boote an ihr vorbeigefahren waren, schien die Gelegenheit abermals verpasst zu sein.

Sie nahm ihr Bündel wieder auf, um es am nächsten Tag erneut zu versuchen. Da entdeckte sie ein Segel am Horizont, das über die Landschaft zu schweben schien und schnell vorankam.

Ein Segel?! Hier, wo alle anderen Torfbauern ihre Kähne nur mit Körperkraft bewegten? Wer kann denn auf dem schmalen Fluss segeln? Geht das überhaupt?, dachte sie. Eine Flussbiegung weiter kam das Boot in Sicht. Darauf stand am Ruder der Schiffer mit den roten Haaren.

Elsbettas Impuls traf sie wie ein Donnerschlag. Sie hob die Hand, winkte zu ihm hinüber und fühlte das Herz bis zum Hals klopfen, als der Mann zu ihr herüberschaute und sich sofort wieder abwandte. So etwas hatte er noch nicht erlebt, eine Frau, die mitfahren wollte? Unmöglich! Doch Elsbetta kannte nur ihr Ziel, die Stadt Bremen! Sie rief und winkte mit einem Tuch, bis er ihr mit einer knappen Geste bedeutete, sie möge warten.

Doch sie glaubte es nicht! Weiter und weiter war er fast an ihr vorbeigefahren. Vor Schreck sprang sie zurück, denn mit einem lauten Knall zog ein Stein plötzlich das Segel nach unten. Ein Griff ans Ruder genügte und mit dem letzten Manöver kam das Schiff am Ufer zum Stillstand. Im weichen Moorboden fielen Elsbettas zitternde Knie nicht auf. Der fremde Torfkahnfahrer sprach sie an.

ANNO 1855

Die Moorbauern waren zunehmend verärgert über die verschärften Zollkontrollen. Niemand wurde mehr mit einem lockeren Gruß durchgewunken. Nur ein Mann leistete Widerstand. Mit dieser Schmuggeltour eskalierte der Konflikt.

Tagebucheintrag eines Schmugglers:
Welche Zeit ist hier heraufgezogen? Kaum sind die Menschen ihrer ersten Not entkommen, werden sie von einer fernen Regierung ausgeraubt! Wo liegt schon Hannover? In meinem Zorn bin ich nicht allein.

AN DER ZOLLSTELLE

Die zwei Figuren mit den Totenköpfen auf der Bordwand bewegten sich mit dem Schiff auf und ab, so hatte es den Anschein, als würden sie sich in jeder Kurve übergeben müssen. Der tollkühne Torfschiffer, der hier sein Boot durch die Gräben, Kanäle und den Fluss Oste trieb, wollte schnell zu seiner versteckt liegenden Moorkate, um wertvolle Waren in Sicherheit zu bringen. Er kam aus dem Norden zurück. An der Elbe hatte der Bau der Festung Grauerort begonnen und er hatte es geschafft, dass die Soldaten aus der Umgebung zusammen mit dem Baumaterial auch Schmuggelwaren für ihn abzweigten. Diese versteckten die Wachhabenden für ihn am nächsten schiffbaren Graben. Ganz anders funktionierte das »System Gerd«, wie er es selbst nannte, in Stade.

Im Stadthafen am Kran mit dem Tretrad legten ihm sogar die Lademeister seine Bestellungen beiseite, damit sie auch hier nicht verzollt wurden. Von Hamburg bis Lüneburg, von Buxtehude bis hinauf nach Otterndorf standen geeignete Leute auf seiner Liste für Bestechungstaler. Dieser mutige Torfkahnfahrer erhielt seine Waren stets zollfrei in den Häfen und schmuggelte außerdem noch im Teufelsmoor. Sein Gewinn war beträchtlich. Doch seit einer Weile spürte er, dass die Zollkontrollen härter wurden und es stand zu befürchten, dass sich sein illegales Geschäft bald in Luft auflösen könnte. Seinen Ärger über die Zollvorschriften hielt er nur mit Mühe zurück und neue Ideen waren nicht in Sicht.

Die Eile auf der heutigen Fahrt hatte einen Grund. Immer wieder schaute er auf seine Taschenuhr. Ihm selbst war Zeit nicht wichtig, er hatte genug davon. Aber er kannte den Dienstplan der Zöllner am Hafen der Kreuzkuhle. Unbedingt wollte er noch hindurch, solange die Beamten Georg und Heinrich Dienst hatten.

Die reinsten Angsthasen, dachte er ironisch, die werden sich an mein Schiff mit den Totenschädeln nicht herantrauen!

Geird war ein wagemutiger Händler mit besonderen Fähigkeiten, der sich selbst als Kaufmann bezeichnete. Er bediente seine Kunden mit preiswerten Waren und sah sich eher als Wohltäter, der auch die ausgefallensten Wünsche zu erfüllen versuchte. In Gesprächen gab er sich stets friedfertig und harmlos, dabei setzte er seine Interessen neuerdings sogar gewaltsam gegen die Obrigkeit durch.

Da er in keiner Akte der Königlichen Regierung auftauchte, wurde auch nicht nach ihm gefahndet. Weder die Beamten noch die Moorbauern wussten Genaues über ihn. Schließlich festigte sich wegen der roten Haare sein Ruf als Roter Gerd oder De Rode Gerd, wie es in der Sprache des Teufelsmoores hieß.

Bisher war er aufgrund seiner Erscheinung und der seines Bootes nur selten kontrolliert worden. Viele Menschen glaubten noch an Gespenster und sicherheitshalber schauten viele Zöllner zur Seite, wenn er mit den Totenschädeln an Bord vor ihnen auftauchte. Auf diese Weise konnte er die meisten Zollstellen unbehelligt passieren, doch wie lange würde dieses Spiel noch gutgehen?

Es geschah an einem späten Sommerabend: *Der Fliegende Friedrich*, das Boot des Roten Gerd, näherte sich der Hütte am Torfschiffhafen Kreuzkuhle im Norden des Teufelsmoores. Zufrieden stellte der Schmuggler fest, dass er gut in der Zeit lag und vor der Ablösung der Zöllner Georg und Heinrich eintreffen würde.

Perfekt, dachte er, während er den beiden Königlichen Zollbeamten zuwinkte und einfach weiterfahren wollte. Sie ließen ihn jedoch anhalten und er sollte die Ladung deklarieren. Offensichtlich war es mit der Wirkung der Totenköpfe vorbei. Er habe nur Torf, ließ er die Kontrolleure wissen, dieser sei fast zollfrei und er habe sowieso kaum Ware dabei, das Boot sei eben klein. Dennoch musste Gerd etwas von der Ladung Brenntorf beiseiteschieben.

Darunter kamen Säcke zum Vorschein, die Gerd nicht angemeldet hatte. Die Zöllner zogen nun alle Register ihrer Königlichen Autorität, bestiegen ungefragt das Boot und rissen die Jutebündel grob auf.

Über dieses rücksichtslose Vorgehen wurde der Schiffer so zornig, dass er ohne Bedenken seine Größe und Kraft nutzte und die Beamten kurzerhand niederschlug und sie von seinem Schiff schleifte. Jedoch gaben die nicht auf, rappelten sich wieder hoch und rissen im erneuten Kampf einige Strähnen der langen Haare ihres Gegners aus.

Aber es half nichts, die Zöllner gingen endgültig zu Boden. Gerd ließ sie ohnmächtig am Anleger zurück, sprang in sein Boot, riss es los und stakte in Richtung Worpswede davon. Nach kurzer Zeit bog er in einen der schmalen Kanäle zu einem seiner zahlreichen Verstecke ein und blieb zur Sicherheit einige Zeit verborgen.

Die Beamten erwachten erst aus ihrer Ohnmacht, als kaltes Wasser aus einem Eimer ihre Köpfe traf. Weil sie nicht nach Hause gekommen waren, hatten die Ehefrauen nach den beiden gesucht und sie reglos am Anleger gefunden. Sie halfen ihnen auf die Beine und versuchten zu verstehen, was hier geschehen war.

Was Georg und Heinrich zu berichten hatten, war unerhört! Noch nie hatte es einen derartigen Überfall auf eine Zollstelle gegeben. Die Nachricht verbreitete sich in Windeseile und mit jeder neuen Erzählung wurden weitere dramatische Ereignisse dazu erfunden.

Dieser eigentlich kleine Zwischenfall wurde auf diese Weise zu einem kapitalen Verbrechen ausgeweitet. War das Verhältnis der Moorbauern zu den Zöllnern seit ihrer Indienststellung niemals gut gewesen, so verschlimmerte es sich nun zusehends. Am Roten Gerd sollte sich nun die Wut der Zöllner entladen.

Die beiden Pechvögel hätten ihre Niederlage am liebsten verschweigen wollen. Doch nachdem sie von ihren Frauen ohnmächtig und verletzt aufgefunden worden waren, gab es nichts mehr zu verbergen. Die Frauen hatten ihre Männer gepflegt und, wo sie nur konnten, über deren Heldentaten berichtet, ohne zu wissen, was wirklich passiert war.

Das brachte die armen Zöllner in eine unangenehme Situation. Sie würden dem Moorkommissar alles genau erklären müssen. Aber was sollte das sein? Sie hatten einen Torfkahn kontrolliert und waren angegriffen worden. Nach einem dumpfen Schlag waren sie ohnmächtig in einen tiefen Schlaf gefallen.

Die Nachrichten über die erfundenen Superkräfte der Zollbeamten sprachen sich im Teufelsmoor schneller herum, als Torfkähne fahren konnten. Als die Berichte des Überfalls schließlich an Moorkommissar Erasmus Castell in Gnarrenburg herangetragen wurden, erreichte die Geschichte einen neuen Höhepunkt. Eine einfache Zollkontrolle, die in einen gewalttätigen Übergriff auf die Beamten geendet hatte, sollte jetzt zum Überfall eines tobenden Riesen geworden sein. Es hieß, das gesamte Teufelsmoor sei nun in Gefahr.

Nicht zuletzt wegen dieser abenteuerlichen Gerüchte beschloss Erasmus Castell, den mysteriösen Fall persönlich zu leiten und ließ sich zur Untersuchung am Torfschiffhafen Kreuzkuhle anmelden.

Wenige Tage später traf er mit seinem Adjutanten an der Zollstelle ein.

Zu den hoheitlichen Aufgaben eines Moorkommissars gehörten die Gründung von Dörfern und der Bau von Kanälen. Neu war, dass Erasmus Castell zu einer Zollstelle gerufen wurde, an der ein Kampf stattgefunden hatte.

ERASMUS CASTELL ERMITTELT

Das Dienstboot rauschte in flotter Fahrt heran, es trug den Namen des ersten großen Moorkommissars, Jürgen Christian Findorff. Dessen Wappen flatterte als Wimpel am Bug und sollte die Würde des Moorkommissars unterstreichen. Während sich der Adjutant in der Gegend umhörte, saß Castell den Zollbeamten Georg und Heinrich gegenüber, die sich von dem Vorfall etwas erholt hatten, und begann die Befragung. Ob echt oder gespielt, sie redeten wirr durcheinander und keiner von beiden wollte sich genau erinnern. Wer gibt schon gern zu, im Kampf verloren zu haben?

Erasmus Castell spürte sofort, dass er belogen wurde. Er unterbrach das Verhör, ging zum Hafen hinunter und untersuchte den Ort des Verbrechens. Am Anleger fanden sich einige Blutspuren, etliche lange rote Haare sowie ein abgerissenes Tauende. Seinem geübten Auge fielen die Fußspuren eines Kampfes auf, die sich über die Tage erhalten hatten.

Mit den neuen Fakten befragte der Kommissar erneut die beiden Pechvögel. Für Georg und Heinrich gestaltete sich eine plausible Erklärung schwerer als gedacht. Heinrich wollte sich gar nicht erinnern können und Georg versuchte, sich zum Helden aufzuspielen.

»Wir haben einen riesigen Torfkahn angehalten, soooo groß!« Er unterstrich die Aussage mit einer Geste seiner Arme, die er weit ausbreitete. »Obwohl das Schiff kaum beladen war, lag es ziemlich tief im Wasser. Das fanden wir sonderbar. In der Dämmerung konnten wir eine riesige Gestalt mit rotem Haar am Steuer erkennen.« Schließlich verstummte er unter der Last seiner Erinnerung.

»Was ist dann passiert?«, fragte Seine Exzellenz Moorkommissar.

»Gar nichts!« Heinrich gab vor, keine Ahnung zu haben.

»Schweig!« Der ärgerliche Ruf seiner Frau ertönte. »Weißt du noch, wie du zugerichtet gewesen bist? Albträume hattest du, hast im Schlaf fantasiert und gesprochen. Ein Riese ist aus dem Boot gestiegen, so groß, dass das leichte Schiff danach hoch aus dem Wasser herausragte. Es muss also ein Riese gewesen sein!«

Heinrich fiel gedanklich zurück in die Schrecken der Nacht und sein Gehirn blockierte die Ereignisse. Er schwieg. Georg aber nutzte die Gelegenheit. Jetzt konnte er seine Geschichte noch weiter ausbauen, denn es gab ja den Bericht der Frau.

»Ja. Genauso ist das gewesen«, sagte Georg mit vollster Überzeugung. »Es war ein Riese mit feuerroten Haaren. Hein und ich, wir haben tapfer gekämpft, hatten aber keine Chance!«

Ob Hüklüt aus dem Moor wieder erwacht war? Der Riese wäre wohl bald in Vergessenheit geraten, denn seit Jahrzehnten hatte es keine Berichte mehr über sein Erscheinen gegeben. Der Legende nach soll er in Worpswede beim Stolpern den Weyerberg aufgeworfen haben. Es hieß, er habe Ochsen und Menschen verspeist und sei durch eine List im Moor versunken. Aber nach vielen Jahren der mündlichen Überlieferung konnte niemand mehr mit Sicherheit sagen, was genau damals geschehen war.

Mit dem Hinweis auf den Riesen konnte Georg wunderbar erklären, weshalb er im Kampf nicht bestanden hatte. Aber als gebildeter Mann glaubte der Moorkommissar nicht an Riesen. Vielleicht gab es sie in der Einbildung, aber doch niemals in der Wirklichkeit!

Etwas unsicher reagierte er hingegen beim Anblick der immer noch verängstigten Männer und auch die langen roten Haare, die er gefunden hatte, machten ihn stutzig. Er wusste nicht, wie er das alles einordnen sollte. Die Geschichte mit Hüklüt war für ihn Unfug, soviel war klar. Andererseits passten die Schilderungen der Männer dazu. Er fragte sich, ob das stimmten konnte.

In diesem Augenblick winkte ihn sein Adjutant herüber, der sich an der Seite des Hafens umgeschaut hatte, wo weitere Spuren des Kampfes erkennbar waren. Erasmus Castell holte Papier und Stift. Ein übergroßer Fußabdruck erregte sein Interesse. Die Männer waren davon überzeugt, darin die Buchstaben R'G zu erkennen. Castell zeichnete die Konturen nach.

»Aber nein, ich kenne alles und jeden, solche Stiefel fertigt im Teufelsmoor kein Schuster an. Dieses mächtige Schuhwerk stammt wahrscheinlich von weiter weg und es ist zu groß für normale Schuhe oder Stiefel und auch noch mit Initialen versehen? Wozu sollte das jemand brauchen?«

Die Schlussfolgerung, die mehr Frage als Antwort war, erschien ihm selbst unglaubwürdig. Er legte seine Zeichnung in die Akte und beschloss, später weiter darüber nachzudenken. Denn es gab keine sicheren Anhaltspunkte, dass der Fußabdruck tatsächlich dem Überfall zuzuordnen war.

Der Moorkommissar beschloss, einen Steckbrief des Riesen zeichnen und drucken zu lassen, um ihn an geeigneten Orten auszuhängen: eine übergroße Gestalt mit roten Haaren und zornig entschlossenem Gesicht. Allerdings immer noch so, dass es auch ein großer Mann sein konnte. Der Kommissar ahnte nicht, wie nahe er damit dem Aussehen des Roten Gerd kam.

DER SCHWARZE HANDSCHUH

Gerade nach der letzten Aktion war die Legende des Roten Gerd wie von selbst gewachsen. Nach dem zweiten Vorfall und seiner Flucht aus dem Hafen Kreuzkuhle hatte sich der Schmuggler in eines seiner Verstecke ins Moor zurückgezogen.

Wie gut, dass ich vorgesorgt habe, dachte er, während sein Kahn um die Schilfinseln im flachen Wasser glitt. An verschiedenen Stellen im Moor hatte er sich einige winzige Hütten gebaut, die als Verstecke dienten, wohin er sich im Fall der Fälle zurückziehen konnte.

Nun zog er den Kahn die letzten Meter bis zu dem getarnten Unterstand. Das Provisorium aus schrägem Dach, Zweigen und Gras konnte bestenfalls als Zuflucht für kurze Zeit dienen.

Leben wie ein Hund? Ich doch nicht, wiederholte er einmal mehr in Gedanken sein Motto.

Doch für den Moment gab er sich mit der Situation zufrieden und kümmerte sich um die Wunde über der Stirn und die kahlen Stellen, wo ihm die Zöllner die Haare ausgerissen hatten. Sorgen bereitete ihm jedoch seine rechte Hand, denn seine Hiebe hatten Wunden bis auf die Knochen verursacht. Da er nicht das erste Mal einen Kampf mit der Faust hatte entscheiden müssen, sollte ihm das nicht wieder passieren. Obwohl Gerd im Umgang mit Waffen geübt war, mochte er sie nicht einsetzen, solange es andere Möglichkeiten gab. Die aktuelle Verletzung brachte ihn auf eine Idee.

»Gut, das nächste Mal schlage ich so fest zu, dass es gar nicht erst zum Kampf kommt. Das wird besser klappen, wenn meine Faust geschützt und besonders schwer ist.«

Er überlegte kurz und nahm eine kleine Truhe aus dem Torfkahn. Die Werkzeuge, das Garn und ein Bündel schwarzer Ziegenhaut verteilte er auf der Sitzbank. Das Leder schnitt er in Form seiner Hand zurecht und fügte sie zu mehreren Schichten zusammen. Dann nahm er Goldmünzen aus der Truhe, die er in einer Reihe und in mehreren Lagen zwischen die Lederschichten legte. Zusammengenäht entstand ein langer Lederschutz. Zur Verstärkung nietete er noch einige Messingbänder um das Leder, um alles sicher zusammenzuhalten. Anschließend verkürzte Gerd den Handschuh vorne so weit, dass die Finger herausragten und die Hand ihre Beweglichkeit behielt. Das war wichtig, damit er seine Taschenuhr bedienen konnte.

Überrascht zeigte er sich über das Gewicht des Goldes und dachte: Gut, ich werde trainieren und mich daran gewöhnen. Jedenfalls ist mein Vermögen nun für alle Fälle sicher und dient mir zusätzlich als Waffe. Wer diese Faust spürt, steht so schnell nicht wieder auf. Davon war er überzeugt.

Die Verletzungen heilten rasch, sodass sich Gerd nach einer Woche aus seinem Versteck traute und zwischen anderen Transportschiffen den Fluss Beek hinunter zurück zu seiner Moorkate fuhr. Die anderen Torfschiffer wunderten sich, warum er das Ruder mitten im Sommer mit einer schwarzen Faust hielt!

Und weil sich niemand die Funktion des Handschuhs erklären konnte, wurden dem Schmuggler magische Kräfte nachgesagt.

Die Unabhängigkeit, die der Rote Gerd ausstrahlte, erschien so andersartig als das entbehrungsreiche Leben der fleißigen Moorbauern. Gerd sprach wenig und zog es vor, als Einzelgänger glücklich zu sein.

VERBORGEN IM TEUFELSMOOR

Der Rote Gerd folgte der Beek, die in Richtung Süden zur Hamme floss, und genoss es, sich ohne Eile von der leichten Strömung mitnehmen zu lassen. Nach zwei Stunden Fahrt kamen linker Hand in der Ferne die Fachwerkhäuser des Dorfes Teufelsmoor in Sicht. Später, als die in der Landschaft verteilten Gehöfte kaum mehr zu erkennen waren, wurde er aufmerksam. Nach links in Richtung Osten öffnete sich die Flusslandschaft in mehrere Seitenarme. Mit Schilf und niedrigen Birken bewachsene Torfinseln trieben mit dem Wind im Wasser und veränderten ständig ihre Position. Das erschwerte die Orientierung.

Und weil niemand sonst einen Grund sah hier einzufahren, hatte sich der Schmuggler diese Gegend als sein sicheres Zuhause ausgesucht. Tief im Gewirr der Wasserläufe erreichte er vor einer erhöht liegenden Torfkuppe sein Ziel. Niemand hatte bemerkt, wie er in dieses natürliche Labyrinth eingefahren war. Wieder einmal war es ihm gelungen, sich den neugierigen Augen des Teufelsmoores zu entziehen.

Mühsam war der Aufbau seiner Moorkate aus Holzbalken gewesen, die er heimlich mit dem Kahn herangeschafft hatte. Die Öffnungen des Fachwerks waren mit Weidengeflechten verschlossen und mit Lehm eingestrichen worden. Für das Dach hatte der geschickte Baumeister das Schilfrohr aus dem Fluss verwendet. Dabei hatte er darauf geachtet, dass die Moorkate genauso aussah wie die meisten anderen in der weiten Umgebung. Sollte also zufällig jemand auftauchen, wäre der Anblick nichts Besonderes. Hier konnte er unerkannt leben und tatsächlich war ihm hier noch nie jemand begegnet.

Als der sonderbare Mann vor vielen Jahren ohne Identität in das Teufelsmoor gekommen war, hatte er sich dieses Versteck gesucht. Er gehörte keiner Dorfgemeinschaft an und sprach kaum ein Wort mit anderen Menschen. Nur wenn es nicht anders ging, stellte er sich als Gerd vor.

Wegen seiner ungewöhnlichen Größe und der roten Haare nannte man ihn bald »De Rode Gerd«. Er wurde im Teufelsmoor der Händler für Waren, die es sonst selten zu kaufen gab. Seine Kontakte reichten schließlich bis in die Städte rund um das Teufelsmoor und darüber hinaus.

Gerd hielt seinen Aufenthaltsort geheim. Unsichtbar zu sein, erhöhte die Neugier der Umgebung und so sehr die Menschen mehr über ihn erfahren wollten, es gelang ihnen nicht. Niemand konnte sich eine illegale Existenz ohne Anmeldung bei der Königlichen Regierung vorstellen. Dass es Gerd von weit außerhalb ins Teufelsmoor verschlagen haben musste, wurde allseits vermutet. Zu ungewöhnlich klang seine Sprache. War er freiwillig hergekommen oder hatte er fliehen müssen und versteckte sich nun hier?

Gerade jetzt gab es einen aktuellen Grund dafür. Als im Jahr 1854 die Vorschriften des Deutschen Zollvereins auch im Teufelsmoor zur Anwendung kamen, hatte dies teure Auswirkungen auf das Leben der Moorbauern. Diese wehrten sich durch Schmuggel und riskierten dabei fast ihre Existenz, denn die Strafen waren extrem hoch. Gerd sah sein Geschäft in Gefahr und beschloss, sich zur Wehr zu setzen! Sein aufbrausender Zorn stand bereits seit einiger Zeit dem machtvollen Auftreten der Zöllner gegenüber.

Er war am Ziel angekommen und steuerte jetzt seinen Torfkahn vor die mit Zweigen getarnte Einfahrt eines Stichkanals, der vor seinem Haus endete. Zuvor im tiefen Gewässer hatte er wriggen müssen – mit dieser speziellen Technik wurde das Ruder am Heck wie eine liegende Acht durch das Wasser bewegt. Es erforderte Übung, das Schiff lautlos und fast ohne Wellen voranzubringen.

Vorsichtig prüfte der Rote Gerd, ob jemand in der Zeit seiner Abwesenheit das Versteck entdeckt haben könnte. Doch dafür gab es keine Anzeichen und so schob er mit dem Kahn die Zweige beiseite und legte nahe am Haus an. Die mit Moosen überwucherte

Umgebung der Moorkate sollte den Eindruck einer verlassenen Hofstelle vermitteln. Wer zufällig hier vorbeikam, würde die Anlage kaum beachten.

Mehrere Ruderstangen ragten griffbereit aus dem Moorboden am Ufer. Gerd hing seinen Mantel an eine davon und zog den schweren Handschuh über eine andere. Erleichtert ließ er sich mit ausgebreiteten Armen zurück in den weichen Moorboden fallen und genoss sein vertrautes Zuhause. Der Blick ging zum Himmel. Allein diese Aussicht war pures Glück, denn lange zuvor hatte er diese Freiheit schmerzlich entbehren müssen.

Schließlich nahm er die zwei Totenschädel aus dem Schiff und baute sie am Ufer auf. Zwar verhinderten diese offenbar nicht mehr die Kontrollen durch die Zöllner, doch hier könnten sie wieder nützlich sein gegen abergläubische und neugierige Augen.

Tagebucheintrag im späten Sommer 1855:

Die Dinge verändern sich.
Dass ich fliehen musste, vermag ich kaum zu glauben.
Aber nun denn ... dann sei es so! Bei meiner Ehre, ich werde das Teufelsmoor von der Macht der Zöllner befreien!
Ik bin de Rode Gerd!

DE RODE GERD

Im Torfkahn lagen die von den Zöllnern durchwühlten Waren und der Schmuggler war froh, dass er durch den Kampf seine Ladung hatte retten können. Gerd reparierte die aufgerissenen Säcke und stapelte alles im Haus, so auch einige Kisten und Fässer. Wenige wertvolle Dinge verblieben im Torfkahn und wurden für die geplante Fahrt nach Bremen sorgfältig abgedeckt und mit Torf getarnt.

Nach getaner Arbeit legte er sich in das Gras zwischen die Torfmieten und hing in Gedanken den vergangenen Erlebnissen nach. Den Handschuh hatte er wieder angezogen und beschlossen, ihn nur noch selten abzulegen. Er hob den Arm und prüfte das Gewicht der eingenähten Goldmünzen. Trotz der dramatischen Vorkommnisse verbuchte er die letzte Tour als Erfolg.

Allerdings ahnte er, dass der Vorfall an der Kreuzkuhle nicht ohne Folgen bleiben würde, auch wenn er ihn in Gedanken herunterspielte.

Hier im Teufelsmoor fühlte sich seine Welt wieder gut an! Er genoss den Tag in der Einsamkeit und besonders seine Freiheit. Moorbauer, dass ich nicht lache! Nur harte Arbeit, kein Geld und Mühe ohne Ende. Nein, lieber lebe ich so, wie ich will, und nicht wie ein Hund!

Immer wieder redete er sich das ein. Wie zur Rechtfertigung für das, was er tat. Dann wurde seine Stimmung besser und wenn er ein Lied summte und den Gedanken freien Lauf ließ, fasste er Mut für neue Abenteuer.

Was bin ich für ein Glückspilz, dachte Gerd zufrieden. Als Schmuggler habe ich einfach alles. Neben Salz, Kaffee, Tee, Bier, Wein, Tabak und Gewürzen war brauner Zucker sehr wertvoll. Woher er die wertvollen Kolonialwaren hatte, die in Bremen aus der Neuen Welt ankamen, verriet er nie.

Der raffinierte Schmuggler wusste, dass der Zucker erhitzt und nach dem Schmelzen Kräuter dazu gegeben werden mussten. Die erkaltete Masse schlug er in Stücke. Fortan wurde Gerd manchmal beobachtet, wie er seine Bonbons prüfend in das Licht hielt, bevor er sie genießen wollte. Er bezeichnete die verschiedenen Geschmacksrichtungen als Kreationen, so wie es ein Künstler ausgedrückt hätte.

Gerd war mit der Natur im Teufelsmoor vertraut. Wenn andere über Wunder redeten, hatte er sie erlebt. Er wusste, wenn sich die Wollgräser wie von Musik dirigiert bewegten, konnte er mit Glück kleine, süß schmeckende Kugeln am Ufer finden. Er nannte sie Feenperlen, weil er einfach keine schönere Erklärung fand, als dass eine Fee die seltenen Fundstücke mit Magie erschaffen haben könnte.

Heute nahm er mit Bedacht eine der köstlichen Zauberkugeln zu sich. Gerd war der Meinung, dadurch die Zukunft klarer sehen zu können. So sehr er sich auch bemühte, mehr über das Geheimnis der Feenperlen herauszufinden, es gelang ihm nicht. War er zu ungeduldig?

Unter seiner Ware befanden sich auch Glasflaschen aus einer der Manufakturen in Gnarrenburg. Sie waren manchmal gefüllt mit seiner eigenen Mischung aus Waldbeeren und etwas Alkohol. Lagerte die Rezeptur lange genug, wurde daraus ein mildes, fruchtiges Getränk, das die Zöllner besser nicht entdecken durften. Er selbst nahm an, dass ihm ein Schluck davon Kraft und Mut verlieh. Das war sicherlich Einbildung, aber eine gute Überzeugung verhilft bekanntermaßen zu mehr Selbstbewusstsein. Er war so frei und benannte diese Erfindung nach seinem guten Namen De Rode Gerd.

Ein weiteres Produkt, das er entwickelt hatte, war naheliegend gewesen. Die herzhafte und leicht gesalzene Mischung aus etwas Alkohol und Karamell hatte er auf den Namen Torfstecher getauft. Gerd handelte also nicht nur mit den seltenen und teuren Zutaten, er veredelte diese auch zu neuen Geschmackserlebnissen, die endlich den Genuss der weiten Welt ins Moor brachten.

Schließlich gelang es ihm nicht mehr, größere Mengen seiner beliebten Erfindung selbst herzustellen, und beauftragte eine erfolgreiche Destillerie in Neuhaus an der Oste mit der Produktion. Für seine Fahrten durch den Oste-Hamme-Kanal belud er sein Schiff und schmuggelte die Waren geschickt an den Zollstellen vorbei. Die Moorbauern warteten stets sehnsüchtig auf seine guten Produkte.

Aus Bremen brachte Gerd eine Getreidemischung in das Moor, aus der ein beliebtes Brot für die Torfschiffer gebacken wurde. Dieses half den fleißigen Torfstechern, auf natürlichem Wege zu Kraft und Ausdauer zu finden. Zum Glück ist die Rezeptur für den Torfschipperknust überliefert worden.

Seltener landeten jetzt Kolonialwaren im alten Seehafen von Bremen an. Die Schlachte, wie dieser Hafen schon damals hieß, verlor bereits seit 1850 an Bedeutung. Trotzdem fand Gerd immer wieder Wege, begehrte Waren in das Teufelsmoor zu bringen. Als guter Kaufmann lieferte er den Menschen, was sie haben wollten. Darum hätte er eigentlich kein Schmuggler werden müssen, doch in seiner Natur lag der Reiz des Risikos. Er war ein Spieler, durch und durch! Die Abenteuerlust und das Gefühl, die eigenen Grenzen finden zu müssen, trieben ihn an. Würde er sie überschreiten? Er hatte es bereits getan!

Gerd war trotz seiner Körpergröße und Stärke ein Feingeist, der so gar nicht in die Zeit und die Gegend passte. Die Menschen begegneten ihm oft mit Misstrauen und Distanz. Ganz anders aber, wenn es um die Vorteile seines Schmuggels ging. Dann waren alle mit dabei, teils aus Not oder weil es spannend und abenteuerlich war. Gerd gab sich zurückhaltend und danach so stark und fordernd, wie er nur konnte. Auch soll es vorgekommen sein, dass er Familien, die in Schwierigkeiten waren, unauffällig half. Er war voller Gegensätze. Und so festigte sich sein Ruf als ein Mann, von dem jeder im Moor gehört hatte, aber niemand zugab, ihn zu kennen.

So pflegte er sorgsam den Mythos seiner Unberechenbarkeit und den Kult um seine Figur. Gerd wusste, dass er mit der Schmuggelei jetzt viel riskierte und dass ein Fehler seine Existenz im Moor gefährden würde. Eine Gefangennahme durch die Zöller wäre aus verschiedenen Gründen sein Ende. Und dazu durfte es nicht kommen,

Gerd war es wichtig, als gefährlich eingeschätzt zu werden. Seine Größe unterstützte die Bemühung, als rücksichtslos und gewaltbereit zu gelten. Niemand traute sich näher an ihn heran, als es für die Abwicklung eines Geschäftes notwendig war.

Mit dem Stiefeltrick hatte er sich den Ruf verschafft, überall und nirgends zu sein, und zwar immer zur gleichen Zeit. Der Schuhmacher dieser Sonderanfertigung, deren lederne Sohlen größer als notwendig waren, fragte nicht lange, sondern erledigte den Auftrag wie gewünscht. Gerd bezahlte großzügig und verlangte absolute Diskretion.

Jetzt wirkten Gerds Fußabdrücke noch beeindruckender. Weil er lesen und schreiben konnte, schnitzte er die Buchstaben R'G spiegelverkehrt in das Leder der Schuhsohlen, um überall dort, wo er aus dem Torfkahn stieg, eine auffällige Spur zu hinterlassen. Er wollte, dass alle von ihm wussten und ehrfurchtsvoll über ihn sprachen. Jeder sollte glauben, dass der Schmuggler überall und unvermittelt auftauchen könnte.

Ein weiterer Schachzug steigerte den Ruf seiner Kraft und der Bereitschaft zur Gewalt. Von einem niederländischen Küstensegler kaufte Gerd im Bremer Hafen regelmäßig dunkelrote Rüben. Aber anstatt die Rote Bete zu essen, presste er Saft daraus und benutzte diesen, um an verschiedenen Stellen im Teufelsmoor blutige Auseinandersetzungen vorzutäuschen. Dazu verteilte er irgendwo an Land in dem Saft getränkte Stofffetzen, wobei er stets darauf achtete, deutliche Fußspuren zu hinterlassen. Jedes Mal verbreitete sich dann die Nachricht in Windeseile im Moor: »De Rode Gerd ist überall und was da wohl passiert sein mag?«

Auf diese Weise hatte sich der Rote Gerd seinen wilden Ruf hart erarbeitet, doch wie lange noch würde ihm das Glück des Mutigen

Beistand leisten? Würde ihm sein Ansehen helfen oder hinderlich sein? Gerd lag schon seit Stunden in der Sommersonne zwischen Wollgras und den Torfmieten nahe am Haus und dachte über sein Leben nach. Niemals hätte er Moorbauer sein wollen, das wusste er, seit er ins Teufelsmoor gekommen war. Wie war dieser unbedingte Wille nach Unabhängigkeit in ihm entstanden, die er sich heute mit krimineller Energie erkaufte?

Bin ich wirklich frei? Kann es Freiheit sein, wenn ich mich verstecken muss? Bin ich frei, wenn ich gejagt werde …?

Die Kenntnis über die Steckbriefe hätte seine Zweifel bestätigt.

Heute noch würde er nach Bremen abfahren und mit leichter Ladung seine Lieblingskundin Isabella besuchen.

Üblicherweise brachen die Moorbauern am Morgen zu ihren Transportfahrten auf, nicht aber Gerd. Er startete stets am Nachmittag, damit er die Hamme genau zur Dämmerung erreichte. Wer ihn bemerkte, sollte sehen, wie sein Segel in der Dunkelheit unsichtbar wurde und sich seine Spur hinter der schwarzen Wand des Horizonts verlor.

Tagebucheintrag Roter Gerd:

Wertvolle Dinge habe ich geladen und muss so wachsam sein wie nie zuvor. Man nennt mich den Schmugglerkönig des Teufelsmoores!
Ik bin de Rode Gerd!

AUF NACH BREMEN

Die Zeit des Versteckens nach dem Vorfall an der Kreuzkuhle sollte nun vorbei sein. In Bremen erwartete ihn seine geheime Geliebte. Dieses lang ersehnte Wiedersehen ließ ihn alle Bedenken vergessen und so beschloss er, sofort abzufahren. Er konnte sich nicht vorstellen, dass die Zöllner ihm Schwierigkeiten machen würden

Doch erst als die Sonne ihren höchsten Stand überschritten hatte, wurde Gerd aktiv. Er deckte die getarnte Ladung mit dem kleinen Sturmsegel ab und zog das Schiff an einem Tau durch den Graben in das offene Wasser. Die beiden Figuren mit den Totenköpfen am Ufer schauten ihm hinterher, als wollten sie sagen: »Fahr' ruhig los, wir passen hier auf und verscheuchen ungebetene Gäste.«

Anfänglich stakte er seinen Kahn durch das Wasser, später auf der Hamme nutzte er das Segel. Der leichte Ostwind, der hier im Moor eher selten vorkam, ließ ihn heute schnell vorankommen. So würde er schon morgen oder übermorgen die Stadt erreichen. Manchmal kamen ihm Kähne entgegen, die nun leer oder mit Waren für den Haushaltsbedarf der Moorbauern beladen waren. Viele der Schiffer murmelten beim Anblick von Gerds schnellem Torfschiff: »Dor föhrt he, de Rode Gerd. Jümmer mookt he dat anners, as he dat schall, de unkloke Keerl.«

Gerd genoss die heimliche Bewunderung der Moorbauern. Wie schaffte er es nur, immer wieder davonzukommen? War nicht gerade im Kahn gegenüber die schwarze Hand zu sehen? Die rechte, die das Ruder hielt? Aber das Schiff zog flott an ihnen vorbei, sodass sie nichts richtig sehen konnten und der Eindruck zunächst wieder vergessen wurde.

Die Schnelligkeit verdankte sein Boot einer besonderen Bauweise. In der Torfschiffswerft Schlußdorf, die erst vor wenigen Jahren in Betrieb genommen worden war, hatten die Bootsbauer die Herausforderung gern angenommen, ein spezielles Schiff für den berühmten Roten Gerd zu zimmern. Denn der Schmuggler bezahlte großzügig mit Goldmünzen und anderen begehrten Waren wie Salz, Alkohol,

Tee, Kaffee und Zucker, von denen die Schiffszimmerleute lieber gar nicht wissen wollten, wie sie in seinen Besitz gekommen waren.

Mit entsprechendem Eifer waren die Spezialisten ans Werk gegangen. Diese Aufgabe war eine willkommene Abwechslung vom Bau der immer gleichen Torfkähne, die hier in Serie entstanden. Gerd überwachte die Arbeiten an seinem Schiff und besprach weitere Besonderheiten wie einen glatten Unterboden mit Metallstreifen rechts und links für den unwahrscheinlichen Fall einer Eisfahrt. Um wendiger manövrieren zu können, sollte es eine Vorrichtung geben, die es ermöglichte, das Segel blitzartig einziehen zu können. Die Bootsbauer lösten die Aufgabe mit einem Stein als Gewicht, der an einem Seil über eine Umlenkrolle nach unten fallend das Tuch mitnehmen konnte.

Gerd verlangte nach einem starken Mast und größeren Segel als üblich. Zur Flucht wäre die dadurch höhere Geschwindigkeit seiner Meinung nach nicht erforderlich gewesen. Weshalb davonfahren, wenn sich sowieso niemand an ihn herantraute? Ihm ging es um den Eindruck des Augenblicks, der sofort wieder aus der Wahrnehmung verschwinden sollte. Solange man mich sehen, mir aber nicht folgen kann, droht keine Gefahr, dachte er. Deshalb sollte das Schiff auch einen besonders geringen Tiefgang haben. Wo Gerd noch fahren konnte, liefen andere Boote längst auf Grund. Weil er nicht mit Torf handelte, würde er nur so viel davon mitnehmen, um die eigentliche Ladung zu tarnen. Außerdem brauchte er ein kleineres Segel zur Reserve oder zur Fahrt im Sturm. So entstand unter seinen wachsamen Augen sein ganz eigenes Schiff. Zur Erinnerung an einen berühmten Vorfahren nannte er es: *Der Fliegende Friedrich.*

Vor kurzem waren an allen strategisch wichtigen Wasserwegen im Teufelsmoor neue Zollstellen aufgebaut worden. Dazu gehörte die zentrale Kontrollhütte neben dem Hafen Kreuzkuhle am Eingang zum Oste-Hamme-Kanal. Wagemutige Schiffer durchfuhren den Kanal bis in die Oste und die Elbe hinauf bis nach Hamburg, ohne Zoll zu bezahlen. So hatte sich die Königliche Regierung die

Nutzung der Wasserstraßen nicht vorgestellt und wollte jetzt die Investitionen für die Erschließung des Teufelsmoores zurückholen. Geeignete Standorte für weitere Zollstationen hatte der Moorkommissar ausgewählt. So erreichten die Abgaben für Warenbewegungen jeden Moorkanal und damit die oft noch armen Moorbauern. Viele schmuggelten in ihrer Not selbst oder sie versorgten sich ohne Risiko bei wagemutigen Profi-Schmugglern wie dem Roten Gerd.

Als einer der besten unter ihnen hatte Gerd mit Tarnung, List und Gewalt das Schmuggeln als Leidenschaft entdeckt. Die meisten Moorbauern suchten ihren Vorteil und arrangierten sich mit Gerd und seiner illegalen Tätigkeit. Selbst als er verdächtigt wurde, im Torfschiffhafen Kreuzkuhle seine Ziele mit Gewalt durchgesetzt zu haben, baute sich eine Mauer des Schweigens gegenüber den Untersuchungsbeamten auf. Am Ende war die Konfrontation mit den Zöllnern sogar nützlich für seinen Ruf als Schmuggler.

Auch heute auf seinem Weg nach Bremen bemerkte Gerd wieder die Bewunderung der Torfschiffer, die ihm entgegenkamen. Neugierig schauten sie auf seinen großen, schwarzen Handschuh. Er ließ die Schiffe passieren, bevor er in einen Seitenarm der Hamme steuerte und für die Nacht Schutz zwischen den Schilfinseln suchte. Die Masten der Torfkähne ließen sich einklappen, um Brücken passieren zu können. Gerd nutzte diese Funktion auch abends, weil er möglichst unsichtbar sein wollte. In der flachen Kajüte im Bug des Torfkahnes gab es ein Strohlager zum Schlafen mit Platz für zwei Personen und die Brennhexe, einen winzigen Ofen zum Kochen und Heizen. Er öffnete die Luke zum Einstieg und ließ sich nach innen gleiten, um sich ausstrecken zu können. Gerd fühlte sich glücklich, wieder unterwegs zu sein, und freute sich darauf, seine Freundin Isabella bald wiederzusehen, mit der ihn so viele Erlebnisse verbanden. Doch schlief er unruhig in der Nacht, die Ereignisse an der Kreuzkuhle beschäftigten ihn mehr, als ihm lieb war.

LIST UND NEUGIER

Als Gerd am Morgen die Luke über sich öffnete, schien die Sonne im flachen Winkel durch den Schilfgürtel. Die Gräser bewegten sich sanft im Wind. Er bereitete den Torfkahn für die Fahrt vor, richtete den Mast auf und drückte das Boot zurück in das freie Wasser. Besonders sorgfältig prüfte er die Abdeckung der Ladung. Alles musste so aussehen, als ob er nichts als Torf transportierte. Schon bald würde er die Kontrollstellen Melchers Hütte und Tietjens Hütte passieren, die an der Hamme im Bereich der Holtstelle eingerichtet worden waren. Die Hammehütten dienten als Zollstellen und Gasthaus, außerdem waren sie Handelsplätze der Hakenhöker. Letztere Bezeichnung kam von den Händlern, die wegen der häufigen Überschwemmungen ihre Waren an Haken und gespannten Schnüren von der Decke hängen ließen.

Der kleine See, wo die Beek in die Hamme mündete, wurde Holtstelle genannt. Beide Flüsse leiteten das Wasser aus den weiten Moorgebieten im Norden in die Wümme, Weser und schließlich in die Nordsee. Da es keine Schleusen gab, schwankten die Wasserstände durch Ebbe und Flut bis hier ins Teufelsmoor. Das führte dazu, dass sich an den Ufern der Holtstelle schwimmende Torfinseln und Schilffelder absetzten, wieder aufschwammen und an anderer Stelle liegen blieben. Wenn ein Schiff den kleinen See in Richtung Bremen verließ, musste es die Zollstelle passieren, die direkt am Ufer lag. Bisher waren Gerds Versuche allesamt gescheitert, einen anderen Weg vorbei an diesem lästigen Hindernis zu finden.

Zum Glück kannte sich der Rote Gerd gut aus in dem Gewirr der Wasserläufe und blieb so lange darin verborgen, bis er glaubte, unbemerkt in Richtung Bremen durchkommen zu können. Das gelang am besten, wenn an der Holtstelle viel Betrieb war. Und das war häufig der Fall, denn mit manchmal fünfhundert Schiffsbewegungen am Tag herrschte selten Ruhe auf dem kleinen See. Wer etwas zu verzollen hatte, und das war jeder, der anmeldepflichtige Waren transportierte, musste sich als erstes in der Zollhütte melden.

Hier in dem breiten Gewässer machten viele Torfkahnfahrer halt, besuchten die kleinen Hütten oder fliegenden Händler am Ufer und handelten mit Torf. Denn die Holtstelle war der erste Umschlagplatz auf dem Weg in die Stadt. Die großen Schuten, die bis zu vierzig Meter lang waren, legten hier an und die Schiffer kauften das Brennmaterial von den Moorbauern zum gesammelten Weitertransport auf. Torfstecher, die ihre Ware lieber selbst in Bremen anbieten wollten, ignorierten die Lastkähne und fuhren weiter bis in den großen Torfhafen im Bremer Stadtteil Findorff.

Bei so viel Betrieb konnten die Zöllner nicht jedes Boot durchsuchen und vor allem hielt nicht jeder an, um freiwillig seine Waren zu verzollen. Daher beobachteten die Beamten das geschäftige Treiben auch vom Wasser aus, wo sie mit den wendigen Entenjägern und Seelenverkäufern, wie ihre Schiffstypen hießen, unterwegs waren. Kam ihnen etwas verdächtig vor, schauten sie genauer nach und überprüften die Ladung. Wer das Pech hatte erwischt zu werden, musste den zehnfachen Wert seiner gesamten Waren zahlen. So war das Risiko beim Schmuggeln für die Moorbauern unkalkulierbar geworden und sie wandten sich lieber an den Roten Gerd, der der Berühmteste unter ihnen war. Ihm war bisher alles gelungen!

Zur frühen Stunde näherte sich Gerd der Holtstelle, in der langsam der Betrieb erwachte. Am Ufer bereiteten die Beamten ihre Schiffe vor, riefen Kommandos und lösten die Halteleinen, als Gerd sich in eine Reihe anderer Torfkähne treiben ließ, die ebenfalls beladen auf dem Weg nach Bremen waren. Er blieb ruhig am Ruder und die Strömung nahm ihn mit auf die Reise. Niemand interessierte sich heute für ihn.

Nachdem diese Passage hinter ihm lag, stakte oder wriggte er sein Boot mit bewusst langsamen Bewegungen voran. Als er später in die

Wümme fuhr, konnte er das Segel nutzen. Schließlich erreichte er die Wasserwege, die in Richtung Innenstadt führten.

Auf dem Kuhgraben, wie der Torfkanal im Blockland hieß, musste er ab und zu anhalten und andere Torfschiffer vorbeifahren lassen. Nach einer Pause erreichte er am späten Abend den Findorff-Hafen, der zwischen den ersten Häusern der Stadt lag.

In der Dunkelheit bemühte sich Gerd, heil durch die beladenen Torfschiffe zu manövrieren, die am Nachmittag angekommen waren und die morgen entladen werden würden.

Er glitt durch den Hafen und wollte unbemerkt in die schmalen Kanäle der Stadt einfahren, wo ihn seine geheime Geliebte erwartete. Nach dem Besuch würde er eine kleine Mannschaft anwerben für weitere Schmuggeltouren im Herbst, die beginnen sollten, sobald die regelmäßigen Überschwemmungen einsetzten. Nur das Hochwasser ermöglichte es, die Zollstellen in größerem Abstand zu umfahren und so das Risiko zu verringern.

Aber heute zeigte sich der Torfschiffhafen in Bremen geradezu gespenstisch dunkel und leer. Normalerweise drang Licht von den Öllampen aus den Gasthäusern *Moorperle* und *Schnaksack*. Diese lagen gegenüber dem Entladeplatz, ebenso wie die Läden und Lager der Torfhändler. Alles war still.

Die Kähne waren in langen Reihen nebeneinander an der steil aufragenden Wand des Anlegers festgemacht. Niemand war zu sehen. Viele Torfschiffer nutzten sonst ihre Zeit in Bremen zur Ablenkung vom harten Alltag im Moor, tranken reichlich und verprassten das mühsam erarbeitete Geld. Meistens zum Ärger ihrer Frauen, die Zuhause sehnlichst auf den Erlös der Verkäufe warteten.

Wer in angetrunkenem Zustand aus dem Gasthaus bis zur Koje im Torfkahn torkelte, lebte riskant. Die schmalen Schiffe schaukelten auf, wenn der Schiffer an der Kante auftrat, dann war es schwer, das Gleichgewicht zu halten.

Heute zeigten die dunklen Fenster der Gasthäuser an, dass hier niemand unterwegs sein würde. In den ersten Straßenlaternen ging das Öl zur Neige und ein Nachtwächter schlich vorüber ohne nachzufüllen.

Was ist denn hier los?, wunderte sich Gerd und schaute auf seine Uhr. Es ist zu früh, als dass geschlossen sein sollte. Nur das Haus der Zollstelle hob sich durch zwei erleuchtete Fenster in der Dunkelheit ab und das Schattenspiel der Personen im Inneren erregte die Neugier des Schmugglers.

Wäre er doch nur weitergefahren, ohne sich umzusehen.

Nachdem der Widerstand der Moorbauern
von der Königlichen Regierung ernst genommen wurde,
hatte sie einen verdienten Amtmann entsandt,
um die Situation unter Kontrolle zu bringen.
Ehrgeizig, eitel und siegesgewiss befehligte er seine Männer.

NEUE VORSCHRIFTEN

Die sonderbare Ruhe in dem sonst so geschäftigen Hafen machte Gerd misstrauisch, sodass er der Sache auf den Grund gehen musste. Als Gesetzloser achtete er stets wachsam auf Veränderungen in seiner Umgebung, die ihm gefährlich werden könnten. Seine Jagd war das Schmuggeln, sein Erfolg die Information. Fehler durfte er sich nicht leisten.

Der Schmuggler legte behutsam an ein Torfschiff an, das in dritter Reihe auf das Entladen am kommenden Morgen wartete. Nur nicht auffallen! Von einem Kahn zum anderen setzte er sehr bedacht die Schritte. Die Torfschiffe sollten ruhig im Wasser liegen blieben, um die Schiffer nicht aufzuwecken, die in ihren Kajüten im Bug der Torfkähne ruhten. Wer nicht in die Kneipe kann, hat hier in der Dunkelheit nichts zu tun und schläft, sagte sich Gerd.

An der Hafenmauer angekommen schlich er durch die Dunkelheit auf das Licht im Zollhaus zu. Als Amtsstube diente ein ehemaliges Geschäft für Haushaltswaren, in dem die Torfschiffer sich früher mit Dingen des täglichen Lebens versorgt hatten. Ein paar alte Schilder hingen noch am Haus und der Hinweis »Billigster Seifen-Verkauf« gehörte der Vergangenheit an. Über dem Eingang zeigte ein Schriftzug den neuen Zweck: Zollstelle.

Im Hafen waren dazu bissige Bemerkungen zu hören, wie etwa: »Schaut mal! Gestern haben die noch Seife verkauft und heute gibt es Zölle im Angebot, doch wir bekommen nichts für unser Geld.« Diese Einstellung ließ jedoch die hohen Kosten für den Ausbau der Kanäle außer Acht, die den Moorbauern später ein besseres Leben ermöglichen sollten. Für die Erhebung der Zölle gab es ebenso Gründe wie für den Protest der Menschen, die sich mit guten Argumenten dagegen auflehnten. Denn viele der Kanäle hatten die Torfstecher in eigener Initiative ausgehoben.

An der Entladestelle lagen Reste vom Torf, der am Nachmittag abgeladen worden war und schwarzbrauner Staub bedeckte das Pflaster. Gerd ging unauffällig weiter. Völlig unnötig, denn niemand trieb sich wie sonst zu dieser Stunde auf der Straße herum. »Sonderbar! Sonderbaaaar!«

Aber was geschah zu dieser Stunde im Zollhaus? Gerd näherte sich dem erleuchteten Fenster, aber – was war das? Undeutlich und im fahlen Licht gerade noch zu erkennen zeigte ein Plakat an der Hauswand sein Gesicht!

Unmöglich! Das kann doch nicht sein, das bin ja ich!, fuhr es ihm durch den Kopf.

Allerdings musste er den Gedanken gleich wieder beiseiteschieben, denn die Schatten der Leute aus dem Zollhaus fielen flackernd auf die Straße und forderten seine ganze Konzentration.

Vorsichtig spähte Gerd aus dem Schutz der Dunkelheit durch das Fenster. Eine Gruppe Zöllner stand um einen Tisch herum und die Männer sahen jemandem zu, der etwas aufschrieb. Sobald die Bewegungen den Blick kurz freigaben, konnte er mehrere Urkundenrollen erkennen, die nach und nach unterzeichnet wurden.

Was sind das für Dokumente, dass sie heimlich in der Nacht bearbeitet werden, fragte sich Gerd.

Das konnte nichts Gutes bedeuten! Darüber musste er mehr erfahren. Er brauchte Gewissheit! Zu seiner Verwunderung war die Eingangstür nur angelehnt, sodass er leise tastend durch den Flur schlich. Auch die Tür zur Amtsstube war nur angelehnt und das kratzende Geräusch der Schreibfeder auf Papier erreichte sein Ohr.

Unter dem Raunen der Beamten setzte der Amtmann seine Unterschrift auf das letzte Schriftstück und klappte das Tintenfass zu. Der Zufall hatte Gerd zum Zeugen der Unterzeichnung der geheimen Pläne für das Teufelsmoor werden lassen, denn an diesem Schreibtisch beendete der Abgesandte der Regierung, Amtmann Cornelius, die Siegelung der Dekrete mit einer Zeremonie. Er erhob sich, sorgte mit dem hellen Klang einer Tischglocke für Ruhe und richtete sich an die Beamten:

»Meine Herren! Wie Sie wissen, ist die Königliche Regierung zu Hannover bereits vor über einem Jahr dem Deutschen Zollverein beigetreten, der für ganz Preußen gilt. Nur im Teufelsmoor leisten die Moorbauern dreist und unbeeindruckt Widerstand gegen die Abgaben! Die stolzen Torfstecher machen, was sie wollen, ignorieren uns und reden von Freiheit. Was meinen die damit eigentlich? Für die Freiheit sind nur wir zuständig, die Königlichen Beamten! Heute haben wir in diesem Hafen klargemacht, dass ab sofort die Regeln eingehalten werden müssen. Alle Torfschiffer müssen im Hafen auf ihren Kähnen ausharren, bis wir sie morgen kontrolliert haben. Jeden Einzelnen ohne Ausnahme! Wir werden die Zollstellen im Teufelsmoor neu organisieren. Wir werden härter gegen Schmuggler vorgehen und höhere Zölle einnehmen. Sie alle, meine Herren, haben die Aufgabe, diese Urkunden mit den Anweisungen öffentlich an allen Zollstationen auszuhängen, bis hin in den allerletzten Moorkanal. Achtet darauf, dass die Vorschriften durchgesetzt werden.«

Der Amtmann hatte sich in Rage geredet, denn als Sonderbeauftragter in dieser heiklen Mission würde er schnell Erfolge vorweisen müssen. Die Erwartungen der Regierung an sein Können waren hoch. Er selbst nahm die Aufgabe locker und dachte sich insgeheim: Mit den paar Bauern in dieser Wildnis bin ich flott fertig und danach schaue ich mal, wie hoch meine Karriereleiter noch reicht.

Eitel und überheblich stand er vor den Dekreten und ließ die energischen Worte durch Schweigen wirken. Die neue Aufgabe erfüllte ihn mit Stolz. Seine Autorität fühlte er doppelt mächtig durch die schicke Uniform mit dem großen Orden. Amtmann Cornelius reckte sich in die Höhe und schaute mit wichtigem Blick in die Runde der Anwesenden.

Gerd sah der Szene fast verächtlich zu, auf ihn wirkte das alles wie schlechtes Theater. Noch während der Mann in Uniform dastand und seine Worte wirken ließ, stieg die Wut im Herzen des

Schmugglers ins Unermessliche. Vor Zorn lief er rot an, die Adern auf der Stirn traten hervor und er begann, die Kontrolle zu verlieren. Seine Arbeit, und war sie noch so illegal, geriet hier in reale Gefahr. Das galt es unter allen Umständen zu verhindern. Die Urkunden mit den Anweisungen durften diesen Raum nicht verlassen!

Plötzlich hatte er verstanden: Die strenge Kontrolle am Torfhafen vor zwei Wochen und der Kampf mit den Zöllnern im letzten Winter waren die Vorboten dieser Vorschriften gewesen. Jetzt würde es noch schlimmer kommen!

Impulsiv und ohne zu überlegen, stieß er die Tür auf. Die Beamten wichen zurück und und gaben dadurch den Blick frei auf die große Gestalt, die kaum durch den Eingang passte. Das flackernde Licht tat sein Übriges und ließ den Roten Gerd noch hühnenhafter erscheinen.

Er zwängte sich durch die Tür, die dabei aus den Angeln fiel, und stürmte in den Raum. Wild vor Zorn schlug er die Staatsdiener zu Boden, die jahrelange Arbeit am Stehpult hatte sie nicht zu Kämpfern gemacht. Der Amtmann konnte dieser ersten Attacke ausweichen, knickte aber vor Schreck ein und saß plötzlich wieder hinter dem Schreibtisch. Bewegungsunfähig starrte er auf den schwarzen Handschuh, der ihm entgegenkam. Der mächtige Schlag warf den nun ohnmächtigen Amtmann samt Stuhl gegen die Wand.

*Der unbeherrschte Zorn des Schmugglers
und die Eitelkeit des Amtmannes Cornelius'
sollten das Schicksal beider Männer bestimmen.*

FAUSTSCHLAG MIT FOLGEN

Der Lärm in der Zollstube am Findorff-Hafen war nach kurzem, aber heftigem Kampf schlagartig zu Ende gegangen und die Ruhe fühlte sich an, als sei die Zeit stehengeblieben. Fast wirkte es friedlich, wie die Gruppe der Männer regungslos am Boden lag. Der Amtmann ruhte selig rücklings auf der Lehne des umgekippten Stuhles. Dank seiner schicken Uniform wirkte die Szene wie ein Kunstwerk.

»Es sieht aus wie ein Gemälde«, murmelte Gerd, den wir anfangs bereits als Schöngeist kennengelernt hatten. »Schönheit im Chaos!« Gerd wurde ganz zum Künstler seiner Fachkompetenz als intelligenter Schmuggler. Was er sah, hätte einen Maler inspirieren können. Das Licht der Öllampen erhellte den Raum auf sonderbar klare Weise. Die Stühle lehnten umgekippt an der Wand.

Amtmann Cornelius hatte wohl noch im Fallen versucht, mit einem Bein das Gleichgewicht zu halten. Doch die Anstrengung war vergebens gewesen, denn sein Fuß hatte erst auf dem Tisch Halt gefunden und der Stiefel zerknitterte einige der Urkundenrollen. Weitere Papierrollen lagen zerstreut auf dem Boden und zwischen den kreuz und quer niedergestreckten Beamten. Die weiße Perücke auf Cornelius' Kopf, die er aus dekorativen Gründen trug, war verrutscht, auch die farbenfrohe Uniform sah etwas ramponiert aus.

In einer Welt mit eher gedeckten Farben bildete der Amtmann die belebende Ausnahme. Wäre da nicht der Respekt vor seinem Amt als Regierungsvertreter gewesen, hätten Böswillige ihn als Paradiesvogel bezeichnet. Cornelius trug eine weinrote Reithose, schwarze, enganliegende Lederstiefel, die auf Hochglanz poliert waren, ein weißes Hemd mit Rüschen an den Ärmeln und dazu einen königsblauen Gehrock mit Schulterstücken und goldenen Kordeln. Ein großer Orden aus Gold war sein ganzer Stolz und verlieh ihm erhabene Würde. Auf dem Kopf trug er stets eine Perücke aus weißem Haar, die jetzt leicht verrutscht war. Diese Mode passte zwar nicht mehr in die Zeit, aber er wollte seinem Auftritt mehr Bedeutung verleihen. Er war der Sohn eines nahen Verwandten des Königs, da ließ man ihm derlei kleine Eigenmächtigkeiten durchgehen.

Hier in der Provinz, wie er es empfand, führte sich Cornelius wie der König selbst auf, dessen Bildnis die Wand der Amtsstube schmückte. Und es schien, dass der tatsächliche König, Georg V. von Hannover, vor Zorn den Blick von seinen besiegten Beamten abgewendet hatte, weil sie von nur einem Mann besiegt worden waren. Sogar auf dem Bild wendete der König den Blick ab. Am liebsten wäre er wohl vor Zorn aus dem Rahmen gesprungen!

Die Szene, die Gerd immer noch bewunderte und die ihn an ein Gemälde erinnerte, begann sich zu regen.

»Ich bin Regierungsbeauftragter von Preußens Gnaden, Amtmann Cornelius. Was macht Ihr hier?« Der Mann der Regierung wandte sich völlig unvermittelt an Gerd, wenngleich auch etwas Unsicherheit in seiner Stimme mitklang.

»Ich kenne Euch, oder?«

Doch Gerd dachte: So ganz hat der seine Sinne wohl noch nicht wieder beisammen! Woher sollte der mich kennen? Wir sind uns doch noch nie begegnet!

»Ich denke nicht!«, erwiderte Gerd höhnisch, der sich hinuntergebeugt hatte. »Und Ihr werdet mich auch nie kennenlernen, denn mich seht Ihr nicht wieder!«

Beide Männer schauten sich feindselig in die Augen, bevor der schwarze Handschuh den Mann von Preußens Gnaden und des Königs von Hannover endgültig in einen tiefen Schlaf beförderte.

Der Schmuggler riss dem Amtmann den goldenen Orden von der Uniformjacke und murmelte: »Der ist für den Mann von Worpswedes Gnaden, nämlich für mich!« Der Rote Gerd hatte Fantasie und beschloss, an seinem eigenen Erscheinungsbild zu arbeiten. Den Orden würde er ab jetzt am Mantel tragen, als Zeichen seiner Überlegenheit. Da bemerkte er einen zarten Duft, einen Hauch, der um seine Nase geweht war, als er dem Amtmann in die Augen geschaut hatte. War das nicht Grace à moi? Gerd schüttelte den Kopf, denn er kannte das Parfum, das aus Grasse in Frankreich stammte.

Was für eine verkehrte Welt! Papageienuniform, Luxusparfum, Perücke und gepuderte Nase – was für ein Mann ist das? Verkehrte Welt, dachte er ganz im Sinne seiner Epoche.

Dann realisierte er, warum er sich in dieser Situation wiederfand. Es war Neugier gewesen, die ihn unbeherrscht in diesen Kampf geführt hatte.

»Siegreich oder nicht«, murmelte er, »der Amtmann wird später nach mir suchen« Sein Zorn begann zu verfliegen und Gerd realisierte, dass er diese Aktion noch bereuen würde. »Letztlich werden die neuen Gesetze durchgesetzt und auch Gewalt wird nichts verändern. Nicht gut, gar nicht gut! List wäre die bessere Strategie gewesen.« Seine impulsive Art, erst nach einem Faustschlag zu denken, hatte ihn schon zuvor in schwierige Situationen gebracht. »Was kann ich schon dafür, wenn man mir das Leben schwer macht, ich will doch immer nur das Beste!«

Die Schuld lag überall, nur nicht bei ihm selbst.

Als er über diese Gedanken wieder zu Verstand kam, raffte er die Urkundenrollen zusammen und wickelte das Bündel in das untere Ende seines Mantels, das er mit einer Hand zusammenhielt. Wenn auch bereits etwas besonnener, befreite er den Eingang von der herausgerissenen Tür und nahm seine Aufregung und den Zorn über die neuen Königlichen Anweisungen mit in die Nacht. Die Öllampen und Kerzen begannen zu verlöschen und das Stöhnen der Herrschaften am Boden zeigte an, dass diese bald aufwachen würden.

Tagebucheintrag Roter Gerd:

Zum dritten Mal kam es zum Kampf, wo zuvor List ausgereicht hätte. Aber nun denn … dann sei es so!
Bei meiner Ehre, ich werde mit neuer Strategie zurückkehren.
Ik bin de Rode Gerd

ZUFLUCHT BEIM SCHWARZEN VOGT

Als Gerd auf die Straße stolperte, fiel sein Blick wieder auf das Plakat an der Hauswand. Seine Augen, jetzt an die Dunkelheit gewöhnt, wollten es nicht glauben und doch sah er sich seinem Antlitz gegenüber.

Darunter stand geschrieben:

Mann, sehr groß, über 2 Meter.
Zollstelle überfallen und ausgeraubt.
Zöllner erschlagen und auf der Flucht.
Hinweise an Moorkommissar Erasmus Castell

»Was soll das, was war denn schon passiert, meine harmlose Gegenwehr wird zu einem Verbrechen?« Im Schockzustand fand er keine Erklärung und vergaß dabei, dass er nicht auffallen durfte. Auf dem Weg zum Schiff geriet er in Hektik und verlor einige der Urkundenrollen schon auf der Straße. Auch stieg er zu schnell und polternd über die vorne liegenden Torfkähne hinweg. War jemand aufgewacht? Seine Schritte wogen schwer und die Boote begannen sich aufzuschaukeln. Zu allem Überfluss blieb er mit dem Mantel an einem Anker hängen. In der Eile riss er sich los, sprang in sein Boot, ließ achtlos die Papiere zu Boden fallen und legte ab.

Zuerst war es nur Aufregung, aber jetzt überkam ihn die Wut wegen der falschen Anschuldigung. Jetzt sollte ihm ein Mord angehängt werden?

Mord! Das Urteil war also schon gesprochen und jetzt würden sie ihn mit allen Mitteln jagen. Aber woher hatten sie sein Bild? Die Zöllner, die er im Hafen Kreuzkuhle niedergeschlagen hatte, konnten ihn in der späten Dämmerung nicht erkannt haben. Für Gerd ergab das alles keinen Sinn. Dieser kleine Vorfall sollte eine derart große Sache werden? Er glaubte immer noch an einen Irrtum und verstand nicht, dass es bei der Jagd auf ihn weniger um seine Person ging als vielmehr um eine Demonstration der Regierung gegen die

Schmuggler allgemein. Von der künftigen persönlichen Rache des Amtmannes einmal abgesehen.

In der mondhellen Nacht stakte der unbeherrschte Schmuggler weiter auf den Kanälen in Richtung Bremer Innenstadt. An jeder Brücke hing bereits sein Steckbrief und kein Schiffer konnte das Plakat übersehen. Gerd vermutete überall neugierige Augen und folgte dennoch den Wasserstraßen tiefer hinein in die Stadt. Langsam zogen die Häuser als dunkle Schatten vorüber, an der Seite lief ein Betrunkener, dann noch einer. Spärliches Licht fiel aus den wenigen Straßenlaternen, die hier bereits mit Gas betrieben wurden.

Nur ein leises Plätschern des Wassers begleitete das Boot. Schließlich endete der Kanal. Gerd nahm ein kleines Paket aus der Ladeluke und ging zu Fuß weiter. Vor dem Eingang einer Stadtvilla blieb er stehen und schaute auf das vertraute Türschild aus hellem Marmor, darauf stand der Name seines größten Abenteuers: Isabella de la Conté.

Es waren nur noch wenige Schritte bis zur Türglocke und doch verharrte er plötzlich auf dem Gehsteig.

»Ich kann doch unmöglich zu dieser fortgeschrittenen Stunde nach dem Diener läuten und Isabella wecken lassen. Und wie sehe ich überhaupt aus?«, murmelte er in die Nacht. Mit dieser Einschätzung lag Gerd richtig. Die Haare wild durcheinander, der Mantel eingerissen und einige Blutspuren auf den Stiefeln waren keine Empfehlung für einen nächtlichen Besuch bei der Geliebten.

Zu gern hätte er bei seiner vertrauten Herzensdame ausgeruht, doch es siegte der Verstand. Man würde nach ihm suchen oder die Zöllner bekämen einen Hinweis, dass Gerd hier seit Langem ein und aus ging. Weil er Isabella nicht gefährden wollte, machte er kehrt und änderte sein Ziel. »Später, später komme ich wieder«, überlegte er. Die Fahrt ging rückwärts, bis er in einen Kanal in Richtung der Weser einbiegen konnte, der schließlich parallel zum Fluss verlief. Hier kam eine lange Reihe von Packhäusern in Sicht, deren Vorderseiten zum Seehafen an der Weser ausgerichtet waren. An der Rückseite führte durch eine Straße getrennt der Kanal entlang. In dieser Gegend lag der seit Jahrhunderten bedeutende Hafen der Stadt Bremen, die Schlachte. Doch die wirtschaftlich guten Zeiten waren hier längst vorbei, denn große Handelsschiffe legten jetzt weiter nördlich an.

Kaum noch gute Ware, dachte Gerd. Ich muss etwas verändern.

Als er sich dem Hafen näherte, schob sich langsam der mächtige Schatten eines hohen Gebäudes über sein Schiff. Hier an den Speicherhäusern des Hafens endete der Stadtgraben des städtischen Kanalnetzes. Die Hafenarbeiter löschten die Waren der Schiffe, die anschließend mit Pferdefuhrwerken weiter in die Stadt transportiert wurden oder die Ballen, Kisten und Säcke fanden ihre Empfänger in den Speichern am Hafen. Was hier gelagert, bearbeitet und wieder verteilt wurde, brachten die Transporteure durch die Pforten an der Rückseite der Häuser zu den Bockschiffen, die auf den Kanälen in Richtung Innenstadt ablegten.

Obwohl Gerd in dem Haus ein Warenlager unterhielt und sich auskannte, schaute er gebannt in die Höhe. Die Luken in jedem Stockwerk wirkten heute dunkler als sonst und er bildete sich ein, überall Gesichter zu erkennen. Die Ereignisse der Nacht drückten auf die Stimmung und ein bisher unbekanntes Gefühl der Unsicherheit überfiel ihn.

Nach dem Anlegen ging er über die Straße zum Haus und klopfte mit einem Code mehrfach an die Tür aus Eichenholz mit eisernen Beschlägen. Es dauerte etwas, bis geöffnet wurde, und ein Mann im schwarzen Umhang und Kapuze vor Gerd stand. Das Gesicht lag im Dunkeln. »Du wolltest schon vor Tagen kommen«, sagte die unheimliche Gestalt und drehte sich wieder um. Gerd folgte ihm in den Flur, ohne seine Verspätung zu erklären.

Gute Kontakte halfen Gerd bei der Lösung von Problemen. Dennoch blieb er ein Einzelgänger. Das sollte seine Zukunft bestimmen.

AKTION UNSICHTBAR

Er folgte dem flackernden Licht der Öllampe, das mit jedem Schritt des Mannes zitternde Schatten auf die Wand warf und es aussehen ließ, als gingen vor Gerd mehrere tanzende Kapuzenmänner. Sie erreichten einen großen Raum, in den durch die Fenster gegenüber spärliches Licht aus dem Hafen von den Gaslaternen und einigen offenen Feuern fiel.

Bevor Gerd einige Jahre zuvor hier ein Depot für seine Waren einrichten konnte, hatten sie in diesem Raum über die Bedingungen verhandelt. Der heute leere Lagerraum wirkte fremd und die Stimmung trug nicht zur Beruhigung des Schmugglers bei. Erst als der Hausherr weitere Öllampen auf dem einzigen Tisch entzündete, war der Grund zu erkennen. An allen Wänden hingen große Pläne mit technischen Zeichnungen. Sehr ungewöhnlich für einen Speicher im Hafen.

»Vogt!«, sagte Gerd, »mein Schiff muss raus aus dem Kanal, ich habe Probleme.«

»Wann hast du mal keine Probleme?«

»Dieses Mal ist es ernst. Ich muss für einige Wochen in meinem Lager bleiben.«

Mehr Worte der Erklärung wechselten die beiden Männer nicht, aber der Vogt bot seine Hilfe an.

»Mein Lager ist ziemlich voll, aber wir werden sehen. Ich rufe ein paar Leute und lasse deinen Kahn ins Haus holen.«

Der Vogt öffnete eine Tür und Gerd hörte dumpfe Klopfgeräusche wie aus den Tiefen der Erde. Es dauerte einen Moment, bis die Männer den Raum betraten. An ihrer Kleidung und in den Haaren hingen Holzspäne. Einer trug eine Schürze aus Leder und war dem Aussehen nach wohl ein Schmied.

Was bauen die nur in diesem Haus?, fragte sich Gerd, als die Gruppe schweigend an ihm vorbeiging.

Sie überquerten die Straße zum Kanal, hoben seinen Kahn aus dem Wasser und schleppten ihn zum Haus. Gerd war gerade dazugekommen, als einer der Helfer ein Tor aufschloss. Die übrigen Arbeiter trugen sein Boot wortlos hindurch.

Als er folgen wollte, fielen die Türflügel knapp vor ihm ins Schloss. Der Riegel glitt auf der anderen Seite der Tür quietschend durch den Beschlag und Gerd blieb mit ungutem Gefühl auf der Straße zurück. Schließlich folgte er dem bekannten Weg zurück bis in den Raum mit den Zeichnungen, nicht ohne besorgt darüber nachzudenken, wohin sie sein Schiff wohl gebracht hatten. Der Vogt war nicht mehr anwesend und Gerd, der sich sonst seiner Aktionen völlig sicher war, begann sich ernsthaft Sorgen zu machen.

Er dachte an den Tag zurück, als er dem »Vogt« das erste Mal begegnet war. Vor wenigen Jahren, als noch reger Schiffsbetrieb am Anleger der Schlachte für Geschäftigkeit sorgte, waren sie eher zufällig aufeinander gestoßen. Gerds Torfkahn lag damals im Stadtgraben an der Rückseite der Speicherhäuser. Dabei wählte er stets einen anderen Platz, um zu seiner Sicherheit keine Regelmäßigkeit aufkommen zu lassen.

Eines Abends kam er in der Dämmerung von seinem Kahn und ging durch eine enge Gasse, um Kisten abzuholen. Dort bemerkte er zwischen den arbeitenden Menschen eine Gruppe von Randalierern, die einen großen Mann im schwarzen Mantel attackierten und in Bedrängnis brachten.

Gerd war selbst als skrupellos bekannt und die Angelegenheit ging ihn eigentlich nichts an, jedoch hatte er in seinem Inneren einen guten Kompass für Gerechtigkeit. Sieben gegen einen? Das war kein fairer Kampf. Entschlossen, wie sich Gerd stets präsentierte, hatte er sich kompromisslos mit wenigen Schlägen eingemischt. Die »feigen Sieben« ergriffen die Flucht.

Der Mann in der schwarzen Kleidung hatte sich erleichtert bei ihm bedankt und seinen Mantel zurechtgerückt. Mit schnellem Griff flog auch die verrutschte Kapuze über den Kopf und bereits damals blieb das Gesicht stets verborgen.

»Komm' mal mit rein.« Der Mann hatte Gerd aufgefordert, ihm zu folgen. Wortlos war er zu dem höchsten Speicher am Hafen vorausgeeilt. Dort hatten in einem großen Raum Berge nummerierter Kisten gestanden. Es wirkte, als wäre jedes Paket ein Teil von etwas Größerem.

»Einen wie dich kann ich gebrauchen, was tust du sonst so?«

Die Antwort war dem Schmuggler zum damaligen Zeitpunkt schwergefallen. Wer würde einem Fremden gegenüber sofort zugeben, ein Profi auf diesem Gebiet zu sein. Daher antwortete er zurückhaltend: »Als Torfkahnschiffer bringe ich Waren zu den Leuten in meinem Dorf.«

»Ich bin der Vogt und brauche jemanden, der mir Dinge ins Teufelsmoor liefert. Das muss unauffällig passieren. Frag' nicht, was das ist, und schaue nie nach! Es würde dich verfluchen. Kommst du leicht an den Zollstellen vorbei?«

Der Kerl hat Instinkt, dachte sich Gerd damals und vermied eine Antwort auf die Frage.

»Also ich bin Gerd! Wie ist Euer Name?«

»Nenn' mich nur Vogt. Namen spielen keine Rolle. Wann fährst du wieder los?«

»Später. Ich muss bei Nacht durch den Findorff-Hafen und in den Kanal, bevor mir die Schiffer aus dem Moor entgegenkommen.«

»Was kostet dein Dienst?« Der Vogt kam sofort zur Sache. Die beiden Männer waren sich ebenbürtig und spürten, dass sie sich ergänzen würden. Die Vereinbarung war schnell getroffen und versprach eine gewinnbringende Zukunft.

»Ich brauche eine Unterkunft in der Stadt und ein kleines Lager«, sagte Gerd nach einiger Überlegung. »Außerdem muss ich kommen können, wann es mir passt. Dann werde ich jedes Mal etwas für dich mitnehmen.«

Still dachte der Vogt nach. Er war kein Mann der unnützen Worte.

»Gleich schaffen wir die erste Kiste zu deinem Kahn. Die lieferst du ab und wenn du das nächste Mal in die Stadt kommst, ist dein Lager bereit.« Mit seiner tiefen Stimme fügte er sofort eine düstere Warnung hinzu: »Betrüge mich niemals! Ich bin der Schwarze Vogt, ein mächtiger Mann.« Sprach's und war in der dunklen Türöffnung verschwunden. Gerd blieb damals in dem Lager zurück und kam sich etwas verloren vor.

Heute, nach dem Kampf im Zollhaus, befand er sich wieder hier und abermals war er allein. Die Öllampen warfen etwas Licht an die Wände mit den Zeichnungen. Sein Torfkahn war verstaut und Gerd, der inzwischen völlig übermüdet war, setzte sich an den Tisch. Durch die Fenster in Richtung Schlachte fiel bereits das erste Licht der Morgendämmerung herein.

»Was für eine Nacht, was für eine Nacht.«

Kraftlos schlief er mit dem Kopf auf der Tischplatte ein. Das dumpfe Klopfen aus dem Haus bemerkte er nicht mehr.

Im Speicher des Vogtes war der Schmuggler die letzten Jahre ein- und ausgegangen, hatte Waren abgeholt und zahlreiche Aufträge für den Vogt erledigt. Trotz der gewohnten Routine begann die Stimmung zu kippen. Die Gründe dafür erkannte Gerd jedoch nicht.

DAS VERSPRECHEN

Die Mittagssonne warf helle Strahlen durch die Fenster. Die Sprossen im Glas zeichneten Schatten wie ein Gitter an die Wand gegenüber und der Raum wirkte wie ein Gefängnis. Dieser Eindruck verstärkte sich noch durch die staubige Luft, in der die Lichtkegel förmlich sichtbar wurden. Ab und zu fuhr ein Schiff vorbei. Die Masten und Segel gaben ihren bewegenden Kontrast hinzu und weil der Tisch in Richtung der Fenster stand, traf das andauernde Spiel zwischen hell und dunkel die Augen des eingeschlafenen Schmugglers. Plötzlich flatterten zwei Raben vor eines der Fenster und setzten sich auf die Fensterbank. Sie begannen, mit dem Schnabel gegen den Rahmen zu klopfen. Tock – tocktock – tooock, und das gleich mehrfach.

Als ein Schatten den Raum vollständig bedeckte, wachte Gerd auf. Er blinzelte und sah den Vogt gegen das Licht als Umriss am Fenster stehen. Es war jetzt geöffnet und er bemerkte, wie einer der Raben auf der Schulter des Mannes hockte.

Sprechen die etwa miteinander?, fragte sich Gerd, als sich gerade in diesem Moment der Vogt umdrehte und auf den Tisch zukam. Der Rabe erhob sich und flog mit einem langen »Krähhhh« wieder ins Freie.

Das Gesicht des Schwarzen Vogtes blieb wie immer verdeckt. »Ich habe mir deinen Torfkahn angeschaut. Es lagen wild verstreut Urkunden mit Anweisungen der Königlichen Regierung herum. Im Moor wird das Geschäft nun schwieriger, oder?« Er fragte stets sehr direkt. Freundliche Verbindlichkeit gab es bei ihm nicht.

Gerd dachte nach und sagte zur Beruhigung beider: »Im Teufelsmoor bleibt alles, wie es ist. Keine der Zollanweisungen wird ausgeführt werden, denn ich habe sämtliche Dekrete mitgenommen. Ohne die offiziellen Schriften wird dort niemand handeln. Ich muss zurück auf meinen Torfkahn und dann endlich zur Ruhe finden«.

Der Schwarze Vogt ging voraus und Gerd folgte bis zu der Tür, durch die in der Nacht die Männer gekommen waren, um das Boot zu verstauen. Wieder war das dumpfe Hämmern aus der Tiefe zu hören. Der Vogt schloss ein großes Depot auf und durch die weit zurückliegende Wand zu ihrer Linken flackerte Licht herein, das die Wellen des Hafenbeckens gegen die Decke widerspiegelte. Gerd sah seinen Torfkahn rechts liegen und auch die Tür, durch die ihn die Männer von der Straße aus hineingetragen hatten. Mehr erstaunten ihn allerdings die Unmengen Material, das hier gelagert wurde. Etwa einen Meter lange runde Holzstäbe lagen gleich gegenüber aufgeschichtet sowie haufenweise Eisenteile, große Räder aus Holz und stapelweise Bretter. Es wirkte, als seien es Einzelteile von etwas Größerem, doch einen sinnvollen Zusammenhang erkannte Gerd nicht.

»Was ist das?«

»Später wird alles ins Teufelsmoor transportiert«, antwortete der Vogt knapp. Ohne weitere Erklärung nahm er einen Spaten mit einem goldenen Griff von der Wand.

»Ich hatte dich beauftragt, mir diesen Spaten zu bringen. Nimm ihn jetzt wieder mit zurück ins Moor und versenke ihn so tief es geht. Das Ding ist unheimlich und gibt mir nicht die versprochene Kraft, von der mir meine Raben berichtet haben. Schicke ihn auf den Grund des Flusses. Das ist wichtig! Wer weiß, was damit ist. Vielleicht verstehe ich es nur nicht!«

Wortlos griff Gerd nach dem Spaten, den er für den Vogt vor einiger Zeit einem Jungen namens Jan entwendet hatte, und holte die Ledertasche aus seinem Kahn, um beides mit in seine Kammer zu nehmen.

»Wann fährst du wieder los?«, fragte der Vogt.

»Erst einmal nicht, noch ist es zu riskant. Die Zollbeamten werden mich suchen und darum bleibe ich einige Wochen hier, bis die Herbststürme wieder toben. Wenn das Wetter es gerade so zulässt, werde ich mehrere Ladungen meiner eigenen Waren ins Teufelsmoor bringen. Dann kann ich die riskante Tour über das offene Blockland nehmen, das im Winter überschwemmt ist. Im freien Wasser entfaltet mein Schiff seine besondere Schnelligkeit. Auf den Kanälen und Flüssen wäre das nicht möglich. Noch im Winter muss ich mit den Transporten fertig sein. Die Regierung wird sicherlich Verstärkung schicken und dann wird es für lange Zeit kein Durchkommen mehr geben. Diese Mengen an Kisten kann ich nicht mitnehmen, die sind zu groß und schwer für mein Boot. Wozu brauchst du die sonderbaren Teile?« Gerd wollte es unbedingt wissen.

»Was das wird? Das ist so geheim, dass ich es selbst nicht weiß«, antwortete ihm der Vogt ironisch.

Scherzte er oder war es so ernst gemeint, wie seine Stimme bedrohlich klang? Der Vogt ärgerte sich über die Absage der Beförderung seiner Bauteile und versuchte es noch einmal, diesmal freundlicher: »Gerd, hör' zu! Ich baue an etwas Großem für das Teufelsmoor. Ich kann nicht darüber sprechen. Das Gros an Holz und Eisen kann ich gut mit Lastkähnen verschiffen. Das ist Baumaterial, das nicht verzollt werden muss. Aber es wird einige Ladungen mit speziellen Steuerungen geben, und die sind geheim. Darum müssen diese unerkannt an den Zollstellen vorbei. Du bist der Beste und der einzige Spezialist, der dafür infrage kommt.« Der Vogt versuchte dem Schmuggler zu schmeicheln.

Seit wann ist der Vogt so ein freundlicher Redner? Gerd stutzte und dachte nach. Dann versprach er: »Gut, eine Tour! Die kann ich für dich erledigen, aber zuerst werde ich meine Waren transportieren. Du musst bis zum Frühjahr warten.«

Jedoch sollte es wegen laufender Ermittlungen durch Amtmann Cornelius ganz anders kommen.

De Rode Gerd hatte die Zollstelle ins Chaos gestürzt …

Jetzt wurde der Amtmann gebraucht.

CORNELIUS BEWAHRT HALTUNG

In der Zollamtsstube am Findorff-Hafen kamen die Staatsdiener langsam zur Besinnung und rappelten sich stöhnend auf. Der frühe Morgen dämmerte und Nebel waberte über dem Wasser des Hafens.

Amtmann Cornelius lag unverändert rücklings auf der Lehne seines umgekippten Stuhles. Jetzt wurde er gebraucht und die Beamten nahmen kurzerhand den Eimer mit Löschwasser, der immer bereitstehen musste, und schütteten die kalte Dusche über seinem Kopf aus. Sie richteten ihn mitsamt dem Stuhl auf und halfen ihm auf die Beine.

Im Fenster gegenüber sah Cornelius sein Spiegelbild und erschrak über das, was er sah. Er rückte die Perücke zurecht, schwieg einen Moment und ordnete mit festen Griffen die Kleidung. Mit einem Ruck riss er den Uniformrock nach unten, sodass seine energischen Schultern wieder hervortraten. Der Befehlshaber nahm trotz der Niederlage und den blauen Flecken im Gesicht eine stolze Haltung ein. Sein Gefühl für Autorität kehrte zurück.

»Meine Herren Schwächlinge«, diesen Vorwurf konnte er sich nicht verkneifen, »was hier heute passiert ist, war ungeheuerlich. Ich verpflichte Euch hiermit, diese Ereignisse zu vergessen. Offiziell werden wir protokollieren, dass die Dekrete gestohlen wurden und wir den Übeltäter nun suchen und bestrafen werden. Gesehen wurde ein riesiger Mann mit roten Haaren. So wie auf dem Steckbrief.« Das klang glaubwürdig und niemand im Raum würde etwas anderes sagen, wenn er nicht seine Karriere riskieren wollte.

»Wer redet, wird degradiert, ist das klar?« Erneut stieg Zorn in Amtmann Cornelius auf und er tobte.

Auch vor dem Zollhaus erwachte mit dem ersten Licht das Leben im Torfhafen. Pferdefuhrwerke holperten über das Kopfsteinpflaster in Richtung der Torfkähne an der Anlegestelle. Das Klappern der Hufe war zu hören und die Stimmen der Brockenweiber, die sich zur Arbeit versammelten. Sie halfen beim Entladen des Torfes in

Körbe, die sie auf die Leiterwagen hoben. Stücke, die herunterfielen, durften sie mitnehmen. Die Arbeit brachte ein kleines Auskommen und gleichzeitig wurde die Hafenanlage sauber gehalten. Dennoch war der Staub allgegenwärtig und nur Regen verbesserte die Situation für kurze Zeit.

»Jetzt beginnen wir eine strenge Untersuchung.« Cornelius wandte sich an seine Männer, die in der Amtsstube herumstanden und entweder ihn oder den Boden betreten ansahen.

Als einer der Zollbeamten mit zitternder Hand auf die Uniformjacke des Amtmannes zeigte, hielt Cornelius inne, schaute an sich hinunter und bemerkte erst jetzt den fehlenden goldenen Orden. Nach kurzem Schreck gab es für ihn kein Halten mehr.

»Los, raus hier! Sucht nach Spuren, bevor sie draußen zertrampelt werden. Befragt alle Torfschiffer, ob sie während der Nacht etwas bemerkt haben. Los, los, looooos – das muss schneller gehen. Raus hier!«

Gestern mussten die Torfschiffer auf ihren Kähnen bleiben. Der Amtmann war durch den Hafen stolziert und hatte eine Ausgangssperre ausrufen lassen. Heute Morgen ging es wieder andersherum …

AUF SPURENSUCHE

Die Beamten rannten durch die Hafenanlage. Einer lief mit der Glocke aus der Sitzung bimmelnd an der Kaimauer entlang. Ein anderer beorderte die Torfschiffer ans Ufer und der Rest der Beamten schob die verärgerten Schiffer zu einer Gruppe zusammen.

»Hat heute Nacht jemand etwas Ungewöhnliches bemerkt?«

Die Männer schwiegen, bis sich zwei von ihnen meldeten. Sie berichteten, sie wären zu später Nacht aufgewacht, wüssten aber nicht genau, wann. Etwas habe auf ihrem Schiff gepoltert und das Boot habe wild geschaukelt. Kurz danach sei es wieder ruhig gewesen.

Beide Zeugen mussten die Beamten zu ihren Torfkähnen führen, die noch genauso an der Hafenmauer lagen wie in der Nacht. Man untersuchte die Schiffe und fand über der Kajüte am Bug kaum wahrnehmbare Fußabdrücke im Torfstaub, der den gesamten Hafen bedeckte. Einer der Beamten zeichnete die Linien auf einem Papier nach.

»Noch nie habe ich so große Fußabdrücke gesehen! Und was ist das für ein Muster, sind das Buchstaben?« Er rief seinen Kollegen herbei, der gerade einen ausgerissenen Stofffetzen von einem Haken am Anker des Schiffes abzupfte. Zwei andere Zöllner schauten sich am Eingang des Zollhauses um und fanden eine zertretene Urkundenrolle, die der Übeltäter auf der Flucht verloren hatte. Weitere lagen auf dem Weg in Richtung der Anlegestelle und noch eine schwamm knapp unter der Wasseroberfläche in der Nähe der beiden Torfkähne. Der Fluchtweg des Diebes war jetzt bekannt.

Auf Befehl kamen die Schiffer am Eingang der Zollstelle zusammen. Hier präsentierte Cornelius, der in der offenen Tür erhöht auf den Stufen stand, die Zeichnung des Fußabdruckes.

»Hat jemand eine solche Spur schon einmal gesehen?«

Die Gruppe schwieg, einige schauten auf den Boden oder mit leerem Blick am Amtmann vorbei. Ihn beschlich das Gefühl, hier wisse jeder Bescheid, nur er nicht.

»Haltet die Augen offen. Heute Nacht ist hier ein Verbrechen passiert. Jetzt geht wieder an eure Arbeit!«

Die Torfschiffer schauten sich schweigend an. Von den Spuren der Stiefelsohle des Roten Gerd wusste jeder im Moor, doch in einem waren sie sich einig: Mit den Leuten vom Zoll würde niemand von ihnen reden! Insgeheim bewunderten sie respektvoll den Wagemut des als Roter Gerd bekannten Schmugglers.

Den Beamten dagegen schlug nichts als Ablehnung entgegen. Die Zollvorschriften erschwerten das Leben der Moorbauern gerade jetzt, als sich die wirtschaftliche Situation der Menschen etwas verbesserte. Hilfe bei der Fahndung war von ihnen nicht zu erwarten, das wusste nun auch Amtmann Cornelius.

Im Zollhaus fand sich die in der Nacht besiegte Gruppe der Beamten zusammen. Man beriet die Erkenntnisse und analysierte die Ergebnisse:

Der Mann auf dem Steckbrief war hier! Aber weshalb?

Er hat alle Urkundenrollen mitgenommen, jedoch wozu?

Er hatte jeden von ihnen brutal niedergeschlagen, aber aus welchem Grund?

Der Mann war mit einem Torfkahn angekommen, wann und aus welcher Richtung?

Zu welcher Person gehörte der Fußabdruck?

Der Fußabdruck war deutlich zu groß für einen normalen Mann, was hatte das zu bedeuten?

Er war weggefahren, aber in welche Richtung und wohin?

Als sich Cornelius die Liste ansah, erkannte er, dass sie keine Beweise zusammengetragen hatten, sondern einen Berg von Fragen. In welche Richtung sollten sie überhaupt ermitteln? Seine Beamten diskutierten, bis Cornelius die Geduld verlor.

»Bisher haben wir so gut wie nichts! Wir wissen nur, wie er aussieht, und dass er sich verstecken muss. Wo geht das am besten?

Natürlich im Teufelsmoor, irgendwo in einem der vielen Gräben. Das heißt, wir brauchen mehr schnelle Zollboote, mehr bewaffnete Männer zur Kontrolle und noch mehr Befugnisse. Ich melde die Vorfälle noch heute nach Hannover. Sie da, notieren Sie!« Amtmann Cornelius' Stimme überschlug sich fast.

Der aufgeforderte Schreiber nahm zu Protokoll, dass im Teufelsmoor gegen die neuen Vorschriften Widerstand geleistet wurde und ein riesiger Moorbauer in der Bremer Zollstelle randaliert hatte. Für die Glaubwürdigkeit seiner Schilderung fügte er den Steckbrief bei. Cornelius bestimmte einen seiner Beamten, sich mit der Eisenbahn nach Hannover zu begeben, um dem Anliegen persönlich Nachdruck zu verleihen.

Bereits seit sieben Jahren gab es Bahnverkehr zwischen Hannover und Bremen, wo dieser technische Fortschritt jedoch endete. Bis zu einer Strecke in das Teufelsmoor sollten noch gut fünfzig Jahre vergehen. Cornelius schickte seinen Beamten sofort zum nahegelegenen Hannoverschen Bahnhof und befahl, den ersten Zug zu nehmen, egal ob er auf der Fracht sitzen musste, in der offenen Lokomotive mitfuhr oder einen der seltenen Holzsitzplätze beanspruchen konnte. Wegen der vielen Haltepunkte dauerte die Reise etwa drei Stunden, obwohl die Lokomotiven damals bereits bis zu hundert Stundenkilometer schnell sein konnten.

Was für ein Unterschied, dachte Cornelius kurz, hier in Bremen endet die moderne Welt! Aber wenn ich nach vielen Stunden Fahrt mit dem Kahn im Teufelsmoor ankomme, ist dort alles noch wie vor vielen hundert Jahren. Kein Wunder, dass dorthin die Eisenbahn nicht gebaut wird. Für wen sollte sie dort gut sein?

Doch selbst die Eisenbahn wäre für Cornelius bei der Jagd nach dem Roten Gerd nicht schnell genug gewesen. Er wollte Rache nehmen, und zwar sofort!

Die Heftigkeit des Überfalls, den Verlust des Ordens und der Dekrete erwähnte der Amtmann in seinem Bericht lieber nicht.

Darum würde er sich später kümmern. Zu schwer wogen die Bedenken, dass ihre Niederlage gegen einen einzigen Moorbauern der Karriere schaden könnte.

Er beschloss, als ersten Schritt das Moor nach dem Flüchtigen durchsuchen zu lassen. Wie sollte der Verbrecher seinen Torfkahn in den Kanälen der Stadt verstecken können? Das würde nicht funktionieren, man würde ihn sehen!

»Also, sofort ablegen, Männer, wir verfolgen ihn ins Teufelsmoor! Mit unseren drei schnellen Booten erreichen wir die Zollstellen an der Hammehütte binnen eines Tages. Von dort aus werden wir systematisch alles absuchen.«

Amtmann Cornelius hatte seine Entscheidungen hektisch und rachedurstig getroffen. Kurz darauf bestiegen die Männer schon die Boote und verließen den Hafen in Richtung des Kanals. Zuvor hatte er eines der Schiffe in die Kleine Wümme beordert. Über diesen Flusslauf war das Blockland zu erreichen, eine weite Ebene aus grabendurchzogenen Wiesen und Moorinseln, die nur bei Überschwemmungen zu einer einheitlichen Wasserfläche wurde. Obwohl es bei diesem klaren Wetter im Spätsommer wegen der ungehinderten Fernsicht kaum Gelegenheit gab, sich zu verstecken, wollte der Amtmann auch diese Möglichkeit überprüfen lassen. Doch die Hoffnung, dass die Männer den Flüchtigen bald einholen und finden könnten, hatte sich schnell erledigt.

Einige Lastkähne blockierten den Kanal auf dem Weg durch den Kuhgraben, sodass die Zollbeamten nur langsam vorankamen. Noch immer schmerzte Cornelius' der Kopf vom Schlag mit dem schwarzen Handschuh und die Überanstrengung forderte ihren Tribut. So spürte er im Schlaf von der Fahrt bis zur Zollstelle an der Hamme nichts mehr.

SOMMER ANNO 1861

Sechs Jahre nachdem Amtmann Cornelius die Jagd auf den Roten Gerd eröffnet hatte, dachte ein junger Moorbauer an das größte Abenteuer seines Lebens zurück. Als Schuljunge hatte er eine Katastrophe für das Teufelsmoor abgewendet. Danach war er als Jan van Moor berühmt geworden.

JAN UND DER GOLDENE SPATEN

Im Teufelsmoor hockte ein Mann am Ufer eines Nebenarms der Beek. Der lange Sommer ging gerade zu Ende und wenige Tage zuvor hatte der erste Herbststurm sein wütendes Toben über dem freien Land beendet. Auf dem langsam fließenden Gewässer schwammen Äste, Blätter und auch kleine Torfstücke, die der Wind von den Torfschiffen geweht hatte. Die Strömung lief flussabwärts, denn Ebbe und Flut hielten das Wasser im Teufelsmoor in ständiger Bewegung. Wenn diese Situation nach einem Sturm aufkam, zog es den jungen Torfstecher stets an diese Stelle in der Wildnis.

Manchmal trieben Dinge vorbei, die den Einzelgänger Jan an ein früheres Ereignis erinnerten. Ab und zu wirbelten kurze Spaten in der Strömung. Sie wurden manchmal vom Grund hochgerissen, trieben eine Weile ohne Ziel und gingen an anderer Stelle wieder unter. Holte man sie aus dem Wasser, rochen sie moorig und fühlten sich glitschig an, denn sie hatten lange im schlammigen Grund des Flusses gelegen. Vor sechs Jahren waren sie durch eine Katastrophe in der Landschaft, in den Flüssen und Kanälen verteilt worden.

Obwohl die Konstruktion der Spaten unüblich und sonderbar wirkte, waren diese Werkzeuge mit dem verlängerten Stiel im Torfstich nützlich. Manchmal sammelte Jan ein ganzes Bündel davon ein und verschenkte sie in seinem Dorf.

Niemand sprach gern über das katastrophale Ereignis, das vor sechs Jahren fast das Teufelsmoor zerstört hätte. Doch von Zeit zu Zeit fanden sich immer wieder welche der in den Moorboden eingestochenen Spatenblätter, die so wirkten, als sei jemand beim Graben gescheitert. Die Moorbauern nahmen diese ungewöhnlichen Werkzeuge mit und verwendeten sie, so gut es ging.

Wie sein Vater stach Jan Torf und bestellte ein kleines Feld hinter seiner gepflegten Moorkate. Er war mit Birte verlobt, einer jungen Frau, von der es hieß, sie stamme aus einem der Länder Eugulantis oder Infernie. Zumindest machte dieses Gerücht damals überall die Runde, als die beiden in der Worpsweder Kirche heiraten wollten. Diese Gebiete waren aus uralten Überlieferungen der Sagen des Teufelsmoores bekannt, aber heute wusste niemand mehr um die Bedeutung ihrer Namen oder wo sie lagen. Kurz, es blieb ein großes Geheimnis, woher Birte stammte, was den Boden für wilde Spekulationen bereitete.

Vor allem deshalb, weil Jan trotz des allgemeinen Geredes mit ihr vor den Traualtar getreten war. Danach waren sie froh, dass ihr Leben nach den Ereignissen von damals nun einen geregelten Gang nahm. Die Gerüchte verstummten schließlich, vergessen wurden sie jedoch nicht.

Vor sechs Jahren, im Jahr 1855, hatte es Jan mithilfe seiner Freunde geschafft, das Moor zu retten. Seitdem nannten ihn die Menschen respektvoll Jan Torf oder Jan van Moor. Auch heute saß er am Ufer und träumte von der Vergangenheit. Hätte er etwas besser machen können? Immer wieder versuchte er, mit den Geschehnissen abzuschließen, doch es gelang ihm nicht. Hier am Fluss fand er Ablenkung, hier fühlte er sich wohl und dachte an seine kleinen treuen Freunde, die er dieser Tage nur noch selten sah. Jan genoss die Natur einfach so, ohne Ziel und Anspruch. Damit kam er seiner langen Suche nach dem Glück jedes Mal etwas näher.

Die Sonne stand über dem Horizont und das Licht spiegelte sich im dunkelbraunen Moorwasser. Der schräge Baum am gegenüberliegenden Ufer drohte umzukippen, einige Äste tauchten schon tief in den Fluss ein.

Jan liebte es zu beobachten, wie das Lichtspiel durch die Baumkrone und die Geräusche der Natur mit dem Geruch des Wassers ein wunderbares Gemälde formten. Manchmal kam mit dem leichten Westwind, der ungehindert über die Ebene des Teufelsmoores wehte, sogar die salzige Seeluft bis hierher und komplettierte dieses immer neue Kunstwerk.

Jan war ein sensibler Mensch, der sich, wann immer es ging, gedanklich für die Galerie der Natur öffnete und im geistigen Rückzug seine Kraft als Ausgleich für das mühsame Leben im Moor fand.

Inmitten seiner Träumerei frischte der Wind etwas auf. Wolkenfetzen zogen an der Sonne vorbei, die Wellen schoben das Treibgut lebhafter vor sich her und die Strömung nahm leicht zu. Ein Anzeichen dafür, dass die Ebbe an der Nordseeküste dem tiefsten Stand entgegenging. In der Folge zog das Wasser schneller durch die Flussläufe in Richtung Wümme, Weser und der Nordsee. Es würde noch Stunden dauern, bis sich dieser Effekt umkehrte.

Plötzlich hörte Jan einen dumpfen Schlag, so als sei etwas Schweres an das Ufer gestoßen. Er hob den Kopf und sah, dass die Strömung etwas in die Äste des Baumes gegenüber geschoben hatte. Das Blatt eines Spatens hob sich pendelnd aus den Wellen.

»Nein, nicht schon wieder!«

Heute würde er für einen dieser kurzen Spaten nicht mehr in den Fluss steigen. Doch der faszinierte Blick auf den sich bewegenden Gegenstand veranlasste Jan, länger zu verweilen. Würde der Spaten weitertreiben oder blieb er gefangen in den Ästen? Ihm kamen diese Gedanken so unnütz vor, bis er etwas völlig Unerwartetes sah. Der Griff des Spatens hob sich kurz aus dem Wasser und das tief stehende Licht der Sonne reflektierte einen goldenen Blitz.

»Das kann nicht sein! Das kann einfach nicht sein?!«, rief Jan und sprang auf. Niemand konnte ihn hören.

Es gab Schmuggler und besonders einer war der intelligenteste und grausamste unter ihnen. Die Geschichten hatten damals auch Jan begeistert und wie alle aus seiner Schulklasse wünschte er sich insgeheim eine Begegnung mit dem Roten Gerd. Dieses Gefühl von Risiko und Wagemut war bis heute in dem jungen Moorbauern wach geblieben.

DIE ALTE MOORKATE UND EIN SCHATZ

Eine der seltenen Pflanzen, die nur auf Torfmoos gedeihen, waren Wollgräser, deren federartige Büschel sich wie ein weißer Schleier im Wind bewegten. Es schien, als würde eine Fee darüber schweben, um einen Tanz zu dirigieren. Dazu summte Jan eine Melodie und es formte sich ein Bild, wie er gemeinsam mit der Elfe dem Spiel der wogenden Blüten einen Takt gab. Dazu erfand seine Fantasie ein Kunstwerk aus Musik und Farbe.

So romantisch dies alles klang, die Gefahren des Moores durfte niemand außer Acht lassen. Mit Hilfe wäre nicht zu rechnen, wenn er in einem mit Torfmoos bewachsenen Tümpel einsinken würde. Ab einer bestimmten Tiefe gab es ohne einen festen Halt keine Möglichkeit, sich zu befreien.

Ob schon viele Menschen in die Tiefe gezogen worden waren? Das fragte er sich von Zeit zu Zeit, denn manchmal verschwand jemand spurlos. Vielleicht weil es in der weiten Landschaft keine befestigten Wege gab?

An einem Seitenarm der Beek verlor sich die Sumpflandschaft in engen Wasserläufen und treibenden Schilfinseln. In die andere Richtung erstreckte sich eine Ebene, auf der vereinzelt Birken und Buschwerk standen. Am Horizont glaubte Jan die Silhouette der Stadt Bremen und davor winzig klein die Segel der Torfschiffe zu erahnen, die in diesen Monaten ständig unterwegs waren. In Richtung Süden lag der Weyerberg mit dem Kirchturm über den Baumwipfeln. Aber alles erschien weit, weit weg und die tiefe Stille vermittelte den Eindruck, als hinge dieses Bild in einer Galerie und würde sich niemals verändern.

Jan, der beim Anblick des Spatens aufgesprungen war, rang um seine Fassung. Unvermittelt und komplett bekleidet sprang er in das hüfthohe Wasser und versuchte hinüberzuschwimmen, um schneller zu sein, doch es gelang ihm nicht. Also watete Jan mit rudernden Armen durch die Wellen. Die Strömung nahm dunkle Wolken von

Schlamm mit und er fühlte sich, als würde ihn ein böser Traum festhalten. Erschöpft erreichte er das Ufer nahe am Baum, griff hastig nach dem Gegenstand und stieg aus dem Fluss.

Was für ein Glück! Für Jan bedeutete dieser Fund die ganze Welt. Am Ufer prüfte er den Spaten nochmals und tatsächlich: Es war sein Spaten Mooriel mit dem goldenen Griff, der mit den Ereignissen vor sechs Jahren auf wundersame Weise in sein Leben gekommen war. Wie war es nur möglich gewesen, dass sein wertvolles Werkzeug verloren gegangen war, bevor er seine Bedeutung überhaupt verstanden hatte? Nun lag er wieder vor ihm.

»Warum heute? Wie kann es sein, dass ich heute, genau zur richtigen Zeit hier bin?« Jan musste an die Erzählungen seines Lehrers Theobald Siems denken, der es so erklärt hätte: »Die Wiederentdeckung müsstest du als Zufall werten, den Besitz des Spatens jedoch als Glück, aber auch nur dann, wenn du es so wahrnimmst. Wer aber das Glück nicht nur spüren sondern verstehen will, muss beobachten können, warum und wann dieses besondere Gefühl eintritt.«

Innerhalb weniger Jahrzehnte hatten allein die Spaten für den Torfabbau das Teufelsmoor grundlegend verändert. Das »Wilde Land«, wie es oft hieß, hatte den Menschen zunächst keine Lebensgrundlage geboten. Die Folgen waren Armut und Hunger gewesen. Ein Mann, der um 1750 mit weitreichenden Befugnissen der Königlichen Regierung in Hannover ausgestattet worden war, hatte das Leben der Moorbauern mit zukunftweisenden Ideen verbessert. Getrockneter Torf, der als Brennmaterial erfolgreich verkauft werden konnte, zog bald neue Siedler an, ließ Dörfer entstehen und brachte ersten Wohlstand. Dieses erfolgreichen Moorkommissars, Jürgen Christian Findorff, gedachten die Menschen der Moordörfer 1794 mit einem Denkmal auf dem Weyerberg in Worpswede.

Auch Jan kannte den Obelisken, so wie jeder in der Region. Seit dieser Zeit war der Name Findorff in und um Worpswede für

Straßen, Häuser und Plätze allgegenwärtig, ebenso wie die Benennung des Findorff-Hafens in Bremen.

Das Denken fiel Jan schwer und in seiner Aufregung rannte er los in die freie Landschaft, so als würde er sich von etwas befreien wollen. Lief er vor sich selbst davon oder vor den Erinnerungen an diesen für ihn so wertvollen Spaten? Als Jan stürzte, weil er mit einem Bein in ein Sumpfloch geraten war, rettete ihn sein Werkzeug, an dem er sich abstützen konnte. Kaum befreit, ging es weiter. Ein Ziel hatte er nicht. Die Sonne stand inzwischen knapp über dem Horizont und etliche Meter weiter stieg das Gelände sanft an. Weidenbüsche und einige klein gebliebene Bäume behinderten die Sicht. Dort standen mit Moos überzogene Torfmieten eng beieinander. Erhob sich vor ihm die Silhouette einer Moorkate? Nur die Form erinnerte daran. Gräser und Moos bedeckten das kaum erkennbare Haus. Einige junge Birken begannen die Hofstelle zu überwuchern. Hier war schon lange niemand mehr gewesen.

Jan stolperte hinein in diese Szene, fiel hin, raffte sich wieder auf und landete erneut auf dem Boden. Dieses Mal direkt mit dem Gesicht im weichen Torfmull. Er hob den Kopf, schaute hoch und sah eine hölzerne Tür, überzogen mit graugrüner Patina.

Wer wohnte und arbeitete hier, soweit abseits der Dörfer und warum blieb das Haus ungenutzt? Jan wunderte sich. Er stand auf, bemerkte in der Nähe einen schmalen Schilfgürtel und dachte, dass dies einmal der Graben gewesen sein musste, durch den Torfkähne bis zur Hütte gelangt waren. Für weitere Überlegungen nahm er sich keine Zeit, denn es würde bald dunkel werden.

Er lehnte den Spaten an die Hütte und fand die Tür verriegelt. Beim Versuch sie zu öffnen, brach das Schloss aus dem morschen Holz. Besonders erwartungsvoll war Jan nicht, denn was konnte hier schon zu finden sein? Wer im Teufelsmoor seine Scholle verließ, nahm einfach alles mit. Da sich die Tür aufschieben ließ, wollte er genauer nachsehen.

Im Inneren war es dunkel und Jan hielt den Blick am Boden, um zu erkennen, wo er gehen konnte. Nur schemenhaft glaubte er rechts und links an den Wänden Kisten, Säcke, Fässer, kleine Möbel und Werkzeuge zu sehen. Er hob den Kopf und blitzartig traf ein bunter Lichtstrahl der tief stehenden Sonne seine Augen. Der helle Schein vom Fenster gegenüber blendete ihn und dann sah er es doch: farbiges Glas.

»Farbiges Glas? Hier mitten in der Landschaft in einer entlegenen Moorkate?«

Jan ahnte noch nicht, wie die Auswirkungen
der Jagd auf den Roten Gerd
bis zu dieser alten Moorkate reichen sollten.

UNGEKLÄRTE FRAGEN

Geblendet vom Gegenlicht hob Jan die Hand über die Augen, um sich an die sonstige Dunkelheit in dem Raum zu gewöhnen.

»Wie kommt dieses Glas hierher?«, fragte er sich. Ähnlich farbenfrohe Fenster hatte er nur in der Worpsweder Zionskirche gesehen.

Doch schnell war er von diesen Überlegungen abgelenkt, denn er sah Kisten, Truhen, Fässer, Ballen und Flaschen, die allesamt säuberlich verstaut waren. Bauchige Glaskolben mit Pulver und Blättern in verschiedenen Färbungen standen in einem Regal an der Rückwand. Eine dicke Staubschicht bedeckte alles, wodurch der wahre Inhalt verborgen blieb. Das Strohdach war recht gut erhalten und hatte verhindert, dass Regen den Waren etwas anhaben konnte. Gegen die Überschwemmungen lag die Hütte sogar geschützt auf einer flachen Anhöhe. Der Standort war gut gewählt.

Der farbenfrohe Lichtstrahl verlosch, als die Sonne hinter dem Horizont versank. Da der unfreiwillige Entdecker kein Licht anzünden konnte, blieb ihm nichts anderes übrig, als sich möglichst bequem für die Nacht einzurichten. Er suchte sich tastend einige Ballen als Unterlage. Diese waren gegen Feuchtigkeit in geöltes Papier gewickelt und Jan überprüfte vorsichtig, worauf er ruhen würde. Es waren offenbar wertvolle Stoffe. Nie zuvor hatte er einen solchen Reichtum gesehen. Und nicht nur das. Viele Dinge, die hier lagerten, kannte er nicht!

Es waren nur wenige Jahre vergangen, seitdem er die große Maschine hatte bezwingen können, und jetzt fand er diese verborgenen Schätze. Gab es vielleicht einen Zusammenhang? Als er endlich eingeschlafen war, träumte er unruhig von Riesen, vom Teufel im Moor und von sprechenden Tieren. War der Traum eine Vision oder eine Erinnerung an bereits Erlebtes?

Am Morgen stieß der auffrischende Wind die Tür knarrend auf. Jan erkannte jetzt das wahre Ausmaß des Warenlagers, es musste einen unglaublichen Wert haben.

Wer hat das alles hierhergebracht? Waren solche Kostbarkeiten im Teufelsmoor überhaupt verkäuflich? Wem gehört das alles und wo steckt der Eigentümer?

Jan überlegte, er wusste von Gaunern im Moor, die mit Tricks und Betrug versuchten, ihren Gewinn zu machen. Ganz anders war dagegen der Ruf des berühmten Schmugglers De Rode Gerd. Seine Waren gab es immer zollfrei nur mit einem Aufschlag für das Risiko. Jede Seite profitierte voneinander und weil Gerd erfolgreich agierte, hatten die Zöllner erfolglos nach ihm gefahndet, ohne genau zu wissen, wer der Mann eigentlich gewesen war.

»Wie das wohl ausgegangen sein mag?«

Gerüchte besagten, dass es eine Jagd auf den Schmuggler gegeben hatte. Aber weil die Zöllner nicht darüber sprachen, blieb alles im Ungewissen und den Zeitungsberichten hatte damals niemand so recht geglaubt. Selbst jetzt, sechs Jahre nachdem der Rote Gerd vermisst wurde, hieß es immer noch, dass sein schnelles Schiff überall und nirgends auftauchen könnte. Es klang fast so, als erwarteten die Menschen seine Rückkehr. Sein Schiff hatte *Der Fliegende Friedrich* geheißen.

War diese Hütte vielleicht ein Lager des Roten Gerd und seinen Leuten? Wenn ja, würden sie wiederkommen? Das fragte sich Jan und beschloss, alles so herzurichten, wie er es bei seiner Ankunft vorgefunden hatte. Der Weg führte ihn zurück, denn die Spur seiner Füße zeichnete sich noch deutlich im Gras ab. Schließlich kam er zurück an die Stelle, an der gestern der Spaten im Wasser angetrieben worden war. Jan schaute nachdenklich auf den Fluss. Die Strömung lief seit Stunden landeinwärts und das Wasser stand höher. Über Nacht war ein schwarzes Brett angetrieben worden, das sich ebenfalls in den Ästen des Baumes verfangen hatte. Wenn ein Torfkahn unterging, fanden sich meist die Reste des Bootes später über weite Strecken verteilt. Üblicherweise kümmerte sich niemand darum.

Ob es einen Zusammenhang zwischen dem Treibholz und dem Fund des Spatens gab? Jan stieg abermals ins Wasser, tauchte kurz unter und zog an dem Holz, das sich leicht bergen ließ. Algen gaben einen unvollständigen Schriftzug frei: … iegende Friedri …

Jan ließ das Brett überrascht zurück ins Wasser gleiten.

»De Rode Gerd!«, murmelte er.

Ein Tau war daran befestigt, an dem er nun zog. Das Seil spannte, es musste ein großes Gewicht daran hängen. Eigentlich wollte er nach Hause, doch nun fand er es wichtig zu wissen, ob noch mehr Schätze aus dem Wasser kommen würden. Was da auftauchte, sah auf den ersten Blick unscheinbar aus, erwies sich jedoch bei genauerem Hinsehen als der untere Teil des Mastes eines Torfkahns. Jan schleppte das etwa ein Meter lange Stück an Land und bemerkte ein Bündel, das mehrfach in ölhaltiges Papier eingewickelt und am Rest der Sitzbank befestigt worden war.

Völlig durchnässt kniete er sich neben das Treibgut.

Wie kann ein Mast an dieser Stelle brechen? Das geht nur im Sturm. Aber wer fährt bei solchem Wetter raus?

Sein Blick suchte weiter das Rundholz ab und Jan fand zwei kleine Löcher, die er sich nicht erklären konnte. Er blinzelte in eine dieser Bohrungen, um zu sehen, ob sie durch den Mast hindurchgingen. Eigentlich dürften hier keine Durchlässe sein! Der Moorbauer kannte sich mit Torfkähnen aus und untersuchte mit dem Messer die scharf umgrenzte Vertiefung genauer.

»Was ist das für …, gütiger Himmel, es hat eine Schießerei gegeben, das ist eine Pistolenkugel!«

Die sonderbaren Fundstücke gaben Rätsel auf.
Doch nach und nach erzählten die Teile eine Geschichte,
die Jan verstand.

SPUREN EINES KAMPFES

Jan untersuchte die Stelle genauer, an der die Geschosse in den Mast eingedrungen waren. Die gebräuchlichen Vorderlader-Pistolen dieser Zeit konnten nur einen Schuss abgeben. Zwei Einschüsse bedeuteten wohl, dass mehrere Männer gefeuert hatten.

Was ist bloß mit dem Schiffer passiert? Sollten dieses die Reste des Torfkahns des berüchtigten Roten Gerd sein? War er damit untergegangen?

Oder hatte sich alles ganz anders zugetragen? Denn wenn heutzutage Ungewöhnliches über eine Zollstelle berichtet wurde, hieß es stets, der Rote Gerd sei dort gewesen. Zwar war der Beweis ein ums andere Mal ausgeblieben, aber den Gerüchten zufolge war der Moorkommissar im Besitz eines neueren Fußabdrucks des Roten Gerd.

So wussten alle nichts und viele alles. Gerd könnte also noch irgendwo sein.

Ein mit Algen bewachsenes Tuch war um den Mast geknotet. Nachdem Jan einige Windungen entfernt hatte, fiel der Fetzen ab und gab einen goldenen Orden frei, der sich leicht abnehmen ließ. Denn mittels einer Bohrung hing die glänzende Plakette nur über dem Kopf des Nagels.

Wenn jemand den Torfkahn durch Gewalt verloren haben sollte, warum hatte niemand nach diesem schweren Orden gesucht? War hier ein Verbrechen geschehen? Ein normaler Torfkahn ist dieser hier sicherlich nicht gewesen.

Es musste sich um das Schiff des Schmugglers handeln. Falls es einen Kampf gegeben hatte, wer war siegreich daraus hervorgegangen? Nur weil das Schiff untergegangen war, bedeutete dies schließlich nicht, dass jemand besiegt worden war.

Jan zog das gesamte Treibgut hinter sich her und brachte es zu der verlassenen Moorkate. Dieses Mal zögerte er nicht, legte die Teile ab, nahm den Orden und das Bündel an sich, das aussah wie eine Tasche oder eine Rolle aus moorig-matschigem, öligem Papier.

So schnell wie möglich wollte er jetzt nach Hause, schnappte sich den Spaten und ging zurück zu seiner kleinen Hofstelle im Moor.

Seine Frau Birte hatte ihn von Weitem schon kommen sehen und war ihm entgegengelaufen. Als sie den Spaten sah, umarmte sie ihn so, als wüsste sie bereits alles.

Moorkommissar Erasmus Castell traf zu weiteren Ermittlungen an der Zollstelle Melchers Hütte ein. Mit dem Amtmann Cornelius bildete er eine Allianz für die Jagd auf den ihnen bislang unbekannten Schmuggler.

STECKBRIEFE UND ZWEIFEL

Zuerst erreichten Amtmann Cornelius und seine Leute aus Bremen die strategisch günstig gelegene Zollstelle am mittleren Lauf der Hamme. Von hier aus wollte er die Jagd auf den gewalttätigen Mann aufnehmen. Die Nachforschungen zur Identität des Rothaarigen hatten nur zu einem Ergebnis geführt: Es gab keine Akte und keine Einträge, nirgendwo. Dieser Mann war ein Phantom. Nichts hätte für den ehrgeizigen Amtmann erdrückender sein können als das ewige Gefühl der Erfolglosigkeit. Er griff sich an die Brust, denn seelischer Schmerz durchfuhr ihn. Seinen goldenen Orden ohne echten Kampf verloren zu haben, verkraftete er einfach nicht.

Auch die Männer, die auf ihrem Schiff im Blockland vergebens Ausschau gehalten hatten, waren soeben eingetroffen. Jetzt saßen alle beim Essen in der kleinen Schankwirtschaft. Je länger sie über die Ereignisse sprachen, umso mehr fantasierten sie sich zu Helden.

Die Torfschiffer dagegen empfanden die Zöllner als Zumutung für den seit hundert Jahren funktionierenden freien Warentransport. Jetzt verloren sie Zeit und Geld an den Zollstellen, ohne den geringsten Vorteil für sich selbst zu sehen. Die Moorbauern sympathisierten insgeheim mit den Schmugglern, am meisten aber mit dem Roten Gerd.

Während die Beamten weitere Loblieder auf die eigene Tapferkeit sangen, legte das Dienstschiff des Moorkommissars Erasmus Castell an. Dieser hatte eigentlich keine Veranlassung gesehen, von offizieller Seite wegen einer Lappalie wie dieses Übergriffs einzuschreiten. Doch zufällig bot dieser Fall jetzt eine seltene Gelegenheit.

Die Gerüchte aus dem Hafen über einen Riesen, die Steckbriefe zur Suche nach einem berüchtigten Schmuggler und vielleicht sogar ein Mord, den er konstruieren könnte, boten eine geeignete Gelegenheit, seine Macht zu demonstrieren. Der Täter müsste nur schnell gefasst und abgeurteilt werden und schon würde der lästige Schmuggel zum Erliegen kommen.

Während der Moorkommissar nur ein pragmatisches Ergebnis im Auge hatte, stand für Amtmann Cornelius die Rache für seine Niederlage und der Verlust des Ordens im Vordergrund. Um aller Welt ihre Entschlossenheit zu beweisen, entlud sich der gesamte Zorn der Obrigkeit allein auf den Roten Gerd. Um den Fall noch dramatischer darzustellen, war kurzerhand ein Mord erfunden worden.

Und der Rote Gerd? Er konnte nicht verstehen, wie er in diese Mühle von Intrigen und Willkür geraten war, die er nicht mehr unter Kontrolle hatte.

Moorkommissar Castell hatte seine Zeichnung des vermeintlichen Riesen in einer Bremer Druckerei als Steckbrief vervielfältigen lassen. Danach waren die Plakate an alle Zollstellen mit der Anweisung an die Beamten gegangen, möglichst viele an gut sichtbare Stellen aufzuhängen. So waren die Fahndungsaufrufe auch nach Bremen in den Findorff-Hafen gekommen, wo sie Gerd in helle Aufregung versetzt hatten.

Die mit dem Transport der Steckbriefe zu den Zollstellen beauftragten Torfkahnfahrer ließ man im Unklaren über den Inhalt der versiegelten Pakete. Erasmus Castell glaubte, dass die Moorbauern diese nicht verteilen würden, wenn sie wüssten, dass die Abbildungen den angeblichen Riesen zeigten. Weil damals der Aberglaube noch weit verbreitet war, wuchs die Legende des riesenhaften Roten Gerd wie von selbst. Castell war der Meinung, dass dies in diesem Fall sogar nützen könnte. Denn je größer sein Gegner den Moorbauern erschien, umso glorreicher würde sein eigener Sieg aussehen.

Inzwischen hatte der Ermittler einiges über den Schmuggler in Erfahrung gebracht, der die Autorität der Zollstellen mit seinem Wagemut, seiner List und seiner Stärke infrage stellte. Die Einnahmen sanken, die Moorbauern schwiegen und für die Zollbeamten war guter Rat teuer. Gerd war nicht nur gefürchtet, er war auch so klug gewesen, sich mit den Moorbauern insgeheim zu verbünden. Von diesem geschickten Netzwerk profitierten fast alle.

»Nur der Zoll nicht, wir hinken hinterher!«, ärgerte sich Castell.

Der Moorkommissar hatte die Situation sehr genau erfasst. Als er den Steckbrief damals aus der Fantasie zeichnete, hatten ihm die Ideen gefehlt, wie er ermitteln sollte. Der Fußabdruck war die einzige Spur, die er hatte. An den folgenden Tagen befragte er jeden Torfkahnfahrer, Moorbauern und Handwerker, den er in die Finger bekam, selbst die Pfarrer in den Kirchen. Jedoch stieß er überall auf eine Mauer des Schweigens.

»Hier stimmt etwas nicht!«, sagte er sich.

Üblicherweise redeten die Menschen viel, fragten nach und waren an Neuigkeiten interessiert. Aber kaum zeigte er den Steckbrief mit dem Bild, wurde nur stumm der Kopf geschüttelt.

»So geht das nicht weiter.« Erasmus Castell steckte einige kleine Goldmünzen ein und befragte die Leute einzeln und ganz allein. Wenn sie sich am Ende des Verhörs umdrehen und gehen wollten, fragte er noch ein letztes Mal nach und ließ dabei die Münzen in der Tasche klingeln. Ab und zu war diese Methode erfolgreich. Einige Bauern redeten schließlich und erzählten alles über den Roten Gerd, was sie wussten.

Als Erasmus Castell jetzt an der Zollstelle anlegte, wusste er genau, nach wem die Beamten suchen mussten. Dass er die Kollegen aus Bremen hier treffen würde, ahnte er nicht. Castells Ankunft war reiner Zufall, denn er hatte eigentlich nur einige Steckbriefe aufhängen lassen wollen.

Am Anleger und den davor liegenden Haltestellen herrschte normaler Betrieb. Soeben ging am Ufer die Beladung eines der großen Bockschiffe mit Torf für Bremen zu Ende. Die jetzt leeren kleineren Torfkähne drehten wieder ab und fuhren zurück zu ihren Torfstichen. Andere wiederum segelten weiter, weil sie ihre Fracht selbst im Findorff-Hafen anbieten wollten. Einer der Moorbauern hatte bei einem Hakenhöker einige Haushaltsgeräte erworben und ging zum Anleger zurück. Die kleinen Verkaufsläden der Hakenhöker waren überall entlang der Hamme zu finden.

Auf dem Fluss fuhren jetzt mehrere Schiffe vorbei und es gab wahrscheinlich Torfkahnfahrer, die wegen der anwesenden Zöllner nicht anlegen wollten.

Moorkommissar Erasmus Castell befasste sich im Grunde nicht mit den Angelegenheiten seiner Kollegen. Doch leistete er gern Amtshilfe, weil ihm an einem friedlichen Miteinander im Moor gelegen war und weil Widerstand und Aufruhr seine eigentliche Arbeit behinderten. Seine Aufgaben bezogen sich auf die Gründung neuer Siedlungen, die Planungen für den Bau von Kanälen und öffentlichen Häusern. Einrichtungen wie die Klappstaue ermöglichten den Torfschiffen leichtere Passagen bei unterschiedlichen Wasserständen. Wo der Moorkommissar etwas regelte, funktionierte es auch. Die Bauern schätzten die Vorteile eines gut organisierten Lebens und als Erasmus Castell die wenigen Meter hinauf zur Hütte ging, winkten die Leute ihm freundlich zu.

Er betrat die Wirtschaft mit den vielen Gerätschaften unter der Decke, den Fässern und Holzkisten, die auf den erhöhten Steinbänken standen, und ging durch den Schankraum in die nüchtern eingerichtete Zollstube. Zwei kleine Fenster, Lehmwände, der saubere Dielenboden sowie ein Tisch mit Papieren und zwei Gesetzesbüchern gehörten zur sparsamen Ausstattung. Um den Tisch herum saßen die Zollbeamten aus Bremen nebst Amtmann Cornelius.

Um die Autorität der Regierung durchzusetzen, erhielt der Fall des Roten Gerd oberste Priorität. Kommissar Zufall half plötzlich mit.

ZUFALL UND STRATEGIE

Cornelius rief: »Du liebe Güte! Seine Exzellenz, der Herr Moorkommissar höchstpersönlich.« Man begrüßte sich freundlich, aber förmlich. Die beiden Männer hatten sich vor einiger Zeit auf einer Inspektionstour durch die Zollstellen kennengelernt. Das dienstliche Verhältnis veranlasste Erasmus Castell, sofort zur Sache zu kommen.

»Wir suchen einen gemeinen Schmuggler, einen von der ganz harten Sorte, der uns viel Schaden zufügt. Endlich wissen wir, dass es ihn wirklich gibt!«

Er öffnete seine Tasche, holte einen Steckbrief heraus und nagelte das Bild an die Wand. Cornelius sprang auf, seine Beamten wendeten den Blick ab.

»Dieser Mann ist in unsere Zollstelle gekommen und hat wie ein Riese randaliert. Wir konnten ihn mit vereinten Kräften gerade so in die Flucht schlagen. Unsere Untersuchung hat gezeigt, dass er mit einem Torfkahn unterwegs ist.«

»Ach was! Das ist ja mal was Neues!«, meinte Erasmus Castell etwas zynisch. »Mit einem Torfkahn sind doch hier alle unterwegs! Was habt Ihr da am Auge, Cornelius?«

Der Amtmann jedoch überhörte die Spitze und überging wortlos auch die Augenverletzung. Er wusste selbst, dass er kaum Ermittlungsergebnisse vorweisen konnte. Stattdessen schilderte er erneut seine Heldentaten und dass der Mann ins Teufelsmoor geflohen sei. Doch schon nach kurzer Zeit unterbrach ihn der Kommissar

»Ihr, Cornelius, und Eure Männer könnt einen einzelnen Randalierer nur in die Flucht schlagen, obwohl er vor Euch im Raum steht? Warum habt Ihr ihn nicht festgenommen? Wie viele bewaffnete Beamte stehen Euch zur Verfügung? Ich zähle sieben – und Euch! Also, was ist wirklich passiert?«

Das Gespräch schien sich zu einem Verhör zu entwickeln, daher fragte Cornelius zur Ablenkung: »Wer wird denn überhaupt gesucht?«

»Das ist der Rote Gerd, ein listiger Schmuggler, wie mir übereinstimmend einige Moorbauern berichtet haben, wenn auch nicht ganz freiwillig.« Erasmus Castell grinste stolz. »Es ist mir gelungen, ein paar Goldstücke gegen Informationen zu tauschen. Freiwillig sagen die hier im Moor nichts, die helfen einem Verbrecher sogar noch. Gefährlich soll er sein, stark und ein entschlossener Kämpfer!«

Das konnte Cornelius natürlich genau bestätigen, doch schwieg er lieber über seine persönliche Niederlage im Bremer Zollhaus. Stattdessen versuchte er, mit einer neuen Information vom Thema abzulenken.

»Wir haben Eure Steckbriefe überall in der Stadt und am Torfhafen ausgehängt.«

»Schön«, erwiderte Erasmus Castell nüchtern. »Euren Ausführungen kann ich entnehmen, dass Ihr völlig ahnungslos seid, Amtmann Cornelius. Ihr habt nicht gesehen, wohin der Rote Gerd gefahren ist, und stellt nur Vermutungen auf. Und überhaupt, seid Ihr sicher, dass das eine Flucht gewesen ist? Oder ist er einfach weiter zu seinem Ziel gefahren? Das, was ich bisher über den Roten Gerd gehört habe, passt eher zu einem Mann, der seine Probleme regelt und dann weiterfährt.«

Cornelius fühlte sich zunehmend unwohl in seiner Haut. Einerseits wusste er nichts Genaues über den wilden Mann und die Beschreibung des Vorfalls klang ziemlich harmlos, denn er wollte es unbedingt vermeiden, die Niederlage zuzugeben. Andererseits hatte er eine große Suchaktion begonnen. Wie passte das zusammen? Zu allem Überfluss fragte ihn Erasmus Castell jetzt auch noch nach seinem Orden.

»Herr Amtmann, Eure Uniformjacke ist eingerissen, ist der Orden verloren gegangen?«

Cornelius' Kopf wurde mit einem Mal purpurrot.

»Nein, er ist nicht verloren gegangen. Der muss mir während des Kampfes abhandengekommen sein. Ist mir noch gar nicht aufgefallen!« Eine glatte Lüge, die Cornelius vor seinen Männern sichtlich in Verlegenheit brachte, aber sie hielten zusammen, denn jeder fürchtete um seinen Ruf und seine Karriere. Der Moorkommissar begann, an der Schilderung des Überfalls zu zweifeln. Aber was sollte er machen? Für die Beurteilung der Situation war es bedeutungslos, wie schwer der Kampf wirklich gewesen war.

»Da ist noch etwas!«, rief Cornelius plötzlich. »Wir haben einen Fußabdruck sichergestellt.« Triumphierend nahm er die Zeichnung aus der Tasche, um das Beweisstück zu präsentieren. Der Moorkommissar hatte bisher seiner eigenen Skizze nicht so recht glauben wollen, schließlich hätte es auch der Abdruck eines Unbeteiligten sein können. Ohne ein Gegenstück sagte das alles wenig aus. Aber jetzt ...

Die Männer verglichen die Zeichnungen. Nun war klar, dass der Überfall in Bremen in Zusammenhang mit den Ereignissen im Torfschiffhafen Kreuzkuhle stand. Sie suchten denselben Mann, den legendären Roten Gerd, von dem die Regierung glaubte, es gäbe ihn nicht, weil es keine Akten gab. Plötzlich hatte das Phantom eine erste Identität, wenn auch nur unter seinem Schmugglernamen De Rode Gerd. Wer der Man wirklich war, blieb weiterhin ein Rätsel.

Der Abend deckte das weite Land mit seinem berühmten Szenario aus Sonne, Wolken und dem leichten Wind vom Meer zu. In den Häusern und Katen wurden Kerzen angezündet. Der Blick aus dem Fenster fiel auf die zahlreichen Schiffe, die auf dem Weg ins Moor waren, und die Beamten realisierten, dass es unmöglich sein würde, sie alle auf zollpflichtige Waren zu kontrollieren. Die Jagd auf den Schmuggler hatte sie bereits von ihrer eigentlichen Aufgabe abgelenkt.

Die versammelte Moor-Autorität kam zu folgender Strategie: Der Verbrecher war überall und nirgends. Solange er sich in einem Versteck aufhielt, konnten sie ihn nicht finden. Aber auch ein Schmuggler ging irgendwann wieder seiner Arbeit nach und dann würden sie überall auf ihn warten! Er würde auftauchen, denn von ihren Ermittlungen und Informationen wusste er nichts, außer dass er steckbrieflich gesucht wurde. Erasmus Castell sagte zu, weitere Männer aus Stade und Bremervörde ins Moor zu beordern.

Cornelius vergaß nicht, sich damit zu loben, dass er schon einen Hilferuf nach Hannover geschickt und weitere Beamte angefordert hatte. Bis jetzt gingen davon aus, dass sich der Rote Gerd in Bremen oder im Teufelsmoor aufhielt. Damit waren beide Fahrtrichtungen möglich und sie mussten alle denkbaren Routen beobachten, selbst im nahenden Winter. Auch auf dem überschwemmten Blockland wollten sie patrouillieren. Sollte dort ein Schiff vorbeikommen, konnte es nur der Rote Gerd sein. Kaum jemand außer ihm würde sich im Winter dorthin trauen. Die Beobachtungsposten allein waren an den jeweiligen Stellen zu schwach für einen Angriff. Daher befahl der Moorkommissar Erasmus Castell seine Strategie mit den Worten: »Wenn wir ihn sehen, lassen wir ihn fahren und lauern ihm dann bei seiner Rückkehr mit verstärkten Kräften auf. Und noch etwas! Es wird gekämpft und im Kampf kann viel passieren.« Und mit Nachdruck fügte er hinzu: »Bringt ihn mir! Tot oder lebendig, egal wie!«

Wenn Gerd in seinem Versteck gewusst hätte, was sich im Teufelsmoor über ihm zusammenbraute, wäre es mit seiner Ruhe vorbei gewesen. Aber er glaubte fest daran, dass seine Aktionen nicht der Rede wert gewesen waren. Was aber sollte dann das Theater mit den Steckbriefen und dem angeblichen Mord? Gerd beschloss, wachsam zu bleiben und vom Schlimmsten auszugehen.

Erasmus Castell und er vermochten Ereignisse früh vorherzusehen und in ihren strategischen Überlegungen waren sie ebenbürtige Gegner.

Dennoch blieb der Ausgang der Aktion ungewiss. Am Morgen trennte sich die Gruppe, die Beamten fuhren zurück in den Findorff-Hafen und Erasmus Castell nach Iselersheim, seinem Amtssitz im Teufelsmoor. Neue, aktuellere Steckbriefe sollten verteilt und die Strafaktion gegen Gerd endgültig organisiert werden.

Tagebucheintrag Roter Gerd:

Flucht darf nur ein Teil der Taktik sein.
Ich bleibe unsichtbar und werde auftauchen,
wo niemand es vermutet!
Ik bin de Rode Gerd!

DUNKLE VORAHNUNGEN

Bisher nie gekannte Ereignisse waren in den vergangenen Wochen auf ihn eingestürmt. Sein Problem war, keine der Situationen aktiv lösen zu können. Diese Tatsache machte ihn fix und fertig und die Tage im Lagerhaus an der Schlachte fühlten sich an wie die Vorboten zur Hölle. Länger im Versteck zu bleiben, fiel ihm schwer. Den Vogt sah er selten und wenn, dann nur in der Nacht. Gerd geisterte oft planlos im Haus umher und beobachtete, wie der Vogt regelmäßig die Pläne in der großen Halle anschaute. Stets drehte er sich wortlos um und ging, wenn Gerd auftauchte.

Was macht der Mann eigentlich tagsüber?, fragte sich Gerd.

Auch er studierte die Pläne, konnte aber in den Angaben zu den Stäben, Holzplatten, Balken und Zahnrädern keinen Sinn entdecken. Es musste sich um die Einzelteile von etwas Technischem und sehr Großem handeln. Aber nichts wollte zu einer Maschine passen, die irgendwo bekannt gewesen wäre. Der Vogt unternahm jedoch keinen Versuch, die Pläne zu verbergen. Selbstsicher ging er davon aus, dass der Schmuggler sie nicht verstehen würde.

Wenn Gerd zur Ruhe kam, suchte er seine Kammer auf und schrieb Berichte aus seiner Welt. Soweit die Abenteuer es zuließen, führte er ein Tagebuch, mehr für sich selbst, als dass es eine Botschaft an die Nachwelt werden sollte. Heute versuchte er, sich von den Gedanken an eine ungewisse Zukunft abzulenken. Er nahm am Tisch Platz, streifte den schwarzen Handschuh ab und legte ihn neben die Kerzen. Das Tintenfass stellte er in Reichweite ab. Direkt vor ihm lagen griffbereit mehrere Federkiele, die er für verschiedene Schriftstärken verwenden wollte. Ein Stapel Papier folgte, dessen Blätter aus unterschiedlichen Sorten bestanden. Nun saß Gerd vor dem ersten Bogen.

Was und wem sollte ich schreiben?, überlegte er und zögerte. »An niemanden schreibe ich, denn wen kenne ich schon genauer, als dass mein Vermächtnis einer bestimmten Person zufallen könnte?«, sprach Gerd zu sich selbst. »Ich überlasse es dem Zufall, wohin das Schicksal meine Schriften trägt«.

Die ersten Federstriche glitten kratzend über das Papier, bis sich Spitze und Tinte zu Werkzeugen der Schreibkunst vereinten. Gerd war geübt und seine geschwungene, gleichmäßige Schrift wirkte wie gezeichnet. Sie sah anders aus als das einfache Aneinanderreihen von Buchstaben, das man vom Schulunterricht aus dem Moor kannte. Woher kamen diese für seine Zeit seltenen Fähigkeiten? Gerd konnte immer wieder überraschen!

Viele Jahre hatte er als Einzelgänger im Teufelsmoor verbracht. Der Schmuggler kannte viele versteckte Winkel, Moorgräben und Sumpfgebiete, in die sich außer ihm selten jemand traute. Gerd hatte die Dörfer, Moorkaten und Bauernhöfe erkundet und kannte die Sorgen und Intrigen der Menschen, ihre Habgier, aber auch die unendliche Hilfsbereitschaft der Nachbarn untereinander. Mit seinem größten Kapital ging er überzeugend um, denn er konnte Menschen für sich gewinnen oder gewaltsam auftreten. Widerspruch duldete er nicht.

Gerd war interessiert an den Phänomenen im Moor, die niemand so gut kannte und deuten konnte wie er. Alles, was sich die Menschen an Märchen, Sagen und Fabeln erzählten, hatte sich Gerd angeeignet und einige der Figuren waren ihm sogar begegnet. Er beschrieb ohne Zusammenhang seine mystischen Erlebnisse und so entstanden Nachrichten an eine ungewisse Zukunft.

Hatte der berühmte Rote Gerd ungute Ahnungen?

Eine bisher unbekannte Persönlichkeit hatte die Bühne im gesellschaftlichen Leben der Hansestadt betreten. Unabhängig und selbstbestimmt ging diese Frau ihren Weg gegen die Normen der Zeit. Vor einigen Jahren hatte ihr Aufstieg unbemerkt begonnen.

ISABELLA DE LA CONTÉ

Isabella lebte in einer repräsentativen Stadtvilla unweit der Weser und nur einige hundert Meter vom Hafen an der Schlachte entfernt. Die Häuser dieser Straße zeugten vom hanseatischen Reichtum der Stadt Bremen, der über Generationen von Seefahrern und Händlern aufgebaut worden war.

Zunächst fast unbemerkt hatte Isabella das Haus neu ausgestattet, war zielstrebig und immer unauffällig gekleidet. Offenbar kannte sie niemand, denn Besucher gingen hier nicht ein und aus. Anfangs hatten Nachbarn versucht, sie anzusprechen. Wer sie denn sei, woher sie käme und, bitte, wie denn der werte Name laute.

Nur für Sekunden und für den ersten Eindruck schien es, als freute sie sich über die Aufmerksamkeit, dann zog sie sich murmelnd zurück und ließ jedes Mal einen anderen verwaschen gesprochenen Namen fallen, mal war es Gerda, Gesina oder Maria – immer wieder mit deutlicher Betonung auf dem Buchstaben A.

Das löste Verwirrung und Kopfschütteln aus, schließlich ließ man sie in Ruhe.

Die Lieferanten ihrer Möbel und Accessoires behandelte sie bewusst distanziert, um den neugierigen Augen aus der Nachbarschaft keinen Grund für Gerüchte zu geben. So legten die Frachtkähne auf dem Stadtkanal vor ihrem Haus an und ab, bis niemand mehr von diesem gewohnten Anblick Notiz nahm.

Einige Zeit später änderte sich das Bild schlagartig. Neben der Eingangstür montierten Steinmetze eine Marmorplatte am Haus. Darauf stand in Lettern aus Blattgold der Name: Isabella de la Conté und eine Zeile darunter: Nachf. d. Geschl. d. Fugger, Lombardei.

Kaum schmückte dieser glanzvoll präsentierte Name den Eingang, fuhr eine Kutsche vor, die Haustür öffnete sich und ein Diener schritt die Stufe zur Straße herab. Er trug eine kleine Truhe mit wertvollen Metallbeschlägen, verstaute sie und nahm neben dem Wagenlenker auf dem Kutschbock Platz.

Die folgende Szene war gekonnt inszeniertes Theater! Isabella trat auf den Gehsteig hinaus, hob leicht die Hand, um das Wetter zu prüfen, und schwebte mit eleganten Schritten zur wartenden Kutsche hinab. Ihr langes Seidenkleid vermittelte fließende Natürlichkeit und schimmerte metallisch hellblau. Der Schneider verstand sich auf die Kunst, ihre Statur durch effektvoll gesetzte Nähte und Faltenwurf optisch größer erscheinen zu lassen. Rüschenverzierungen rundeten das Bild ab. Eine derartige Vorstellung an einem Nachmittag hatte es bisher selbst in dieser vornehmen Gegend nicht gegeben.

Der Diener stieg vom Kutschbock, öffnete die Wagentür und reichte Isabella die Hand als Hilfe für den Einstieg. Sie schaute aus dem Fenster und bemerkte die Blicke der Passanten und der neugierigen Augen aus den Nachbarhäusern. Die Pferdehufe schlugen auf das Pflaster und ruckelnd zog das Gespann um die nächste Straßenecke. In den Wohnungen von Gegenüber rückten die Frauen ihre Gardinen wieder zurecht.

Genau diese Reaktionen hatte die kommende gesellschaftliche Größe in Bremen beabsichtigt: Isabella!

Der Rote Gerd hatte sich tapfer bemüht,
die Sehnsucht nach Isabella beiseite zu schieben.
Sie würde sich Sorgen machen, wie er glaubte.
Gerd fühlte sich bereit für ein Risiko.

VERRATENE LIEBE

Mehrere Tage des Schreibens waren vorüber und Gerd quälte sich durch seine Texte, war immer wieder abgelenkt von den Gedanken an Isabella und dass sie sehnsüchtig auf ihn wartete. Schließlich legte er die Feder beiseite, stand auf und begann mit seiner Tarnung für den Gang durch die Straßen.

Sollte er bis zur Dunkelheit warten oder lieber doch am helllichten Tag ganz offen losspazieren, als sei alles normal? Gerd entschied sich für die offensive Variante, jetzt und sofort durch die belebten Gassen zu gehen und sich zu zeigen, wie jemand, der das beste Gewissen der Welt hat. Dennoch, das Markanteste auf den Steckbriefen waren seine langen roten Haare, die er nun durch häufiges Kämmen mit Ruß aus dem Ofen umfärbte. Den wallenden Schopf verbarg er unter dem Mantelkragen. Dazu setzte er einen Hut auf und fertig war »Jedermann«, wie er es ausdrückte.

Eine kleine Truhe trug er unter dem Arm und fand den Weg zu Isabellas Haus. Gerd schaute noch einmal auf das große Türschild und zog die Glocke. Lange geschah nichts und als endlich geöffnet wurde, schaute ihn der Diener kurz an.

»Wen darf ich melden?«

»Wilhelm Gerd zu Jagd …« Er biss sich auf die Zunge. Was redete er denn da? Den Diener ging sein echter Name nichts an, allerdings war Gerd von der dämlichen Frage irritiert.

Der kennt mich doch schon lange, warum gibt es neuerdings so viele Überraschungen für mich?, dachte er und machte eine befehlende Geste in Richtung der Dienerschaft, ihn nun gefälligst zu melden. Gerd durfte eintreten, fand sich aber kurzerhand auf einem Sofa im Hausflur wieder und musste warten und warten. Isabella ließ sich Zeit!

Dunkle Bilder mit alltäglichen Szenen der Schifffahrt und Jagdtrophäen hingen an den Wänden mit den dezent gemusterten Seidentapeten. Bereits in der Empfangshalle zeugte eine Stuckdecke vom Wohlstand der Dame Isabella. Das Licht der kleinen

Sprossenfenster reichte kaum bis zur großzügigen Treppe, die in die Beletage führte. Gerd kannte sich aus, die knarrenden Holzstufen waren ihm vertraut und er könnte einfach hinaufgehen, ohne ein Geräusch zu verursachen, um Isabella zu überraschen. Doch heute war alles anders. Das erste Mal saß er wartend in der Eingangshalle und die Ruhe schärfte seine Sinne.

Der Geruch des Bohnerwachses der glatten Holzdielen gehörte zum Haus, doch irgendetwas überlagerte die gewohnte Wahrnehmung. Er schaute auf den Eingang, der zum Salon führte. Hielt sich Isabella dort auf? Leise Geräusche ließen es vermuten. Auch war ihm aufgefallen, dass der Diener die Tür dorthin kurz geöffnet hatte, sie jedoch sofort wieder schloss und sich zurückzog. Das langsame Ticken der Wanduhr mit dem langen Pendel gab der verrinnenden Zeit eine sichtbare wie hörbare Einteilung.

Gerd blieb geduldig und er konnte den Zeiger dabei beobachten, wie die Minuten verrannen. Mit einer Geste, als hätte sie sich lange für ihn vorbereitet, öffnete Isabella schließlich mit einem Lächeln die Tür.

»Oh, mein lieber Wilhelm Gerd, wie herrlich dich zu sehen, aber …« Isabella hielt einen Moment inne und betrachtete ihn! »Wie siehst du denn aus? Was ist mit deinen wundervollen roten Haaren passiert?« Sie sprach, wohl wissend, dass Gerd seinen vollen Namen Wilhelm Gerd auf keinen Fall hören wollte und blieb im Türrahmen stehen, als er auf sie zuging.

Bevor er etwas sagen konnte, ergriff sie die Truhe und bedankte sich überschwänglich. Wie er es bisher gewohnt war, umfasste Gerd ihre Schulter, strich mit der anderen Hand über ihr Haar und versuchte, sie zu küssen. Doch sie wich aus und Gerd schaffte es gerade noch, ihre Wange zu berühren. Isabella drehte sich zur Seite und stellte die Truhe auf einem Sekretär ab.

»Gerd, heute ist es ungünstig. Komm' einfach bei deiner nächsten Tour vorbei. Danke nochmals und mit den besten Empfehlungen!«

Sanft, aber ohne Widerspruch zu dulden, schob sie Gerd zurück in den Flur und schloss die Tür.

Gerd wusste nicht, wie ihm geschah! Plötzlich wirkte alles auf ihn dunkel und fremd. Noch etwas benommen öffnete er die Haustür und die kühle Luft half mit, ihn wie aus einem bösen Traum erwachen zu lassen. Mehr im Reflex strich er sich über die Haare und die Hand kam seiner Nase dabei sehr nahe.

Er blieb stehen!

Der Duft …! Dieser markante Duft an seiner Hand, die Isabellas Haare berührt hatte, war Grace à moi.

»Großer Himmel, gütiger … ist das etwa …?« Gerd prüfte noch einmal die Duftnuance – und richtig. »Zur Hölle mit ihm! Der ist hier, dieser bunte parfümierte Amtmann Cornelius.« Gerd war noch nie von einer Frau derart betrogen und verletzt worden.

Doch es sollte noch schlimmer kommen.

Ein Wagnis ohne jede Sicherheit.
Wo nichts verloren werden kann, ist die Sicht auf die Zukunft unverstellt. Nach seiner persönlichen Niederlage dachte er zurück an die guten Jahre mit Isabella.

DAS MOOR IST NICHT GENUG

Die Dämmerung hatte bereits begonnen, als der Abgewiesene den Weg zurück durch die Straßen ging. Gerd wollte, so gut es ging, erleuchtete Bereiche umgehen und schlich deshalb unter den Bäumen entlang. Die Begegnung mit anderen Menschen versuchte er zu vermeiden. Seinem Steckbrief jedoch, den er ab und zu sah, konnte er nicht ausweichen.

»Die Gefahr ist nicht vorbei«, murmelte er.

In seinem Zorn über Isabella schaute er zurück auf den Tag, als sie vor vielen Jahren in der Nähe der Ortschaft Teufelsmoor in seinen Torfkahn gestiegen war. Gerd war damals aus seinem Versteck gekommen und war auf der Beek in Richtung Hamme gesegelt. Er hatte seinen Ohren nicht getraut, als ihm vom Ufer aus eine weibliche Stimme zugerufen und gefragt hatte, ob er sie mitnehmen würde? Undenkbar in einer Zeit, als Frauen kaum ohne männliche Begleitung aus dem Haus gingen. Für Gerd, der seit Jahren allein das Moor durchstreifte, schien dies eine interessante Ablenkung zu werden. Die Frau war bäuerlich gekleidet und hatte mit ihrer jugendlich hellen Stimme noch ein zweites Mal nach dem Torfschiffer gerufen.

Mit einer knappen Handbewegung bedeutete er ihr, wo er anlegen würde, und sie ging auf die Stelle zu. Ganz direkt fragte sie ihn, ob er nach Bremen fahren würde. Gerd fühlte sich frei und ungebunden. Also willigte er ein, sie mitzunehmen. Als sie ihm beim Einsteigen mit einem unsicheren Schritt entgegenfiel und sofort von seinen starken Armen gehalten wurde, fand sie daran ebenso Gefallen wie Gerd. Sie nahm auf der Bank am Mast Platz, schaute sich um.

»Du bist mit einem fast leeren Torfkahn unterwegs, nur diese Kisten sind deine Ladung? Das habe ich noch nie gesehen. Alle anderen fahren doch Torf! Wer bist du?«

Gerd antwortete nicht, denn er fand es respektlos, dass sie ihn sofort mit persönlichen Fragen löcherte. Er brauchte eine Weile, um seine Gedanken zu ordnen.

»Wer bist du und warum willst du allein in die Stadt? Und wie alt bist du eigentlich?«

Nur Gerd hatte es bemerkt. Vom anderen Flussufer hatten kurz die Augen der Moorhexen aus den Binsenbüscheln hervorgeschaut. Der Schmuggler wusste genau, dass diese sensiblen Fabelwesen nur reagierten, wenn ihre Welt in Gefahr geraten könnte. Jedoch schlossen sie die Augen gleich wieder und nichts erinnerte mehr an die Erscheinung.

In den ersten Minuten ihrer Begegnung hatte Spannung gelegen, denn die Frau fühlte sich durch die kommandierende Art des Gespräches an ihr Zuhause erinnert. Zwar konnte sie damit umgehen, doch dafür hatte sie ihren Hof nicht verlassen. Die lange Zeit des Zögerns und nun der Entschluss, hier einzusteigen, setzten ihr mehr zu als gedacht. Dazu kam die Unsicherheit, wie das Leben in der Stadt weitergehen sollte. Ihr erster Impuls war es zu widersprechen.

Sie besann sich jedoch und erwiderte freundlich: »Also, ich heiße Elsbetta Jewenhuber und stamme von einem Hof aus Teufelsmoor. Das Haus haben meine Vorfahren schon 1765 gebaut, seitdem leben Generationen meiner Familie dort. Im Dorf Teufelsmoor sind die Bauern reich und es gab Streit um das Erbe meines Vaters. Ich habe nicht nicht so funktioniert, wie es sich die Familie vorstellte.« Sie schämte sich für ihren streitsüchtigen Stiefvater, deshalb verschwieg sie die wahren Gründe.

Elsbetta machte eine Pause.

»Ich bin 22 Jahre alt und was ich in der Stadt will, weiß ich noch nicht. So, das ist die ganze Wahrheit. Muss ich nun wieder aussteigen oder nimmst du mich mit? Bezahlen kann ich dich nicht!«

Gerd überging die Bemerkung.

»Du willst wissen, wer ich bin? Du siehst dieses Schiff und dir fällt sofort auf, dass alles anders ist? Dann sage ich dir, wie ich heiße: Ik bin de Rode Gerd!«

Der Schreck fuhr Elsbetta durch alle Knochen, aber sie ließ sich nichts anmerken. Die plötzliche Blässe in ihrem Gesicht konnte sie jedoch nicht verbergen. Sie kannte die Geschichten um den berüchtigten Schmuggler.

Gerd bemerkte, dass Elsbetta, obwohl sie vor Schreck zitterte, gefasst blieb und abwartete. Das ganze Schiff, die selbstbewusste Erscheinung des Mannes, der ruhig am Ruder stand, gefielen ihr. Ein bisher unbekanntes Gefühl von Spannung und Abenteuer stellte sich bei ihr ein. Sie schwieg und schaute fasziniert zu, wie Gerd mit elegantem Schwung das Schiff durch Wriggen mit dem Ruder vorantrieb. Seine Bewegungen wirkten mühelos.

Er war sich seiner Wirkung bewusst und irritierte Elsbetta erneut mit außergewöhnlicher Höflichkeit.

»Möchtet Ihr aussteigen, jetzt wo Ihr wisst, wer ich bin?«, fragte er sie kultiviert in der aristokratischen Sprachform, die Elsbetta noch nie zuvor gehört hatte.

Sie verstand zunächst nicht einmal, dass sie gemeint war, schaute ungläubig auf und schüttelte schließlich den Kopf. Gerd beachtete sie jetzt nicht weiter. Die Fahrt endete an diesem Tag in einem der Seitenarme der Hamme oberhalb der Holtstelle.

»Morgen früh müssen wir an den neuen Zollstellen vorbei. Dann musst du dich unbedingt ruhig verhalten, ich kann keinen Ärger gebrauchen!«

Elsbetta fand diese Vorstellung spannend und sie fühlte sich spontan zum abenteuerlichen Leben des attraktiven Schmugglers hingezogen. Alles war so anders! Gerd öffnete am Bug die Luke zur Kajüte, die zwei Personen Platz bot, stieg ein, bereit sich hinzulegen, und lud Elsbetta mit einer kaum merklichen Geste ein, ihm zu folgen. Sie zögerte nur eine Sekunde und dachte: »Jetzt oder nie, meine Zukunft beginnt jetzt! Ich wage es!«

Zeichen können wie eine fremde Sprache sein,
wenn nur zwei Menschen sie verstehen.

GEHEIME ZEICHEN

Die Einstiegsluke blieb noch geöffnet und Gerd zeigte sich als charmanter Kavalier. Er ließ Elsbetta Zeit, sich zu orientieren, erzählte irgendwelche Geschichten von seinen Abenteuern und schaute schließlich auf die Taschenuhr, um zu sehen, wie lange es bis zum Sonnenuntergang war.

Die junge Frau aus Teufelsmoor griff nach der Uhr, die ein kleines Kunstwerk war, und betrachtete sie intensiv. Gerd wartete ab, nahm vorsichtig ihre Hand, hielt sie fest und erklärte: Schau hier, Elsbetta, wenn du diesen Knopf drückst, halten die Zeiger an und du kannst sie in jede Position bringen, in der sie stehen bleiben sollen.«

Das war natürlich keine Erklärung für die Funktion eines Zeitmessers und Elsbetta fragte nach, wozu das gut sein solle? So etwas hatte sie noch nie gesehen oder gehört. Sie bemerkte gar nicht mehr die Enge des Schiffes und wie Gerd sie in seine Welt zog.

»Die Erklärung ist ganz einfach. Wenn die Zeiger angehalten sind, können sie etwas anderes anzeigen als die Zeit.« Sie schaute ihn mit großen Augen an und Gerd glaubte, dass er sich sofort verlieben müsste.

»Was ist das andere als die Zeit?«, fragte sie interessiert und lernte nun einige Einstellungen und ihre Bedeutung.

»Schau hier! Wenn du fünfzehn Minuten vor neun einstellst, zeigen beide Zeiger nach Westen. Denk dir einfach, die Uhr sei ein Kompass und die zwölf ist Norden. Dann passt diese Anzeige.«

»Roter Gerd, was ist das für ein Unsinn? Du kannst mir tolle Geschichten erzählen, aber denke nicht, ich sei dumm. Die Himmelsrichtung kann man mit der Zeit und der Sonne bestimmen, aber doch nicht mit einer willkürlichen Position der Zeiger!« Sie war leicht verärgert, zog ihre Hand zurück und der anfängliche Zauber war verloren.

Gerd konnte genau das beabsichtigt haben, denn er wusste von der Kraft einer Versöhnung. Er zeigte ihr durch Stimme und Gestik, dass er sie ernst nahm.

»Du hast völlig recht! Aber höre genau zu und versuche, dir alles zu merken. Du weißt, ich bin Schmuggler, immer wachsam und oft in Gefahr. Darum überlege dir gut, ob du hier richtig bist.«

Dieses Mal ging Gerd auf Distanz, nicht beleidigt, sondern mit der Absicht, ihr die Wahl zu lassen. Und Elsbetta wählte! Sie nahm die Uhr, griff nach seiner Hand, rückte näher, legte ihren Kopf auf seine Brust und forderte ihn auf: »Los großer Schmuggler, erkläre es mir!« Sie hatte längst die Initiative übernommen.

Für Gerd ging eine Welt auf. Viele Jahre hatte er allein die Wildnis durchstreift, musste sich verstecken und wartete auf den Moment, in dem er das Moor für immer verlassen würde. Schließlich erklärte er: »Die Stellung der Zeiger ist für zwei Personen wie eine Sprache. Dies sind die wichtigsten Zeichen: Mit der Position zehn Minuten vor zwei fängst du von oben wie in einem Trichter die Zuversicht ein. Damit würdest du mir Mut machen. Bei etwa zehn nach acht mit den diagonalen Zeigern gibst du das Signal für Gefahr, zehn vor vier heißt, sofort untertauchen.

Elsbetta unterbrach ihn.

»Du redest von Verstecken und Gefahr. Gibt es auch Zeichen für ein fröhliches, normales Leben?« Sie rückte aufgeregt noch einmal näher an ihn heran.

»Fünfzehn Minuten nach drei, beide Zeiger weisen dorthin, wo die Sonne aufgeht. Von dort kommt alles Gute zu dir zurück, wenn es verloren wurde. Präge es dir ganz genau ein!«

Er bemerkte, dass sie mit ihren Gedanken abschweifte, darum wiederholte er es nochmal: »Merke es dir! Das Zeichen bestimmt dein Denken, damit das Gute zu dir findet. Vergiss das niemals!«

»Dieses ist das Zeichen für Liebe.«

Elsbetta wurde wieder aufmerksam, als Gerd die Uhr auf sechs Uhr einstellte.

»Schaust du auf das Zifferblatt, wird es durch die Zeiger in zwei Hälften geteilt. Wer befindet sich links oder rechts? Wir beide abwechselnd, je nach Stimmung sind wir es gemeinsam, wenn aus dem Osten alles Gute kommt oder uns im Westen die Ruhe vor dem Sonnenuntergang umfängt.«

Wie romantisch das klang! Gerd bemerkte selbst nicht, dass er mit dem Wörtchen *wir* bereits eine Gemeinsamkeit aufgebaut hatte. Elsbetta hörte ganz genau zu, spürte Gerds Zuneigung und wollte mehr über die Zeichen wissen. Er zögerte nicht und stellte die Uhr auf drei Minuten nach halb sechs. Sie schaute ihn fragend an und er genoss erneut diesen Blick aus Erwartung und Interesse.

»Und, was heißt das?«

»Ich will dich!«, flüsterte Gerd.

Woher Gerd die sonderbare kleine Maschine hatte,
die aussah wie eine Taschenuhr, verriet er nicht.

MAGISCHE ZUKUNFT

Zwischen dem Schilf lag das Schiff gut getarnt und die tief stehende Morgensonne überstrahlte den Liegeplatz. Als Gerd die Luke öffnete, waren beide sofort hellwach. Gerd stieg als erster aus, half Elsbetta auf das Deck und schaute auf seine Uhr.

»Haben wir es eilig?«

»Wir müssen rechtzeitig an der Zollstelle vorbeifahren. Es kommt darauf an, wer Dienst hat. Aber wir haben noch etwas Zeit. Tee oder Kaffee?«

Er entfachte ein kleines Feuer in der Brennhexe, um das Wasser zu erhitzen.

Als sie beisammensaßen, bat Elsbetta darum, die Uhr noch einmal sehen zu dürfen.

»Was bedeuten die sonderbaren Schriftzeichen hier?«

Gerd führte ihre Hand über die Gravur und las langsam vor: *»Erwecke die Zukunft, die dich erwartet!«*

Elsbetta fragte nicht nach der Bedeutung, sondern nur: »Woher hast du dieses kleine Meisterwerk?«

Gerd spürte, dass ihr das Bewusstsein zur Gestaltung ihrer Zukunft noch fehlte. Daher antwortete er: »Wenn du den Sinn der Gravur verstanden hast, kann dieses Wunderwerk der Magie mehr als die jetzige Zeit anzeigen. Siehst du diese Linse über dem Uhrwerk? Schau, wie die Unruh arbeitet und sich die Zahnräder verschieden schnell bewegen.

»Aber das kennt man doch, Gerd! Zu Hause hat mein Stiefvater immer gesagt: ›Zeitmesser sind für Leute, die gezwungen sind, etwas zu einer bestimmten Zeit tun zu müssen. Freiheit wäre es, ohne sie zu leben.‹« Elsbetta klang fast belehrend.

»Ja, diese Sätze kenne ich«, entgegnete Gerd, ohne zu widersprechen. »Zeit kann Feind oder Freundin sein, es liegt in uns selbst.«

Ihre großen Augen machten es ihm schwer, sich zu konzentrieren. Er nahm ihr die Uhr aus der Hand und hielt sie so, dass sie die

Schriftzeichen und das Glas über der Mechanik gut sehen konnte. Mit der anderen Hand legte er einen Schatten auf die Uhr und bedeutete mit einem Nicken, dass sie genau hinsehen sollte. Einige Sekunden vergingen, bis der Deckel des Gehäuses aufsprang und die Inschrift aufleuchtete. Über dem Glas erschien ein Bild, das einen Torfkahn bei Nacht in stürmischem Wetter zeigte. Ein Augenblick verging, das Bild verzerrte und wurde nach unten in die Mechanik gezogen. Gerd gab ihr schweigend die Uhr zurück. So sehr sie mit den Fingern darüber strich, das Bild erschien nicht wieder.

»Die Vergangenheit hat ein Gedächtnis und sie kann daraus etwas in deiner Zukunft anzeigen«, erklärte er. »Je mehr du mit dem Willen dein Heute bestimmst, umso genauer siehst du die Zukunft in diesem Glas. Wenn du dich aber oft spontan und ohne Überlegung entscheidest, wird das Bild unscharf. Gestaltest du aber dein Leben nach einem Plan, muss die Zeit dir folgen. Lebst du für andere, wie du es auf dem Hof getan hast, gehört die Zukunft nicht dir, und die Uhr kann dir ebenfalls nichts anzeigen. Du hast immer die Wahl, bereit zu sein für deine eigenen Pläne. Diese Uhr lernt aus den vergangenen Tagen und Jahren von ihrem Besitzer und zeigt ihm eine mögliche Zukunft an. Du bist gerade erst von Zuhause fort und bei mir eingestiegen. Es ist kaum etwas passiert und deshalb findet das Glas keine Bilder für dich.«

»Aber ich habe dein Schiff im Sturm gesehen, wird es dort gefährlich für dich? Was genau habe ich gesehen?«, fragte Elsbetta irritiert.

»Ich weiß es nicht! Im Winter bin ich oft bei schlechtem Wetter unterwegs, um Ruhe vor den Zöllnern zu haben. Die Uhr könnte dieses Ereignis als meine Zukunft erkennen. Aber sie zeigt alltägliche Dinge nicht an und darum bin ich jetzt überrascht. Der Hinweis muss eine besondere Bedeutung haben!«

Seine Stimme klang leicht verunsichert, aber sie bemerkte es nicht.

»Du kannst also immer nachsehen, was mit dir passiert? Genau das brauche ich jetzt auch. Lass die Uhr anzeigen, was mich erwartet.«

»Du hast nicht zugehört. Bei dir kann sie noch nichts anzeigen. Sieh hier, es steht geschrieben: Erwecke die Zeit! Dazu gehören Geduld und der Wille, Dinge zu tun, die dich positiv verändern. Ohne dich und deine eigenen Absichten reagiert die Uhr nicht.

»Wie könnte ich jemals etwas damit anfangen?« Enttäuscht ließ sie den Kopf hängen. »Ich weiß heute nicht einmal, wie es in der Stadt weitergehen wird.«

»Falsch«, kam es energisch zurück, »du hast bewiesen, dass dein Leben dir gehören soll. Sonst wärest du nicht hier!«

Gerd stand auf und begann, das Schiff für die Abfahrt vorzubereiten. Elsbetta schwieg und zu seiner Freude bemerkte er, wie sehr sie über den Sinn seiner Worte nachdachte.

Gerd, der über Jahre Elsbettas Zukunft fürsorglich gestaltet hatte, wird plötzlich zur Spielfigur. Jetzt würfeln andere, aber der Schmuggler durchschaut das Spiel nicht.

DIE VERWANDLUNG

Für Gerd begann eine aufregende Zeit. Sie kamen als Paar in Bremen an und er gestaltete im Geiste ihre neue Zukunft. Dank seiner Kontakte fand Elsbetta für den Moment eine einfache Unterkunft.

Die weitere Geschichte ist schnell erzählt. Sie fand im Findorff-Hafen Arbeit und half beim Entladen der Torfschiffe. Innerhalb kürzester Zeit gewann sie die Freundschaft der vielen Helferinnen und wurde zur Sprecherin für bessere Arbeitsbedingungen der Brockenweiber. Sie übernahm die Verhandlungen mit den Moorbauern, Transporteuren und Händlern, die sich plötzlich den Forderungen der organisierten Frauen gegenübersahen, bis schließlich so viel Aufregung herrschte, dass sogar die Zeitungen über die Aktionen berichteten. Doch Elsbetta blieb unauffällig und gab sich nur so weit zu erkennen, als es notwendig war. Die Frauen hielten zusammen und es bildete sich ein neues Miteinander. Bisher waren die vielen arbeitenden Hände weder beachtet noch ernst genommen worden. Elsbetta gab den Helferinnen ein neues Selbstwertgefühl.

Gerd sah seine Freundin, wenn ihn die Touren nach Bremen führten. Ein Jahr verging, dann wollte sie mehr. Sie war fleißig gewesen, hatte Geld zurückgelegt und genoss zum ersten Mal etwas Freiheit und Unabhängigkeit. Ihr Unterstützer spürte instinktiv, dass es für sie weitergehen musste oder er würde sie verlieren.

Jetzt machen wir das richtig oder gar nicht, hatte er sich damals gedacht und ihr von seinen Plänen erzählt, wie nicht nur sie selbst, sondern auch er davon profitieren könnte. Zu ihrer Überraschung besaß Gerd die Mittel, ein Haus in bester Lage für sie zu erwerben. Sie entwickelten die Idee, dass Elsbetta mit einem großen Namen als geheimnisvolle Fremde aus dem Süden auftreten sollte. Der Rest würde sich finden. Die Zeit der Planung, die Einrichtung des Hauses und die Freude auf eine schönere Zukunft mit ihr hatten Gerd damals beflügelt.

Sie verschwand im Hafen ebenso lautlos, wie sie aufgetaucht war. Die Brockenweiber hatten durch ihre neue Anführerin ein besseres Leben erkämpft und die junge Frau, die kaum etwas über sich erzählt hatte, wurde schmerzlich vermisst. Anerkennung war ihr nicht wichtig gewesen und deshalb war sie ohne Abschied fortgegangen. Durch die harte Arbeit beim Entladen der Torfschiffe waren freundschaftliche Verbindungen entstanden, die noch wichtig werden sollten.

Den krönenden Abschluss ihrer Metamorphose bildete der neue Name auf der Marmorplatte neben der Haustür: Isabella de la Conté und der theatralische Auftritt mit der abfahrenden Kutsche. Gerd hatte aus der Ferne zugeschaut und beide genossen die Inszenierungen als Teil eines großen Spiels. Und es funktionierte! Unabhängig und selbstbewusst trat Isabella alias Elsbetta in der gutbürgerlichen Gesellschaft auf und entgegen aller Konventionen erhielt sie Einladungen hochrangiger Männer, die versuchten, sich mit ihr zu schmücken. Die neidischen Blicke der anderen Damen genoss die neue Isabella sichtlich. Dass ihr Name ein reines Fantasiegebilde war, hinterfragte niemand. Der angedeutete italienische Adelstitel mit dem Hinweis auf die berühmten Fugger schüchterte selbst kritische Betrachter ein. Isabella hatte leichtes Spiel.

Am Tag ihres ersten Auftritts hatte die Kutsche ihre Runden durch die Stadt gezogen. An ausgewählten Adressen ließ Isabella halten und durch den Diener läuten. Öffnete jemand, stellte sie sich vor und versuchte mit vielen Fragen für einen Moment im Hause verweilen zu können. Sodann entschuldigte sie sich höflich für den Irrtum und zog sich zurück. Ihr ging es um die Außenwirkung, denn die Besuchten kannte sie nicht und sie waren ihr auch egal. Isabella wollte wichtig erscheinen und die Menschen, die Ihre Aktion beobachteten, sollten glauben, sie sei überall willkommen.

Die aufsehenerregende Darbietung ihres Auftritts hatte sich herumgesprochen und so sehr sich die Damen abfällig über Isabella äußerten, umso begeisterter nahmen die Männer diese unerwartete

Abwechslung des gesellschaftlichen Lebens an. Isabella erhielt Briefe mit Einladungen, spontane Liebeserklärungen und des Nachts sollen sogar einige ihrer Verehrer am Haus vorbeigeschlichen sein. In der Folge zog sie unauffällig die Fäden im gesellschaftlichen Leben der Stadt, sie konnte Karrieren schaffen oder vernichten. Gerd kam oft zu Besuch und sie sprachen über die neusten Ereignisse und nutzten ihre Verbindungen für Geschäfte.

Hinter allem steckte Fleißarbeit. Die Details hatten sie damals in der Unterkunft am Torfhafen geplant. Damit der Plan klappen würde, musste Elsbetta die Ausdrucksformen und das Benehmen der sogenannten feinen Gesellschaft lernen, was sich als besonders schwierig herausstellte. Die Sprache in der Stadt war eine andere als im Moor. Zum Glück konnte Gerd ihr dabei vorzüglich helfen, denn er beherrschte diese Art der Formulierungen und der richtigen Betonung. Elsbettas Ehrgeiz brachte sie schnell ans Ziel und damit war der Weg frei für Isabellas größtes Abenteuer. Sie genoss fortan das neue Leben und Gerd sein vollendetes Werk. Durch ihre gemeinsame Zielstrebigkeit wurden beide zu einem kongenialen Team, das jetzt auseinanderzubrechen drohte!

Ihre grobe Abweisung lag nur wenige Minuten zurück und als ob er einen Irrtum in der Vergangenheit finden wollte, hatte er soeben die Zeit mit Isabella nacherlebt. Dabei setzte er seine Schritte wie mechanisch auf die Pflastersteine und starrte mit leerem Blick geradeaus, unfähig, die Umgebung wahrzunehmen.

Es war doch alles so großartig gewesen! Wie kann sie derart undankbar sein? Wo lag nur mein Fehler? Ehrenhaft suchte Gerd den Grund für sein persönliches Scheitern bei sich selbst und wurde dabei blind für das, was um ihn herum geschah.

Sollte all sein Enthusiasmus und Ehrgeiz für Isabellas Zukunft ein jähes Ende gefunden haben? Jetzt trottete er mit gesenktem

Kopf durch die Nacht zum Lagerhaus zurück und versuchte, die Gedanken an Isabella zu verscheuchen. Aber es gelang ihm nicht. Ausgerechnet für diesen Gockel von Amtmann interessierte sie sich! Für den will sie alles riskieren? Sie kann ja machen, was ihr nützlich ist, aber der muss es nun wirklich nicht sein! Wozu sie ihn wohl braucht? Ist es Liebe? So ein Quatsch, sie liebt niemanden, sie nimmt sich alles!«

Beim Selbstgespräch gestikulierte er wild vor Aufregung, hatte vergessen, dass er unerkannt bleiben wollte. Erst als er wieder den Steckbrief an einer Hauswand sah, erhob er wie zur Abwehr seine Hand.

Die Geste wurde als Gruß missverstanden und einige Köpfe wandten sich ihm zu, die höflich zurücknickten. Gerd ärgerte sich über seine Unvorsichtigkeit und wäre fast erstarrt, denn er bemerkte jetzt, dass der Schwarze Vogt mit wehendem Umhang und Kapuze auf ihn zukam. Doch dieser erkannte Gerd wegen der dunkel gefärbten Haare und dem Hut nicht.

Was … was läuft der denn hier herum? Wo will er hin? Gerd brauchte einige Sekunden, um zu verstehen, dass das Ziel nur das Haus von Isabella sein konnte.

Gütiger Himmel, da muss etwas Größeres laufen, als ich ihr bieten kann! Der Vogt plant diese geheimnisvolle Maschine, so viel ist klar. Aber was genau hat er vor? Und was hat Isabella damit zu tun? Doch er war mit seinen Überlegungen noch nicht zu Ende. Wozu sollte der Amtmann, dieser bunte Hahn vom Hafen, eigentlich taugen? Warum er, weshalb nur er? Und jetzt noch der Schwarze Vogt? Irgendetwas läuft hier, dass ich nicht durchschaue?

Die vielen niederschmetternden Eindrücke auf seinem Weg zurück zum Lagerhaus hatten ihn unfähig für sofortige Entscheidungen gemacht.

Am nächsten Tag bemühte sich Gerd zu verstehen,
warum sich die Umstände gegen ihn zu wenden begannen.
Selbst in den Begegnungen mystischer Erlebnisse im Teufelsmoor
suchte er nach Antworten. Er musste feststellen, dass daraus
mehr und mehr Fragen erwuchsen.
Gerd wurde zum Suchenden.

SELTSAME KREATUREN

Nach seinem enttäuschenden Erlebnis bei Isabella kehrte Gerd am nächsten Tag an den Schreibtisch zurück. Im Geiste versetzte er sich in sein Teufelsmoor und entkam so der räumlichen der Enge seiner Kammer. Er begann mit flotten Federstrichen, seinen Bericht über das mystische Moorgebiet zu verfassen, und beschrieb die geheime Zuflucht sagenhafter Gestalten mit besonderen Fähigkeiten oder verrücktem Aussehen. Diese Kreaturen beschützten ihre Heimat gegen manche Unachtsamkeit der Menschen. Die Siedler im Moor konnten manche ihrer Wahrnehmungen nicht mit dem Wissen des Alltags erklären und darum waren die uralten Märchen und Legenden entstanden. Gerd war der Meinung, die Menschen machten es sich da zu einfach.

Immer wieder war er in Gedanken auf seine Probleme zurückgekommen, verglich die Ereignisse mit seinen mysteriösen Begegnungen im Moor und verstrickte sich tiefer und tiefer in seine Zweifel. Gewiss hatte er einst alles getan, um als Schmuggler und rücksichtsloser Geselle zu gelten, um seine Ruhe zu haben und auf seine Weise erfolgreich zu sein. Die Dinge waren nun außer Kontrolle geraten. Als Verbrecher, Schmuggler und Gesetzloser zu gelten, war ihm heute zuwider und es entsprach weder seinem Wesen noch seiner Herkunft. So wie sein Leben jetzt war, durfte es nicht weitergehen. Zum ersten Mal seit seiner Ankunft im Moor dachte er daran, alles hinter sich zu lassen, auch Isabella, um neu anzufangen. Er sah eine vage Möglichkeit, falls seine jetzigen Pläne scheitern sollten.

»Zu riskant, besser, ich bleibe, wo ich bin.«

Damals war es ihm in Stunden der Abgeschiedenheit im Moor gelungen, den Kontakt in diese Gegenwelt zu finden und Vertrauen zu einigen Fabelwesen aufzubauen. Er schaute von den Papieren hoch, lehnte sich zurück und dachte intensiv an diese Begegnungen.

Und dann geschah es: Vor ihm formten sich Bilder aus der Vergangenheit der Moorwelt in schwebenden, glasklaren Kugeln, die ihn an Seifenblasen seiner Kindheit erinnerten. Sie schwebten vorbei. Einige, in denen sich keine Bilder formen wollten, zerplatzten. Andere, die vollständige Szenen zeigten, zogen sich zu einem Punkt zusammen, als würde ein fremdes Universum sie ansaugen.

Die Szenen kamen und gingen, bis ein Bild von zauberhafter Schönheit innehielt und Feenperlen von einer Elfe im Raum verteilt wurden. Er hob die Hand und für Sekunden fühlte es sich an, als gäbe es eine Verbindung zwischen ihnen. So kurz wie die Erscheinung anhielt, wurde ihm nicht bewusst, ob das wirklich geschah oder seine Fantasie ihn täuschte. Die schwebenden Feenperlen waren verschwunden und die Glaskugel löste sich langsam in Luft auf. Gerd realisierte, dass die eben gesehenen Perlen aus der magischen Welt des Teufelsmoores stammten, die er selbst so gern einmal besucht hätte. Er dachte noch eine Weile darüber nach.

Schließlich wandte er sich weiteren Themen zu. Die Feder stockte bei der Geschichte über den Moorteufel. Gerd hatte ihn einst getroffen und war überrascht gewesen, dass hinter manchem Wutausbruch auch nur die Sorgen des höllischen Alltags steckten. Die Legenden berichteten weiter von dem Riesen namens Hüklüt, der größer als ein Kirchturm gewesen und bis heute im Moor versunken liegen und schlafen soll. Allseits bekannt waren die Bedenken, er könne irgendwann aufwachen.

Und wer sollte die verrückte Geschichte von einem Geist glauben, der in seiner fürstlichen Uniform durch Worpswede spukte und behauptete, mit Gerd verwandt zu sein. Diese Begegnungen hatten Überlieferungen aus der Zeit eines Grafen zutage gebracht, die Gerd als angeblicher Nachkomme anhören und für die Nachwelt bewahren sollte. Heute war die Zeit dafür und er kam dem Wunsch des Fürsten nach.

Zu den erfolgreichsten und teuersten Waren, die Gerd aus dem Moor nach Bremen schmuggelte, zählten die seltenen Feenperlen. Jetzt, nach der Begegnung mit der kleinen Elfe, sah er sie in einem ganz neuen Licht und verstand, warum die bonbonartigen Perlen den Alltag so schön verändern konnten. Zwar vollbrachten sie keine Wunder, aber sie gaben dem Körper Ruhe und der Seele die Kraft, die Wahrheit in sich selbst zu entdecken.

Hätte er doch einige davon eingenommen, die späteren dramatischen Ereignisse wären vielleicht so nicht passiert! Eigentlich besaß Gerd alles, um glücklich zu sein. Nur konnte er es unter diesen Umständen nicht erkennen.

Zwischendurch kamen ihm die aktuellen Schwierigkeiten wieder in den Sinn. Er beschloss, möglichst bald die Initiative in die schwarze Faust zu nehmen.

»Solange ich mich verstecke, bestimmen andere über mich. Das hat jetzt ein Ende!«, beschloss er und schaute auf. Der sonderbare Spaten lehnte an der Wand.

»Was verdammt hat es mit dir auf sich? Weshalb will der Vogt dich wieder loswerden?« Als ob er eine Antwort erwartete, versuchte er es mit einer Frage an den Spaten.

Für heute klappte er das Tintenfass zu, tauchte die Feder in einen Becher mit Wasser und ließ seine Blätter zum Trocknen offen liegen. Seinem wichtigsten Schriftstück, einer Urkunde, wollte er sich morgen zuwenden.

Die Nachtruhe war eine Quälerei, denn die Geräusche aus dem Haus nahmen kein Ende. Er lauschte einige Zeit, um zu verstehen, was die Hammerschläge bedeuten könnten. Doch vergeblich, die Ursache für den Lärm blieb ihm verborgen.

Eine täglich zermürbende Routine hatte sich eingestellt.
In Gerds Kopf begann die Zeit zum Albtraum zu werden.

DAS VERMÄCHTNIS

Heute sollte die Schreibarbeit ein Ende finden. Ein wertvolles Stück Papier lag bereit für eine dekorative Urkunde, die von ihm als Gesetzlosen niemals offizielle Wirkung würde entfalten können. Davon war er zurecht überzeugt und dennoch hoffte er, dass seine Schriften in die richtigen Hände gelangten. Dann würde alles gut werden. Er verlor keine Zeit und begann mit den Worten: »In einem Lagerhaus an der Schlachte zu Bremen, in der Zuflucht beim Schwarzen Vogt, schreibe ich meine Erlebnisse und mein Vermächtnis auf. Wer diese Papiere findet, möge sie der Welt öffentlich machen und allen sagen: Ik war de Rode Gerd!«

Im Folgenden schrieb Gerd anders als bisher beabsichtigt, denn die Begegnung mit Isabella drückte auf seine Stimmung. Außerdem hingen die Steckbriefe überall aus, es ging also um Leben oder Tod. Einer düsteren Vorahnung folgend bestimmte er seinen letzten Willen, ohne dass er einen Erben hätte benennen können, denn seit gestern stand Isabella nicht mehr auf seiner Liste.

Nach Stunden des kunstvollen Schreibens entnahm er seiner Ledertasche eine Stange Siegellack und einen Fingerring, der ein Wappen und die Initialen W'G zeigte. Den Ring setzte er auf und erhitzte den roten Lack über der Kerze. Als die ersten Tropfen auf die Urkunde fielen, wartete er den richtigen Moment ab und drückte den Siegelring hinein. Das kurze rote Stoffband unter dem Siegel diente der Dekoration. Er rollte die Papiere zusammen und legte die Utensilien zurück in das Ledersäckchen.

Noch einmal hielt er inne. Sollte er weiter aus der Vergangenheit erzählen? Das Schicksal von einst hatte er die letzten Jahre ganz allein wie eine Last mit sich getragen. Erst später hatte er die Zusammenhänge verstanden, die letztlich zu seinem versteckten Leben im Moor geführt hatten. Gerd konnte sich von den Intrigen nur schwer erholen und immer wieder beschäftigte ihn die Frage nach dem Warum. Obwohl ihm die Hintergründe heute klar waren, begann er den neuen Bericht mit dem in großen Lettern geschriebenen Wort: WARUM?

Emotional aufgewühlt beendete er den knapp abgefassten Bericht, den er für niemanden sonst geschrieben hatte als für sich selbst. Das Papier wurde zu seinem Vertrauten, dem er alles erzählen konnte, ohne verraten zu werden. Die größte Enttäuschung seines Lebens, Isabella, erwähnte er allerdings mit keinem Wort. Die demütigenden Gedanken an das hinterhältige Verhalten seiner Geliebten mochte er nicht preisgeben.

»Warum nur hat sie mich so behandelt? War etwas passiert, das ich nicht bemerkt habe?«

Dieser tief enttäuschte Mann gab sich selbst jetzt noch alle Mühe, Isabella zu verstehen. Äußerlich blieb er der Starke, der allen so unnahbar und erfolgreich erschien. Damals fragte niemand nach inneren Werten!

Die Müdigkeit ließ schwermütige Gedanken an diesem Abend nicht mehr zu, sie sollten sich erst im Schlaf als Albtraum fortsetzen. Gerd träumte von Schiffen, die in stürmischer See übereinander fuhren. Er sah sich bis zur Brust im Wasser stehen und war unfähig, sich zu bewegen. Sein Schiff war voll beladen und er geriet in Panik, als mehr und mehr Wellen über die Bordwand in das Boot schlugen. So sehr er sich anstrengte, er kam in dem morastigen Untergrund nicht voran, konnte sein Schiff nicht retten. Der Sturm wurde immer schlimmer und durch wild bewegte Wolken blitzte das Mondlicht, als der flackernde Schein einer Öllampe seine Augen traf. Völlig verschwitzt wachte er auf und schreckte hoch. Vor ihm stand der Schwarze Vogt.

»Ich muss dir etwas zeigen.« Er hatte sich sofort wieder umgedreht. »Komm mit!«, befahl er mehrdeutig. Gerd erhob sich und versuchte den Traum abzuschütteln.

»Was ist denn los, mitten in der Nacht?«, fragte er schlaftrunken. Doch der nächtliche Störenfried antwortete nicht.

Beim Vogt nicht willkommen, abgewiesen von der Geliebten und gejagt von verbissenen Beamten der Königlichen Regierung erzeugten in Gerd die besondere Kraft: Jetzt erst recht!

ENDLICH WIEDER AUFWIND

Aus welchem Grund weckt der mich mitten in der Nacht?, überlegte Gerd, als er dem Vogt tastend durch den Flur folgte. Im Schein der Öllampe erreichten sie die Halle mit den kryptischen Bildern und technischen Plänen an den Wänden, deren Sinn er bisher nicht hatte entschlüsseln können.

Der Vogt trat an den Tisch und zeigte auf einen Stapel zerknitterter und eingerissener Papiere. »Diese Steckbriefe hängen jetzt in der ganzen Stadt. Ich habe meine Leute so viel wie möglich einsammeln lassen, um dich zu schützen. Nein, besser, um mich zu schützen. Ich will keinen Ärger. Vergiss meinen Transportauftrag und verlasse mein Haus. Jetzt sofort! Pack' deine Sachen und verschwinde für immer«, bekräftigte der Vogt seine Forderung. Seine dunkle Stimme machte deutlich, dass es ihm ernst war! Für Gerd klang es, als hätte er schon lange auf eine Gelegenheit gewartet, ihn loszuwerden.

»Hier in der Zeitung ist ein Bericht über dich und deine Untaten«, mit diesen Worten warf der Vogt einige Nachrichtenblätter auf den Tisch. Nach kurzem Überfliegen des Artikels ließ Gerd die Papiere kraftlos auf den Tisch fallen. Er, der sonst nie um eine Antwort verlegen war, schwieg nun.

»Weshalb suchen die so intensiv nach mir? Meine Aktionen waren doch Lappalien und warum wird hier falsch über mich berichtet?«

Überall wusste man nun Bescheid. Obwohl seine »Verbrechen« im Grunde nichts Schwerwiegendes angerichtet hatten, wurde Gerd dennoch zur Zielscheibe im Kampf gegen den Schmuggel der Moorbauern insgesamt, die mit fast jeder Fahrt etwas am Zoll vorbeischleusten. Dass durch Amtmann Cornelius' Niederlagen persönliche Eitelkeiten hinzukamen, verkomplizierte den Fall. Zu allem Überfluss spielte der Moorkommissar Erasmus Castell mit der Macht der Falschinformation. Er hatte einen Zeitungsbericht veröffentlichen lassen, der den Roten Gerd nicht nur als Schmuggler, sondern ihn als Anführer einer Rebellion, Verbrecher und auch

Mörder gegen die Königliche Regierung beschrieb. Jedermann war aufgerufen, dabei zu helfen, den Roten Gerd zu fassen. Eine Belohnung sollte die Wirkung des Aufrufs verstärken. Mit etwas Verspätung kamen die Zeitungen auch im Teufelsmoor an. Die Stimmung begann sich gegen Gerd zu wenden und dieser konnte auf die neue Waffe des Moorkommissars nicht mit der schwarzen Faust antworten.

Erasmus Castell zeigte sich zufrieden mit seiner Arbeit. Bei den Zollstellen gingen mehr und mehr Anzeigen ein. Jeder wollte den Roten Gerd nun gesehen haben und sicher spielte auch die angekündigte Belohnung eine Rolle.

»Ich bin genial«, sagte sich Erasmus mit der Eitelkeit seiner Autorität. »Wie leicht sich doch die Menschen beeinflussen lassen. Jetzt werden sie mir Gerd ans Messer liefern, dann kann ich ihn öffentlich bestrafen und nach diesem Schrecken ist es endgültig vorbei mit dem Schmuggel! Die Belohnung, die wir zahlen, ist nichts im Vergleich zu den Mehreinnahmen, wenn sich niemand mehr traut zu schmuggeln! Darum ist es wichtig, diesen berüchtigten Schmuggler zu bestrafen, egal mit welchen Mitteln. Wahr oder unwahr, ich vertrete die Regierung und die Absicht des Königs ist immer wahrhaftig!«

Der Schmuggler hatte nach der nächtlichen Störung durch den Vogt seine Fassung wiedergefunden. Da half kein Zögern mehr und er dachte: Meine Zeit hier ist nun um, ich muss JETZT handeln! An den Vogt gewandt sagte er: »Ich brauche drei Fahrten, dann siehst du mich nie wieder.«

Dieser dachte etwas zu intensiv nach und Gerd wurde misstrauisch. Aber es kam eine gute Antwort: »Alles klar, drei Fahrten! Ich lasse dein Boot ins Wasser bringen!«

Wie zum Abschied hob er kurz die Hand und drehte sich wortlos um. Ganz der Vogt! Den Stapel mit den Steckbriefen nahm Gerd an sich und verstaute die Fahndungsaufrufe unter dem Sitz am Mast wie zu einem vorgezogenen Triumph auf einen Sieg.

Sollte er sich jetzt einfach wieder schlafen legen? Nein, seine Aufregung ließ das Abwarten nicht mehr zu.

Und was soll ich noch hier? In diesem Hafen ist die Zeit vorbei, es kommen zwar noch Schiffe an, aber ich finde hier kaum noch Waren für mich. Auch der Vogt wirkt seltsam verändert und ich kann ihn nicht mehr einschätzen. Ist der dunkle Mann verärgert, weil ich Bedenken geäußert habe, seine Geräte in das Teufelsmoor zu bringen? Das kann doch kein Grund für die Abweisung sein!

Dabei übersah Gerd, dass es längst nicht mehr um diese Kleinigkeiten ging.

Ich werde früher als geplant aufbrechen müssen, beschloss Gerd.

Am Morgen wollte er mit den Vorbereitungen beginnen. Die Entscheidung tat ihm gut. Er kam zur Ruhe und schlief dieses Mal ohne Traum ein, doch seine Sorgen weckten ihn früh. Mit dem Gefühl, sofort handeln zu müssen, sprang er vom Nachtlager auf und begann, für die erste Transportfahrt zu packen.

Dass sich die Jagd auf ihn nicht von selbst erledigen würde, bewiesen die neuen Steckbriefe und der Zeitungsaufruf. So schnell es ging, wollte Gerd mit dem Umzug seiner Habe in das Versteck im Moor fertig werden.

»Also los, bevor noch eine Verstärkung für die Zöllner eintrifft.«

Bei den Gedanken an eine baldige Abfahrt kam sein Selbstbewusstsein wieder zurück. Bisher war er stets siegreich gewesen und deshalb kamen keine Zweifel auf. Die Männer des Vogtes trugen das Boot zurück in den Stadtgraben und Gerd verstaute noch einige Kisten, hielt das Gewicht des Schiffes aber gering für eine gute Wendigkeit. Bei der Überlegung zu einer Tarnung entschied er sich dagegen.

»Verstärkung für die Leute vom Zoll kann noch nicht eingetroffen sein und sie werden sich einen Angriff nicht zutrauen. Je selbstbewusster ich erscheine, desto mehr mache ich klar: Ich fürchte nichts und euch schon gar nicht! Wagt es nicht, mich anzugreifen!« Kämpferisch sprach er sich selbst Mut zu.

Wie machtvoll der Rote Gerd auftrat, wusste man seit den Angriffen an der Kreuzkuhle und im Zollhaus in Bremen. Seinen speziellen Mantel konnte er umwenden und zwischen der Seite »Armer Mann« zur Tarnung und einer Art »Schmuggler-Uniform« wählen. Die lange Knopfleiste reckte die Figur durch gut sichtbare rote Markierungen optisch in die Höhe. Seine Haare band er zu einem Zopf zusammen, der bis weit über die Schultern fiel. Jetzt sah Gerd genauso aus wie auf dem Steckbrief!

Wenn Ablenkung das Auge der Zöllner blendet, wird das Wesentliche leicht übersehen. Die kommende Bedrohung für Bremen und das Teufelsmoor sollte vom Schwarzen Vogt ausgehen.

Mehrfach hatte Amtmann Cornelius dieses Jahr versucht, das Lagerhaus des Vogtes zu durchsuchen. Seine Warnungen an die Regierung über die sonderbaren Aktivitäten am Hafen waren jedoch ohne Reaktion geblieben.

Und so konnte der geheimnisvolle Mann in Ruhe seinen dunklen Plänen folgen, in deren Folge es das Teufelsmoor nicht mehr geben würde.

Der Schwarze Vogt war die eigentliche Gefahr! Der Schmuggler ahnte es und der Amtmann erkannte die Tragweite nicht.

Doch nun sollte Gerd allein die Beute seiner Verfolger werden. Die Jagd begann jetzt!

Unbekannt zu sein, ist eine gute Tarnung.
Für Gerd ging diese Zeit gerade zu Ende.
Die Beamten der Regierung hatten
das Phantom entzaubert.

DAS ERKANNTE PHANTOM

Gleich nach dem Treffen im Zollbüro an der Hamme sollten die frisch gedruckten Steckbriefe die Wende in den Ermittlungen bringen. Durch den Abgleich der Fußabdrücke und die bezahlten Aussagen einiger Moorbauern entstand ein aktuelles Bild des Phantoms. Es sollte Gerd darstellen, der im kräftigen Lauf den großen Fuß auf den Boden stieß. Es kam auf den Gesamteindruck an, denn für das Gesicht gab es zu wenige Anhaltspunkte.

Die Informationen über den schweren Handschuh steuerte Amtmann Cornelius bei. Schließlich war niemand sonst der dunklen Faust so nahegekommen wie er. Natürlich erzählte der Gedemütigte nur widerwillig davon, denn die Umstände seiner Niederlage quälten ihn noch immer. In seiner Wut tat er jedoch alles, damit der Rote Gerd gefasst werden konnte.

Moorkommissar Erasmus Castell erwies sich mit seinen Methoden einmal mehr als ein Meister der Vorausschau. Doch die ersten ausgehängten Steckbriefe entfalteten eine unerwartete Wirkung unter den Moorbauern und Bremer Bürgern. Mit der dreisten und falschen Anschuldigung des Mordes hatte Castell letztlich das Gegenteil von dem erreicht, was er angestrebt hatte. Anstatt sachdienliche Hinweise auf den Roten Gerd zu erhalten, trugen die Aktionen zur weiteren Berühmtheit des Schmugglers bei.

Auch in der 1844 gegründeten Weser-Zeitung, die bereits zwei Mal täglich eine Ausgabe herausbrachte, hatte Erasmus Castell erste Fahndungsaufrufe veröffentlichen lassen. Danach gab es kein Halten mehr, jedenfalls nicht im Sinne des Moorkommissars. Das Interesse an den Berichten war so groß, dass schließlich weitere Artikel erfunden wurden, um die Nachfrage zu befriedigen.

Die Torfschiffer am Hafen erzählten gegen Bezahlung alles, was die Reporter hören wollten, und trugen so zum verzerrten Bild über den Schmuggler bei, der ein Gesprächsthema mit Gänsehautgarantie wurde. Die Königliche Regierung wollte den Moorbauern vorführen, wie man Schmuggel bestrafen würde. Dabei kam es nicht darauf an, was wirklich passiert war.

Allerdings hatten die Fahnder mit der Pressekampagne übertrieben und konnten die vielen Hinweise nicht mehr einordnen. Neue Erkenntnisse gab es also nicht und Gerd hätte sich im Rauschen der Informationen sicherer fühlen können als je zuvor.

Nachdem der Gejagte den ersten Zeitungsartikel beim Vogt gelesen hatte, fragte er sich allerdings, ob man eines Tages seine Moorkate finden würde. Er befürchtete, dass dieser Zufall irgendwann eintreten musste. Damit blieb er seinen Grundsätzen treu: Kämpfen, wo es nicht anders ging, so wie es jetzt der Fall war. Aber jede Flucht würde irgendwann einmal scheitern. Nur die Unsichtbarkeit konnte ihn vor Verfolgung schützen. Was sollte er nun tun?

Erasmus Castell hatte überall die Posten verstärkt und wie geplant an allen Routen ins Teufelsmoor bewaffnete Zöllner mit schnellen Booten ihre Stellungen beziehen lassen. Gerd wurde erwartet.

Tagelang geschah nichts, der Schmuggler blieb verschwunden.

Verbissen bekämpften die Zöllner die Botschaft, die Gerd aussandte: »Widerstand lohnt sich!«

ERASMUS MACHT ERNST

Moorkommissar Erasmus Castell erwies sich als listiger Gegenspieler, der die Arbeitsweise des Roten Gerd gut eingeschätzt hatte. Aber wo hielt sich der Schmuggler versteckt? Erasmus Castell dachte an das, was er sicher wusste, nämlich nichts.

Das großflächige, unübersichtliche Moorgebiet konnte nicht vollständig abgesucht werden. Die Wachmänner, die bereits seit Tagen auf ihren Positionen verharrten, froren und die Aufmerksamkeit ließ langsam nach. Dennoch war die Entschlossenheit des Kommissars, dem Schmuggel nun ein Ende zu setzen, durch nichts aufzuhalten.

Auch an der Zollstelle, dort wo die Jagd auf den Roten Gerd ursprünglich geplant worden war, hatte er zwei Schiffe und vier Männer stationiert. Die Sicht über das Land war unverstellt und darum sollte ein Fernglas die Suche erleichtern. Der Schankwirt, der die Männer versorgte, ließ sich die Funktionsweise erklären.

»Damit kann der Rote Gerd nicht entkommen«, sagte er laut, in Gedanken drückte er ihm allerdings die Daumen.

Die Morgendämmerung zog auf und zum hundertsten Mal schweifte der Blick des Wachpostens durch das Fernglas in Richtung Bremen. Die Transporte auf dem Fluss wurden zum Winter weniger und man würde den Gesuchten jetzt leichter ausmachen können. Und tatsächlich, plötzlich tauchte am Horizont das Dreieck eines Segels auf, kaum zu erkennen und sehr schnell. Kaum war es hinter den Bäumen verschwunden, um gleich darauf an anderer Stelle seine Bahn zu ziehen! Die schlafenden Kameraden wurden geweckt und alle Augen starrten auf den Fluss. Nichts war zu sehen, wieder einmal nichts! Doch unvermittelt erkannte einer der Männer ein Segel, das sich auf die Zollstelle zubewegte.

»Wer ist zu dieser Jahreszeit mit einem derart schnellen Schiff unterwegs? Das kann nur der gesuchte Schmuggler sein«, kombinierte der Wachhabende.

»Alaaaarm!«

Die Männer hängten die Waffen um, rannten erneut zum Fenster und sahen in die Ferne.

Fast hätten sie es übersehen, denn das Boot tauchte direkt vor ihnen auf und schien über den tief liegenden Morgennebel zu schweben.

Der Flusslauf vor der Zollstelle zwang den Schiffer, nahe am Anleger vorbeizufahren, dort gab es kein Ausweichen. Etwas weiter oberhalb begann die Holtstelle, die viele Möglichkeiten zum Untertauchen bot.

Gerd wusste es, die Beamten wussten es und darum blieb der Wachmannschaft nur die Möglichkeit, die Szene zu beobachten, denn dieses schnelle Boot hätten sie nicht einholen können.

Als der Rote Gerd vorbeisegelte, fuhr ihnen der Schreck in die Glieder. Sie sahen etwas, das es zuvor im Moor noch nie gegeben hatte.

Tagebucheintrag Roter Gerd:

Nun denn, die Steckbriefe haben gezeigt, dass meine Zeit als Phantom vorbei ist. Ab jetzt spiele ich auf offener Bühne. Furcht soll jetzt meine Waffe sein.
Ik bin de Rode Gerd!

EIN ZEICHEN DER STÄRKE

Gerd war mit der beginnenden Abenddämmerung aufgebrochen. Der Winter zog langsam von See her in das Land. Es würde eine sternenklare kühle Nacht werden mit wenig Mondlicht und vereinzelten Wolken. Diese deuteten an, dass er den Wind würde nutzen können. Das erste Hochwasser spülte bereits über die Niederungen. Heute war er nicht ausschließlich an die Flussläufe gebunden, die Bedingungen für seinen leichten Kahn konnten nicht besser sein.

Der Abschied vom Schwarzen Vogt war über ein kurzes Handzeichen nicht hinausgegangen. Bis heute wusste Gerd nicht, wer der Mann war und was er in dem Lagerhaus eigentlich trieb. Er hätte ihn nicht einmal beschreiben können, denn sein Gesicht war auch dieses Mal verborgen geblieben.

Während Gerd die Häuserzeilen passierte, trug er den Mantel auf der Seite »unauffällig«. Die Stadt wäre im Falle der Konfrontation ein unpassender Ort. Schiffsmanöver waren nicht möglich und darum stakte er gut getarnt durch die Kanäle.

In der Dunkelheit erreichte er den Findorff-Hafen, in dem bereits die Winterruhe eingekehrt war. Nur wenige Torfschiffer machten sich hier bereit für die Nacht. Haushalte, die das Einlagern von Brenntorf verpasst hatten, mussten diesen jetzt teurer bei den Händlern am Hafen kaufen.

Die Beamten sah Gerd im hell erleuchteten Zollhaus beim Kartenspiel sitzen.

Kein Wunder, dachte er. Die können nicht ständig draußen Ausschau halten.

Wonach denn auch? Eher zufällig würden sie einen Torfkahn mit einem frierenden Schiffer bemerken. Im spiegelglatten Wasser verursachte Gerd kaum Wellen. Niemand beachtete ihn.

Die Etappe vom Hafen durch den Torfkanal und die Kleine Wümme bis ins überschwemmte Blockland zog sich heute endlos hin. Als er die große Wasserfläche auf dem flachen Land erreichte, kam der Wind von Westen stärker auf und Gerd wusste, dass die Brise ihn schnell voranbringen würde. Das große Segel spannte sich und der jetzt gewendete Mantel zeigte seine stolze Statur, die mit den geöffneten, roten Haaren noch imposanter wirkte.

Der große goldene Orden an seiner Brust reflektierte sogar das fahle Mondlicht. Er genoss seinen Auftritt, auch wenn ihn hier niemand sehen konnte. Das Licht reichte für die Orientierung aus und sein erstes Ziel war die Zollstelle an der Hamme, dort wo die Strategie für seine Gefangennahme entworfen worden war. Zum Glück hatte er einen Plan.

Der Morgen begann zu dämmern und Gerd ging davon aus, dass die Hamme beobachtet wurde. Er wollte sich zeigen, alle Welt sollte sehen: Der Rote Gerd versteckt sich nicht! Als er sich wenig später der Hütte näherte, ging die Sonne auf und lange Schatten der Bäume zeichneten bizarre Formen.

Im bewegten Wasser reflektierte das Licht in alle Richtungen und es beleuchtete die Szene wie im Theater. Gerd stand aufrecht und stolz am Bug. Die linke Hand fand Halt am Mast und die rechte mit dem schwarzen Handschuh hielt gut sichtbar zum Triumph den goldenen Orden in die Höhe.

Wellen und Sonnenstrahlen formten ein Bild auf den Fluss, der jetzt aussah wie ein See mit schwimmenden Perlen. Gerd wurde vollkommen angestrahlt, das geöffnete Haar und sein weiter Mantel bewegte sich langsam mit dem Wind. Der Orden blitzte über den Fluss.

Auf der Hamme drängte sich der Warenverkehr mit allen Mühen des Alltags. Für große Auftritte fehlte den Menschen die Kraft. Doch dann kam Gerd …

VERFOLGUNG UND LIST

Die Männer an den Fenstern der Hammehütte glaubten nicht, was sie sahen! Sie starrten den Torfkahn an, der über den Fluss zu schweben schien. Das ausladende Segel bildete den Hintergrund für die mächtige Gestalt, die mit wehendem Mantel stolz und provozierend zu den Beamten hinübersah. Der Orden blitzte kurz auf, als eine Windböe das Schiff schneller werden ließ und es den Augen der Verfolger wieder entzog. Eine Baumgruppe behinderte die Sicht. Kurz zuvor war es dem Mann mit dem Fernrohr gelungen, direkt in die Augen des Schmugglers zu sehen, die keine Furcht zeigten. Ganz im Gegenteil! Das entspannte und entschlossene Lächeln sagte deutlich: Das Teufelsmoor gehört mir!

»Er ist nicht auf der Flucht, dieser Mann beherrscht das Moor«, murmelte der Beamte.

Nach dem Alarm konnte der Wachhabende sich nur langsam vom Schreck des Augenblicks befreien. Auch die anderen abergläubischen Männer vermuteten, einen Geist gesehen zu haben. Sie fanden es keine gute Idee, mit dieser Vorstellung auf Verbrecherjagd zu gehen.

Der Schankwirt hatte ebenfalls den Roten Gerd gesehen, während dieser vorüberfuhr. Er zeigte sich jedoch aufgeklärter: »Das ist die Sensation! Perfekt! Ich streue ein Gerücht und erzähle überall, dass der Rote Gerd ein Geist sein muss, der regelmäßig genau vor meiner Hütte erscheint. Über diese Szene werde ich ein Gemälde in Auftrag geben und meine Gaststätte wird die erste Abenteuerkneipe an der Hamme sein!«, freute er sich. So schätzte jeder Beteiligte die Situation unterschiedlich für sich ein!

Der Kommandeur dachte auch gegen die ursprüngliche Planung über alle Optionen einer Jagd nach und erkannte, dass sie den Schmuggler nicht einholen konnten. Dennoch wollte er nicht als Verlierer dastehen und befahl: »Raus Männer, auf die Boote! Wir verfolgen ihn, um zu wissen, wohin er fährt. Für einen Angriff haben wir keinen Befehl. Außerdem sind wir nur zu viert!«

Während sie zum Fluss rannten, bemerkte der Anführer, welchen Unsinn er da geredet hatte. Also gab er neue Anweisungen: »Ihr zwei fahrt nach Bremen und berichtet Amtmann Cornelius, dass Gerd nun tatsächlich im Teufelsmoor ist. Und wir folgen ihm, um zu wissen, wo wir später suchen müssen.«

Als Gerd bei der provokanten Vorbeifahrt die Zollboote am Anleger gesehen hatte, wusste er, dass sie ihn jagen würden. Noch in der Stadt hatte er nicht an eine neue Zukunft geglaubt. Heute sah die Welt anders aus. Hier hatte er seine Heimat gefunden und er wollte sie behalten. Die Zöllner dagegen waren wenig motiviert und sahen nicht ein, wegen eines Zollstreites Gesundheit oder Leben zu riskieren. Dieser mentale Unterschied sollte das heutige Rennen für Gerd entscheiden.

Sein Vorsprung und die Geschwindigkeit ließen ihn rasch einen Seitenarm der Hamme erreichen, dessen baumbestandenes Ufer Sichtschutz bot. Die Beamten sahen aus der Ferne nicht das ganze Schiff sondern nur ein Segel. Gerd ließ es durch den Stein fallen und wieder schien es, als sei Gerd unsichtbar geworden.

Mit umgelegtem Mast stakte er zurück über die Hamme in einen der vielen kleinen Wasserläufe der Holtstelle in Richtung Breites Wasser und dem Dorf Teufelsmoor. Schließlich lenkte er in einen Schilfgürtel und die im Winter trockenen Pflanzenstängel verdeckten sein Boot vollständig. Noch einmal stand er auf und schaute zurück. Die Verfolger waren in Richtung Worpswede weitergefahren und entfernten sich schnell. Er triumphierte leise.

Müde suchte Gerd sein Lager im Bug des Schiffes auf. Heute würde er gegen die Kälte die Brennhexe nutzen, die bereits für ein kleines Feuer mit Torf vorbereitet war. Die oberen Abbauschichten bestehen aus lockerem Weißtorf, der nicht weiß aussieht, sondern schnell und fast rauchlos verbrennt. Diesen Vorteil nutzte er jetzt, um nicht aufzufallen.

Die winzige Unterkunft erwärmte sich schnell, er schlief ein und ließ den Tag vergehen. Am Abend stakte der Schmuggler sein Schiff aus dem Schilf am Ufer und glitt während der Nacht unbehelligt zu seiner versteckten Kate.

Weil alles zum Besten stand, verstaute er seine Waren im Haus, verlor keine Zeit und ging zurück zum Torfkahn. In der wohligen Wärme seiner Kajüte war es angenehmer als in der seit langem unbewohnten Moorhütte.

Kaum hatte Gerd eine neue Strategie entwickelt, bestimmten die Verfolger sein Handeln. Was sollte denn noch passieren?

EIN EISKALTES RISIKO

In der Dämmerung brach der Rote Gerd zur Rückfahrt auf, um weitere Waren aus Bremen zu holen. Die Beamten suchten vergeblich in der Umgebung von Worpswede, wohin sie Gerd hatten segeln sehen. Er blieb ein Phantom und weil sie ihn nicht fanden, ließen sie sich verleiten, flussaufwärts bis weit über die Hammehütte in Neu Helgoland hinauszufahren. Dadurch hatten sie sich mehr und mehr von ihrem Ziel entfernt. Gerds List und Absicht war aufgegangen! Dieser glitt nun auf den Fluss hinaus und mit der Strömung des ablaufenden Wassers kam er an den unbesetzten Zollstellen vorbei.

»Na also, es geht doch. Worüber sollte ich mir Sorgen machen?« Er richtete den Mast auf und setzte erneut das Segel.

Frostige Luft wehte jetzt von Osten und trotz der gleichmäßigen Brise dauerte die Fahrt zwei Tage. Die kalte Witterung bedeckte die Gräben in Richtung Stadt mit einer dünnen Eisschicht, die jedoch unter dem Gewicht des Torfkahns aufbrach. Als Gerd in der Nacht den noch eisfreien Findorff-Hafen passierte, bemerkte er das Zollboot, das von der Hammehütte aus nach Bremen gefahren war, um den Amtmann zu informieren.

Wieder zeigten sich die Fenster der Zollstelle in hellem Licht und das Schattenspiel der Beamten verriet Gerd, dass dort debattiert wurde. Wie er richtig annahm, sprachen sie über ihn. Im Moment fühlte er sich in der Stadt sicher, denn er handelte nach seinem Grundsatz: Nähere dich dem Feind, damit er dich übersieht.

»Einzelne Patrouillen und Wachposten kann ich locker ausschalten!« Mit diesem Selbstgespräch erreichte er über die Kanäle das Lagerhaus. Auf das Klopfzeichen öffnete der Schwarze Vogt wie gewohnt. Worte wurden nicht gewechselt. Gerd ging schlafen.

Am Nachmittag begann der Schmuggler sein Schiff für die zweite Tour zu beladen, um nach einer letzten das Lagerhaus des Vogtes für immer zu verlassen. Heute rechnete er mit einer Passage ohne Zwischenfälle, zumindest bis zum Zollhaus an der Holtstelle. Die

Beamten vermuteten den Schmuggler schließlich weiter nördlich im Teufelsmoor.

Im Findorff-Hafen war Verstärkung eingetroffen. Am nächsten Tag sollten sich die Männer in Richtung Teufelsmoor aufmachen. Dafür waren zusätzliche Zollboote aus der Umgebung südlich von Bremen hierher verlegt worden. Amtmann Cornelius und der Moorkommissar standen über einen Boten in Kontakt und der aktuelle Kenntnisstand war: Der Schmuggler ist jetzt irgendwo im Moor. Doch wie sie sich irrten! Gerd hatte einmal mehr den entscheidenden Vorsprung.

Mit Einbruch der Dunkelheit legte er ab, stakte zurück durch die Stadt und ließ sich im Findorff-Hafen wie gewohnt fast treiben. Als er kurz aufschaute, verdunkelte eine Wand seine Augen. Ein Schlag traf seinen Torfkahn und er driftete in Richtung Ufer. Gerd hielt sicherheitshalber an und beobachtete die unbeirrte Weiterfahrt einer wohl vierzig Meter langen Transportschute, in die üblicherweise an der Holtstelle der Torf von kleinen Kähnen umgeladen wurde, um von dort aus gesammelt nach Bremen gebracht zu werden. Aber jetzt im frühen Winter kam dieser Schiffsbetrieb normalerweise zum Erliegen. Der Schmuggler wurde misstrauisch.

Hoch, wie das Schiff aus dem Wasser aufragte, war es unbeladen. Als der Lastkahn vorbeifuhr, sah Gerd Männer am Heck, die es mit Stangen vorwärts schoben, bis sich die Silhouette in der Dunkelheit aufzulösen schien. Er wollte gerade weiterfahren, als unvermittelt ein weiteres Frachtschiff vor ihm auftauchte, dann noch eines und danach ein viertes. Letzteres war ein besonderer Schiffstyp: der Bremer Eichenfahrer, der Ladung bis zu 200 Tonnen Gewicht tragen konnte.

»Die Schiffe sind leer und sie fahren weiter in die Stadt? Noch nie habe ich so etwas gesehen, bekomme ich etwa Konkurrenz?« Gerd fragte sich, ob die Lastkähne mit den Aktionen des Schwarzen Vogtes zu tun haben könnten. Alle Schiffer hätten sich in der Zollstelle melden müssen, aber sie fuhren unbemerkt vorbei. Zu abgelenkt diskutierten die Beamten über die bevorstehende Jagd auf den König der Schmuggler.

Im Kanal vom Hafen bis zum Blockland knisterte Eis vor dem Bug. Als er die überschwemmte Landschaft erreichte, öffnete sich vor ihm eine endlos wirkende zugefrorene Fläche. Auf dem freien Feld kühlte die Luft rapide ab und der Wind nahm zu. Gerd setzte das Segel und bemühte sich, schnell zu sein, doch erste Eisschollen behinderten die Fahrt mehr und mehr. Er hatte Bedenken, steckenzubleiben, zog das Segel wieder ein und stakte einige Hundert Meter rückwärts in der jetzt freien Spur. Mit einem neuen Anlauf wollte er das Eis brechen lassen und die Weiterfahrt ermöglichen. Alles sah gut aus, der Wind erfasste das Segel, die Geschwindigkeit nahm zu und nur noch wenige Meter trennten ihn von der festen Eisdecke, als plötzlich ein schwerer Schlag das Boot traf.

Doch der Kahn hielt nicht an! Durch den schräg angesetzten Bug schob er sich auf die glatte Fläche. Der Unterboden mit den Metallstreifen rechts und links verhielt sich zunächst wie ein Schlitten. Dann gefror das restliche Wasser unter dem Schiffsboden und ohne dass die Kufen ihre geplante Funktion entfalten konnten, trieb der Wind das Schiff schneller und schneller voran.

Jetzt gab es kein Halten mehr. Gerd verlor die Kontrolle und holte das Segel ein. Die Kufen hatten durch das gefrorene Wasser unter dem Schiffboden die gedachte Wirkung verloren. Eine lange Strecke zog vorbei, bis das Boot schlingernd endlich zum Stehen kam.

Nach einigen Schrecksekunden stieg er aus, um nach Schäden zu schauen. Das Licht war fahl und das wechselhafte Wetter wehte aus Westen feuchtwarme Seeluft über das kalte Land, wodurch sich ein dichter Bodennebel bildete. Hier und da knackte das Eis in der ansonsten absoluten Ruhe, die in der watteweißen Dunstwand fast zu fühlen war. Gerd stand irgendwo auf der riesigen Fläche im Blockland und hatte keine Ahnung, wo genau er war!

War es Zufall, dass die Vergangenheit zu sprechen begann?
Neue Erkenntnisse veränderten das Bild des Roten Gerd.

JAN UND BIRTE

Jan und Birte waren durch die turbulenten Ereignisse, die sie vor Jahren zusammengeführt hatten, ein starkes Paar geworden. Sie verstanden sich ohne Worte. In der Moorkate legte Jan den goldenen Orden auf den Tisch und das in Ölpapier gewickelte Bündel zum Trocknen auf den Stuhl. Der Spaten lehnte neben der Haustür.

»Ich muss dir eine Geschichte erzählen«, begann er und ließ keine Einzelheit aus, auch nicht, dass er schließlich den Spaten aus dem Wasser gezogen, spontan losgelaufen und daraufhin eine verlassene Moorkate gefunden hatte.

»Was sollten wir jetzt tun?«

Seine Frau schaute während der Erzählung immer wieder auf das inzwischen getrocknete Bündel. Wortlos sah sie Jan an und legte es auf den Tisch. Unter den Algen waren Schnüre zu erkennen, die alles zusammenhielten.

»Nimm das Messer.«

»Nein, wir können die Bänder noch gebrauchen!«

Birte dachte immer praktisch. In der Kate bestimmte sie über den Haushalt. Die winzige Kammer beherbergte einen Tisch, vier Stühle und den Schrank. Zu den beiden Fenstern stand ein kleiner Eisenherd gegenüber ihrer Schlafecke. An der Giebelseite des Hauptraumes führte der Ausgang direkt ins Freie. Birte stand auf und öffnete die Tür, damit mehr Licht in das Haus fiel. Eine Kerze oder Öllampe wollte sie noch nicht anzünden, denn mit dem teuren Öl ging sie sparsam um.

Die Abendsonne warf jetzt warmes Licht auf den Tisch. Birte konnte die Seemannsknoten erkennen und mit einem Griff öffnen. Eine Lage öliges Papier nach der anderen löste sich vom Bündel ab und als die letzten Schutzblätter fielen, sahen Birte und Jan Papiere von unterschiedlicher Herkunft und Qualität. Alt oder neu, aus Pergament oder sogar aus seltenem Papyrus, der wohl mit dem Import der in Mode gekommenen ägyptischen Relikte, wie Mumien und Kunstgegenstände, Europa erreicht hatte. Birte stand erneut auf und sammelte die ölgetränkten Umschlagpapiere der Verpackung zusammen, zog sie glatt und legte die Blätter säuberlich übereinander, um sie zu verwahren. Nur die erste Lage mit den Algen riss sie in kleine Stücke und legte die Schnipsel neben den Ofen. Brauchbare Dinge warf sie niemals weg.

So begannen sie das Geheimnis der »Rolle aus einer fremden Welt«, wie Jan sie nannte, zu enthüllen. Sie wickelten das erste beschriebene Blatt ab, das auf der Innenseite die Zeilen einer wunderschönen Handschrift preisgab. Es kam ihnen so vor, als wollte die Vergangenheit sprechen, und so war es dann auch! Die Sonne stand jetzt unter dem Horizont und in der Dämmerung verschwamm die Schrift vor ihren Augen.

Birte schloss die Tür und holte die Öllampe hervor. Das flackernde Licht erhellte nur den Tisch. Sie nahmen das Blatt in die Hände, um besser lesen zu können. Schon nach dem ersten Satz schauten sie sich an.

»Unmöglich«, riefen beide gleichzeitig, »das kann nicht sein!«

Allein auf dem Eis, im Nebel und ohne erkennbares Ziel schien diese Reise für Gerd zu Ende zu sein. Warnungen standen in den Himmel geschrieben, doch beherztes Handeln eröffnete neue Möglichkeiten.

EISFAHRT MIT FOLGEN

Als Moorkommissar Erasmus Castell die Nachricht erreichte, dass der Rote Gerd im Teufelsmoor gesichtet worden war, befahl er, die Postenkette zu verkürzen und den Weg nach Bremen abzuriegeln. Da es kälter geworden war, sollten die Beobachter in direkter Linie über das Eis verteilt werden. Immerhin könnte der König der Schmuggler seinen Kahn mit aufgezogenem Segel über die zugefrorene Fläche schießen lassen. Bisher war so etwas zwar noch nicht gesichtet worden, doch dem unberechenbaren Abenteurer traute er auch das zu.

Aus Richtung Norden traf Verstärkung ein und jetzt konnten sich die Beobachter sehen und hören, so eng standen sie auf dem vereisten Blockland beieinander. Pech für den Moorkommissar war, dass er den Gesuchten aus der falschen Richtung erwartete. Allerdings befanden sich beide Kontrahenten in einer ähnlichen Position. Der Moorkommissar suchte vom Teufelsmoor aus im großen Nichts und Gerd befand sich im noch größeren Nirgendwo auf dem Eis im Blockland.

Völlig unterschiedliche Zufälle hatten dazu geführt, dass der Moorkommissar den schlauen Torfkahnfahrer dort finden konnte, wo er ihn haben wollte: Allein in einer einsamen Gegend und umzingelt von bewaffneten Zöllnern. Ob Gerd nun aus dem Teufelsmoor oder aus Bremen kommend den Wachen in die Falle gehen würde, spielte längst keine Rolle mehr. Ab jetzt kam es darauf an, wer die Umstände besser für sich nutzen konnte.

Der unfreiwillige Eissegler Gerd murmelte: »Wo genau bin ich hier bloß?« Er stand auf das Ruder gestützt neben seinem speziell konstruierten Torfkahn. Die flache Bauart vermittelte selbst auf dem Eis den Eindruck, als läge der Kahn tief im Wasser.

»Ich hoffe, das wird von Vorteil sein. Immerhin kann ich mein Schiff auch ziehen.

Der starke Nebel verhinderte jedoch, dass er sich orientieren konnte. Um sich nicht zu verirren, wollte er zunächst bleiben, wo er war. Dagegen stand das gefährliche Risiko, am Morgen vielleicht kilometerweit gesehen zu werden. Was also sollte er tun? Obwohl ihn die Sorgen wegen des Nebels plagten, ahnte er nicht, wie sehr ihn diese natürliche Tarnung gerade jetzt schützte. Die Wachposten standen überall, konnten sich aber nicht mehr sehen und kaum noch hören. Zurufe erstickte der Dunst.

Der verirrte Schmuggler starrte in die weiße Wand vor sich, um einen Zielpunkt zu erkennen, doch vergeblich. War dort eine Stimme zu hören gewesen? Kaum zu verstehen und sehr weit entfernt?

Es dauerte lange, bis er verstand, dass ihm vom Himmel eine riesige Wolke etwas zurief. Seit er neulich die vielen sonderbaren Ereignisse aus dem Teufelsmoor zu Papier gebracht hatte, hielt er auch eine sprechende Wolke über dieser mystischen Gegend für möglich. Es war völlig still und wahrscheinlich entstand die Stimme nur in seinem Kopf.

Aber wer sollte es schon gut mit ihm meinen? Gab es überhaupt noch jemanden? Ja, er hatte tatsächlich ferne Freunde, doch hier und jetzt konnten sie ihm nicht helfen. Die Hinweise aus der Wolke und wer sie schickte, verstand Gerd nicht. Zu sehr beschäftige ihn die Frage, wie es nun weitergehen sollte.

»Die nasskalte Luft kann nur von der Küste hierher kommen, also aus Westen«, überlegte Gerd und hisste das Segel gerade so wenig, dass sich der Kahn langsam in Bewegung setzte. Er begann, das Schiff mit Unterstützung des Windes zu ziehen. Seine Absicht war, sich so lange nach Osten in Richtung Teufelsmoor zu bewegen, bis er in den Schutz eines Ufers kommen würde. Dort versteckt, könnte er den Tag in Ruhe vorüberziehen lassen. Im Geiste sah er sich bereits in der warmen Kajüte.

Inzwischen hatte sich Gerd nach der aufregenden Fahrt über das Eis wieder etwas beruhigt und er hatte einen neuen Plan. Das monotone Ziehen des Kahnes machte ihn müde und er hätte er am liebsten geschlafen. Die Augen wurden schwer!

»HALT!« Eine Stimme zerschnitt plötzlich den Nebel. Gerd schaute in die Mündung eines Gewehres, denn er war unbemerkt direkt auf einen der Posten zugelaufen. Die Kontrahenten standen sich bewegungslos gegenüber und beide wussten nicht, wie es weitergehen sollte. Die Nebelschwaden erlaubten fast keine Sicht. Weder der eine noch der andere konnte sein Gegenüber genau erkennen.

»Ich verhafte dich und beschlagnahme deinen Torfkahn, egal wer du bist«, rief der Zollbeamte. »Du folgst mir oder ich schieße!«

Gerd wollte es nicht glauben. Er wurde verhaftet, weil er unvermittelt vor ein Gewehr gestolpert war? Keine ausgeklügelte List, keine wilde Verfolgung und kein spannendes Abenteuer, die langweiligste Verhaftung der Welt! Wo Humor ist, besteht Hoffnung. Gerd dachte niemals ans Aufgeben! Das zweite Mal im Leben festgesetzt zu werden, lag außerhalb seiner Vorstellung! Alte Erinnerungen stiegen in ihm auf. Er spürte sie so schmerzlich, als ob Blitze durch sein Gehirn zuckten. Die Schmach einer weiteren Gefangennahme würde er nie wieder erleben, das stand für ihn definitiv fest!

Nicht durch einen Kampf war er besiegt worden, sondern durch den Zufall, zur falschen Zeit am falschen Ort gewesen zu sein. Jetzt, da sein Kahn konfisziert war, wollte er ihn nicht auch noch selbst zurück in Richtung Bremen ziehen, wie es der Beamte von ihm verlangte.

Soll sich doch der mutige Regierungsmann darum kümmern, dachte Gerd abfällig und weigerte sich standhaft. Schließlich blieb dem Zollbeamten nichts anderes übrig, als selbst mit dem Boot im Schlepptau loszuziehen und sein Gefangener musste drei Schritte vor ihm her trotten. Gerd wurde unmerklich schneller. Wieder hatte er einen Plan.

Was die Kraft im Menschen entfaltet, ist ein besonderer Impuls. Gerd war der Auffassung, Höflichkeit und Motivation entfesseln Energien für große Ziele. Gerade jetzt konnte er es beweisen!

WAS HÖFLICHKEIT KANN

Gerd warf einen Blick zurück auf den Zöllner. »Das Pferd wird müde!«, stellte er spöttisch fest. »Das macht der nicht mehr lange mit, dann wird er unaufmerksam werden.« Doch es verging noch eine ganze Weile, bis Gerd plötzlich die Gelegenheit zur Flucht erkannte. Als sich der Nebel vor ihm verdichtete, lief er entschlossen los und schon nach wenigen schnellen Schritten war er unsichtbar. Die übergroßen Sohlen der Stiefel fanden auf dem Eis guten Halt.

Der Zollbeamte reagierte gleichgültig und tröstete sich damit, dass er schließlich nur zwei Hände hatte. Er musste den Kahn ziehen, das Gewehr halten und seinen Gefangenen in Schach halten. Das reichte ihm an Aufgaben.

Keine Ahnung, wer der Kerl ist. Wir Beamten haben schon so viele Moorbauern kontrollieren und danach wieder laufen lassen müssen. Niemand wird es mir danken, wenn ich mich mit einem weiteren dieser Torfstecher abgebe. Der Kahn ist Beute genug. Der Befehl lautete, jeden festzunehmen, der auftaucht. Das habe ich getan, und was jetzt?, dachte er bei sich. Offensichtlich war dieser Zollbeamte ein Mann, der nur mit Mühe seine Pflicht erledigte, der Rest war ihm egal. Er war ein »Egal-Mann«, wie Gerd es ausgedrückt hätte. Wie gut, dass der Zöllner nicht wusste, wer ihm da entwischt war. Schon beim Namen Roter Gerd wäre er vor Angst tot umgefallen.

Gerd lief weit voraus. Als er anhielt, drehte er den Mantel um. Er wollte größer und mächtiger erscheinen und er wusste, dass eine Art Uniform ihre Wirkung nicht verfehlen würde. Auch wenn seine Montur einer Uniform nur ähnelte, so wusste Gerd, dass sein Anblick Respekt einflößte. Er würde sich sein Schiff zurückholen!

Das Ohr auf das Eis gelegt, versuchte er das Geräusch des gezogenen Torfkahns ausfindig zu machen, um die Richtung zu bestimmen. Jetzt lief er los und kam mit Riesenschritten und wehendem Mantel aus dem Nebel auf den Beamten zu, entriss ihm im Vorbeilaufen das Gewehr und war wieder verschwunden. Sofort kehrte er zurück und zielte nun seinerseits mit der Waffe auf den Wachposten. Der höflichste Schmuggler seiner Zeit bestieg fast belustigt das Schiff und befahl dem Zöllner: »Nach Bremen, Eure Exzellenz!« Der Beamte zog los, denn die Bedrohung durch das Gewehr motivierte ihn sichtlich.

Gerd befahl ihm, der Spur zu folgen, die der rasende Torfkahn zuvor in das Eis geschnitten hatte. Dieser Weg würde die unfreiwilligen Partner direkt zum Eingang des Kuhgrabens und weiter zum Findorff-Hafen führen. Gerd trieb den Mann an, doch plötzlich gab das Eis unter ihm nach und der Pechvogel stand bis zu den Hüften im Wasser. Das leichte Schiff hinter ihm verharrte auf der knackenden Eisfläche. Einige Sekunden vergingen, in denen bedrohliche Risse aufbrachen, die sich mehr und mehr zu einem dumpfen Grollen ausbreiteten. Ohne Vorwarnung ging der Torfkahn in die Tiefe, sackte fast bis zur Bordwand durch und kam sofort wieder hoch. Stille, es herrschte absolute Stille.

Ab jetzt musste der Beamte im eiskalten Wasser laufen und das Schiff durch die Rinne ziehen, die zuvor aufgebrochen worden war, bis zu dem Moment, als der Wind den Torfkahn auf die feste Eisschicht gedrückt hatte. Erst jetzt kam es Gerd in den Sinn, dass sein Zusammentreffen mit dem bewaffneten Zöllner Teil eines großen Plans zu seiner Gefangennahme sein könnte. Niemals würde ein einzelner Mann auf der riesigen Eisfläche patrouillieren.

»Nein und nochmals nein, so etwas gibt es nicht. Da sind viel mehr Zöllner unterwegs, irgendwo hier im Nebel. Gut, dass ich auf diese Weise gewarnt worden bin. Na, dann wollen wir mal ...«

Gerd begann das Spiel, das keines war, sportlich zu nehmen.

Er bereute es sofort! Der Mann im Wasser fluchte, drehte sich zornig zum Kahn um und sah plötzlich die schwarze Faust, mit der sich der Schmuggler am Mast abstützte. Jetzt verstand er.

»Das ist der Rote Gerd!« Ein Schrei entfuhr ihm und er brüllte laut um Hilfe. Und tatsächlich, die Rufe wurden erwidert, denn aus dem Nebel kamen unverständliche Antworten. Das Gebrüll gegen den Dunstschleier wollte nicht verstummen und schließlich wurden die Stimmen mehr und sie kamen näher.

»Nicht gut, gar nicht gut.«

Gerd trieb sein Zugpferd an, aber schon jetzt, nach nur wenigen Minuten im eisigen Wasser, versagten seine Muskeln und er blieb im knapp hüfthohen Wasser einfach stehen. Gerd zog ihn an Bord und schnappte sich das Ruder, um durch Wriggen schneller zu werden. Es gelang! Obwohl die Verfolger jetzt so nah waren, dass sie das Schiff gerade erkennen konnten, realisierten sie nicht, dass es sich in einer engen Rinne im Wasser bewegte. Gerd hatte bereits das Gewehr gehoben, als die Männer auf die Eiskante zurannten und zu spät bemerkten, wie es unter ihnen knackte.

Plötzlich hörten sich die Schreie anders an. Ein Zöllner nach dem anderen brach ein und alle, die entkommen wollten, schafften es nicht. Lange Spalten hatten sich im Eis geöffnet. Als Gerd noch einmal zurückschaute, sah er, wie die Männer schreiend versuchten, aus dem Wasser zu gelangen.

Gut, dachte er.

Je weiter er sich entfernte, umso stiller wurde es wieder. Gerd saß jetzt lässig auf seiner Kajüte mit dem Gewehr in der Hand. Im Kuhgraben gab es wegen der Nähe zur Stadt weniger Behinderung durch Eis. Trotz der durchnässten Kleidung musste der Besiegte das Schiff mit dem Ruder voranbringen und hörte dabei die fürsorglichen Worte: »Euch wird kalt sein, Exzellenz. Bewegt Euch schneller.« Wieder legte sich der Mann ins Zeug, durch freundliche Worte mit Unterstützung des Gewehres motiviert, und Gerd dachte: Sieh' mal an, was man mit Höflichkeit erreichen kann!

Der Ärger über die abgebrochene Fahrt
verleitete Gerd zu weiteren Provokationen.
Auch der Amtmann verlor jedes Augenmaß.
Worum ging es hier wirklich?

SCHWARZE FAUST UND STRATEGIE

Den weiteren Weg verbrachten die Männer schweigend. Wo Befehle gegeben wurden, war für Gespräche kein Platz. Der Zöllner zog es vor, einfach die aufgezwungene Arbeit zu erledigen und keine weiteren Schwierigkeiten zu machen. Seine Angst vor Gerd konnte er kaum verbergen. Dieser bemühte sich, den gestohlenen Orden an seinem Mantel aufblitzen zu lassen, wenn ihn das Mondlicht traf. Mit der rechten Hand stütze er sich auf der Bank ab, und zwar so, dass der schwarze Handschuh wie eine Drohung wirkte. Auch diese Geste motivierte seinen Ruderer zusätzlich.

Gerds Stimmung ging allerdings einem Tiefpunkt entgegen, denn die Ereignisse hatten seine Pläne für diese Fahrt vereitelt und noch dazu wäre er fast verhaftet worden. Sobald er darüber nachdachte, staute sich weiterer Ärger auf.

Ich kann jetzt nicht zurück ins Teufelsmoor! Nein, es gibt zu wenig Orientierung und was sollte ich mit dem da machen?

Sein Blick streifte verächtlich den Zollbeamten.

Lästige Umstände, einfach nur lästig! Gerd überlegte, wo er ihn irgendwo aussetzen könnte, sodass es Tage dauern würde, bevor er Meldung machen konnte. Aber ihm kam eine bessere Idee.

Als sie in den Torfschiffhafen einfuhren, band er dem Mann die Hände an den Gürtel. Gerd steuerte selbst bis auf die Höhe der Zollstelle, aus der sogar gegen Morgen noch Licht auf die Straße fiel.

Den hier werde ich stimmungsvoll abliefern! Hauptsache, jemand hat Dienst, dachte er. Sein Zorn hatte ein passendes Ventil gefunden.

Der in Wallung geratene Schmuggler legte an, half dem Gefesselten über die Kaimauer auf die Straße und zerrte ihn hinter sich her. Die Tür zur Amtsstube war nach Gerds früherem Überfall nur provisorisch repariert worden und gab durch einen Spalt den Blick frei auf eine Gruppe von gestikulierenden Leuten. Er spürte

Begeisterung, dass auch Amtmann Cornelius anwesend war. Jetzt oder nie, die Gelegenheit konnte nicht besser sein.

Wie beim letzten Mal boxte Gerd mittels der schwarzen Faust die Tür aus den Angeln. Er schob seinen Gefangenen vor sich her und blieb im Raum stehen.

Völlig ruhig und provozierend stand er da mit dem Orden des Amtmannes am Mantel und hatte drohend den Arm gehoben. Alle im Raum außer Cornelius waren vor Entsetzen aufgesprungen und wichen zurück bis an die Wand der Zollstube. Nur der Amtmann hatte vor Schreck Platz behalten und rang mühsam um Fassung. Am liebsten hätte er sich selbst mit dem Stuhl nach hinten gestürzt, bevor er womöglich wieder einen Faustschlag einstecken musste. Nun aber konnte er den Logenplatz genießen: Gerd ignorierte Cornelius und präsentierte seinen gefesselten Pechvogel, genoss noch einige Sekunden die schreckhafte Stille und sprach den Gefangenen mit besonderer Höflichkeit an: »Eure Exzellenz, würdet Ihr Euch bitte zu mir umdrehen?«

Mechanisch folgte der vor Kälte zitternde Mann der Anweisung. »Seht Ihr diese Faust im schwarzen Handschuh? Ihr dürft aller Welt davon erzählen.«

Bevor sich der Zollbeamte über die höfliche Ansprache glücklich schätzen konnte, traf ihn ein schwerer Schlag. Gerd hielt den Ohnmächtigen fest, schaute nochmals in die Runde und ließ ihn zu Boden gehen. Freundlich schaute der mächtige Schmuggler die Anwesenden an, grüßte übertrieben mit einer Art militärischem Handzeichen und schlenderte aus dem Haus.

Applaus wäre angebracht gewesen, dachte er, oder hat dem Publikum die kostenlose Vorstellung etwa nicht gefallen?

Hatten die Beamten ihn beim Fortgehen ein Liedchen pfeifen hören? Sie fühlten sich verhöhnt! Und Gerd? Er lauschte voller Genuss den wütenden Kommandos des Amtmannes, der sich einmal mehr durch den Anblick seines Ordens am Mantel des Gegners nicht beruhigen konnte.

Draußen am Eingang hing der neue Steckbrief. Die Leute des Schwarzen Vogtes hatten sich beim Einsammeln der Plakate nicht getraut, dieses hier vor den Augen der Zöllner abzureißen. Das war für Gerd natürlich kein Problem! Mit einem kräftigen Ruck war die Sache erledigt. Er sprang zurück in seinen Kahn, ließ sich durch den Hafen bis zum Kuhgraben Richtung Blockland treiben und betrachtete gedanklich die Zöller verächtlich als Figuren eines Strategiespieles.

Schon schauten sie ihm von der Straße aus hinterher und nahmen an, er würde ins Moor fahren. Das hatte Gerd beabsichtigt.

»Jetzt werden sie zurücklaufen, sich ankleiden und für die Verfolgung die Waffen anlegen.«

Diesen Moment nutzte der listige Stratege, um in die Stadt zu entkommen. Kaum war sein Schiff in der Dunkelheit der Kanäle verschwunden, triumphierte er: »Wo immer die auch hinrennen, ich bin schon woanders. Fast wie in dem Märchen aus Buxtehude von dem Hasen und dem Igel!« Gerd kannte diese Geschichte, die etwa zehn Jahre zuvor veröffentlicht worden war.

Zur selben Zeit liefen die Zollbeamten zum Anleger. Auf dem Weg ordneten sie Ihre Uniformen, schnallten die Pistolen fester und fuhren mit zwei Schiffen hektisch los in Richtung Teufelsmoor. Die Überzeugung trieb sie an, dass Gerd vor ihnen auf der Flucht sei, sodass sie sich nicht ein einziges Mal umschauten. Erneut feierte der Schmuggler einen Sieg.

Niemals zuvor war den Vertretern der Königlichen Regierung in Hannover etwas derart Respektloses begegnet. Mit jedem Rückschlag stieg noch mehr Wut in ihnen auf. Mochten sie gestern noch Zölle kassiert haben, heute wollten sie zu Kämpfern werden! Zornig stießen sie mit den Treidelstangen die Boote durch den Kanal, um Gerd einzuholen.

Die Morgendämmerung zog auf, als sie die Wümme erreichten und über das Blockland schauen konnten.

»Kein Segel weit und breit, das kann doch nicht sein! Das kann nicht sein! Dieser Kerl hält uns zum Narren«, dachte Amtmann Cornelius laut. »Aber ...«, er schwieg plötzlich und als ob ihm ein Licht aufging, fuhr er an seine Männer gewandt fort: »Was, wenn Gerd nicht hier ist? Dann kann er nur in der Stadt sein, egal, wie er es gemacht hat. Also los, umkehren und den Roten in der Stadt einfangen. Er ist dort!«

»Wartet, Amtmann!«, rief der Wachhabende vom Bug des Zollschiffes. »Ich höre Stimmen in der Ferne, da ist irgendwas.« Dann bemerkten sie es alle und lenkten in diese Richtung. Etwas entfernt vom Eingang des Kuhgrabens lag unter einer Baumreihe am Ufer ein langes Bockschiff, darin etwa vierzig frierende Männer, die von der Mannschaft des Bootes mit heißem Tee versorgt wurden.

Cornelius war sprachlos, als sie darauf zusteuerten, denn leere Frachter fuhren nicht im Winter und mit einer frierenden Mannschaft in nasser Kleidung schon gar nicht. Als sich ein Uniformierter aufrichtete, sprach er Cornelius an und auch der realisierte erst jetzt, dass er Kollegen vor sich hatte. So erfuhr der entsetzte Amtmann an Ort und Stelle die Einzelheiten der misslungenen Jagd auf den Roten Gerd.

»Wir standen mit etwa vierzig Posten in einer Linie über das Eis verteilt, bis es einem Wachmann gelang, den Verbrecher festzusetzen. Doch dieser konnte sich befreien und während des heftigen Kampfes sind alle unsere Männer im Eis eingebrochen. Der Schmuggler war so dreist und zwang einen Kollegen, seinen Torfkahn nach Bremen zu rudern, ohne uns zu helfen. Dieses Frachtschiff hat uns gerettet, sonst wären wir jetzt alle tot. Erfroren in der Kälte. Wohin um alles in der Welt fährt ein leeres Bockschiff mit einer ganzen Mannschaft mitten im Winter, Amtmann Cornelius? Was stimmt hier nicht?«

Die Männer hatten sich bekanntgemacht und der Amtmann war kurz davor, die Übersicht zu verlieren. Einen fast erfrorenen

Beamten hatte der Schmuggler in die Amtsstube gebracht. Dass er zuvor vierzig gut ausgebildete Zöllner besiegt haben sollte, war nicht zu glauben.

Aber alles, was ich sehe, spricht dafür, dass es so war, dachte Cornelius. Seine Bewegungen waren langsam, wie unter Schock. Er gab das Zeichen zum Aufbruch, um in der Stadt nach Gerd zu suchen. Cornelius wurde von Wut und Zweifeln geplagt. Ob es ihm je gelingen würde, seinen Widersacher zu fangen?

Die Zollboote legten wieder im Hafen an und man fand sich in der Amtsstube zusammen. Hier saß mit hängendem Kopf der arme Kollege, der die Eisfahrt mit Gerd durchlebt und gerade das Bewusstsein wiedererlangt hatte. Sie verbrachten den ganzen Tag mit der Einsatzplanung. Die Waffen lagen bereit, die Pistolen waren geladen und für den Fall eines Nahkampfes auch die Degen aus dem Waffenschrank geholt. Bei der nächsten Begegnung mit dem Roten Gerd sollte gekämpft werden! Dazu war Cornelius fest entschlossen. Die Zeit des Beobachtens war endgültig vorbei! In seinen Gedanken schwang mehr die Rache als eine strategische Überlegung mit. Weitere Demütigungen würde er nicht zulassen.

Draußen hatte sich ein Sturm zusammengebraut und heftiger Regen fegte über das Land. Cornelius stand am Fenster und schaute hinaus.

Heute wird er sich nicht trauen! So verrückt kann man nicht sein. Doch kaum war ihm der Gedanke durch den Kopf gegangen, stutzte er und ihm war sofort wurde klar geworden, dass der Schmuggler es gerade heute versuchen würde!

»Dieser Verbrecher wird kommen. Er versteckt sich in der Stadt und kann sein Schiff nicht bewegen. Er ist in Gefahr und das weiß er! Also wird er ins Teufelsmoor wollen, dem besten Ort, um sich unsichtbar zu machen! Ja, er wird in dieser stürmischen Nacht kommen, weil er uns eine Verfolgung nicht zutraut!«

Die Liebe hatte Gerd blind werden lassen für das, was Isabella fühlte. Als sie ihn unfreundlich gehen ließ, war ihm auf dem Rückweg der Vogt begegnet. Zorn und Enttäuschung ließen Gerd entschlossener werden für seine Zukunft.

GESPENSTER DER VERGANGENHEIT

Er, der sonst alles kalkulierte, wollte nicht wahrhaben, dass sie noch raffinierter, noch durchsetzungsstärker war als er selbst. Ihr Gönner hätte wissen müssen, wie Isabella dachte und wie entschlossen sie handelte.

Die angenehmen Zeiten mit seiner bezaubernden Schöpfung waren in Wahrheit nach und nach vorübergegangen. Gerd hatte eine willkommene Abwechslung von seinem Leben im Teufelsmoor gesucht und gefunden, doch später prallten Welten aufeinander. Er, der sich verstecken musste, und sie, die ihren Aufstieg in die Bremer Gesellschaft nahm, wurden mehr und mehr zu einem ungleichen Paar. Gerd suchte eine Heimat und sie ihre Zukunft.

Der Kern des Problems lag tiefer. Elsbetta hatte sich von einer jungen Moorbäuerin in die große Dame Isabella verwandelt. Gerd bewunderte sein Werk, trat zurück, schaute, beurteilte, änderte und nahm immer wieder Maß, bis er mit seiner Arbeit zufrieden war. Wie ein Künstler, als hätte er ein Monumentalbild vollendet mit Isabella als Motiv für die Leinwand. Die Bildidee und Ausführung dirigierte Gerd. Als er endlich zufrieden war mit der wahr gewordenen Darstellung seiner Fantasie, hätte er das geistige Gemälde am liebsten konserviert, um es für immer zu besitzen.

Aber Isabella hatte sich weiterentwickelt, und als Gerd schließlich aus seiner Traumwelt erwachte, begann seine Schöpfung zu leben und forderte die seelische Kraft zurück, die ihn sein Werk gekostet hatte. Dieser Meister der Gestaltung musste erfahren, dass seine Kunst Gefühle entwickelt hatte und mitreden wollte. Hier lag die erste Ebene des Problems für Isabella.

Von der wahren Geschichte, die auf dem Hof im Teufelsmoor ihren Anfang genommen hatte, wussten nur sie beide. Das Haus in der Stadt, ihr neues Leben in der »Besseren Gesellschaft«, die richtige Sprache und ihr feines Benehmen, alles verdankte sie Gerd. Er hatte ihren neuen Namen erfunden, ein klangvolles Gebilde der Fantasie. Es passte eigentlich nichts zusammen und doch verfehlten die gewählten Worte nicht ihre Wirkung. Der Name der Fugger sollte Isabellas Abstammung von dieser mächtigen schwäbischen Kaufmannsfamilie des Mittelalters suggerieren, die Erwähnung der Lombardei spielte auf eine Verbindung zu den Lombarden an, wie die ersten italienischen Bankiers vor fast tausend Jahren genannt wurden. Gerd war der Ansicht, ihr Name sollte bedeutend klingen und gleichzeitig Kompetenz in Handelsfragen und Finanzwissen signalisieren. Noch ahnte er nicht, wie gut ihm das gelungen war und was daraus werden würde. Er wusste von dem Satz aus Goethes Faust: »Namen sind Schall und Rauch.« Wer sich von seiner Wortschöpfung beeindrucken ließ, sollte sich also nicht wundern.

Allerdings hatte Isabella von dem neuen Thema Finanzen, das Gerd vorschwebte, nicht den Hauch einer Ahnung. Der tägliche Handel im Teufelsmoor beschränkte sich auf Torf, Vieh und Gegenstände für den Haushalt. Ihre Kenntnisse über den Umgang mit Geld waren bei einigen Talern schon zu Ende. Doch Gerd ließ nicht locker. Er erklärte ihr, dass sie darüber viel wissen müsse, wenn es ihr weiter so gut gehen sollte wie jetzt. Doch sie genoss ihr luxuriöses Leben in vollen Zügen und sah nicht ein, noch mehr zu lernen.

Als sich seine Schülerin wieder einmal verweigerte, platzte dem Lehrmeister der Kragen und er wurde deutlicher.

»Wenn du nicht lernst, wirst du irgendwann abstürzen und spüren wie es ist, wenn du deinen Aufstieg verspielst. Den wahren Schmerz spürt der Mensch erst dann, wenn etwas lieb Gewonnenes verloren geht.«

»Lass mich in Ruhe mit deinen Weisheiten!«, hatte sie verärgert gerufen und kaum noch zugehört und weil sie nichts entscheiden durfte, wurde ihr Gerd als Mentor lästig. Diese Tatsache entpuppte sich als die zweite Ebene des Problems. Die junge Frau konnte nicht ahnen, wohin sie die Weitsicht ihres Gefährten noch führen würde. Doch in diesem Moment kämpfte sie mit den Problemen des Alltags in der Beziehung zu Gerd.

Schließlich waren ihrem gesellschaftlichen Umfeld erste Unstimmigkeiten aufgefallen. Besonders genau schauten die Damen hin und sie warnten ihre Männer. Diese jedoch zeigten kein Interesse an einer kleinlichen Aufklärung, solange der Unterhaltungswert so angenehm war. Neulich wäre der schöne Schein fast aufgeflogen. Bevor sie zu einem Empfang im Rathaus aufbrach, hatte es heftigen Streit mit Gerd gegeben, der sie zurückhalten wollte, weil er Dankbarkeit erwartete. Doch Liebe fordert nicht. So ein Narr!

Isabella verließ das Haus und konnte sich nicht beruhigen. Als sie am Empfang nach ihrem Namen gefragt wurde, versprach sie sich und sagte: »Elsbetta!« Erschrocken über den Fehler wiederholte sie nun laut und langsam: »I s a b e l l a.« Während der Feier fühlte sie sich mehr und mehr von den anderen Frauen provoziert, die glaubten, sie durchschaut zu haben. Schließlich ging der Ärger mit ihr durch und sie rief spontan auf Platt, der Sprache des Teufelsmoores: »Dat ji jümmer son'n Theoter moken mööt, nie is dat got genoch! De Düwel schall se holen!«

Alle Augen im Raum wandten sich abrupt ihr zu. Isabella erschrak bis in die Knochen und wollte im Boden versinken. Was sollte sie nun tun? Doch dann rettete sie die unerwartete Hilfe eines Mannes. Er kam auf sie zu und fragte demonstrativ laut: »Gnädigste«, sang er fast. »Ihr wisst von dieser exotischen Sprache? Woher stammt sie und warum seid Ihr so bewandert darin?« Er hatte natürlich den sprachlichen Fauxpas erkannt.

Aber sie wäre nicht Isabella, wenn sie die hilfreiche Gelegenheit ausgelassen hätte. Die Unsicherheit ließ sie sich nicht anmerken. Für alle im Saal gut zu hören, lobte Sie selbstbewusst den aufmerksamen Herren: »Teuerster, es tut so gut, dass eine erlesene Bildung für Aufklärung sorgt. Ich studierte einst in Göttingen die Sprachen der Naturvölker, wenn auch nur für kurze Zeit.« Sie gab keine weiteren Erklärungen, ergriff seinen Arm und ließ es so aussehen, als führte ihr Retter sie zu neuen Abenteuern. Die umherstehenden Damen kochten vor Zorn, andere Männer bewunderten den mutigen Kavalier und sie selbst lächelte das Problem einfach weg.

Bereits in der Kutsche auf dem Weg nach Hause realisierte sie, wie knapp sie einer Katastrophe entgangen war, denn dieser Mann könnte erkannt haben, woher Isabella stammte.

Der Streit mit Gerd am späten Nachmittag steckte noch in den Gliedern und ihr wurde klar, dass ihre Zukunft an einem seidenen Faden hing. Die eigentliche Bedrohung für sie könnte von Gerd ausgehen, denn er war die Verbindung zu ihrer wahren Herkunft, die sie unbedingt verschleiern musste! Er allein kannte ihre Vergangenheit und darum beschloss sie: Er muss weg! Für immer, nie wieder Gerd.

Und Isabella handelte! Aus der Zeit am Hafen kannte sie den Amtmann Cornelius flüchtig und sie ahnte, dass er Gerd eines Tages jagen würde.

Der gesetzlose Gerd gegen den starken Arm der Regierung? Natürlich, das war die Lösung!

Es fiel ihr nicht schwer, den Amtmann als stolzen Freund des Hauses zu gewinnen. Ergiebig gestaltete sich die Verbindung für sie jedoch nicht. Der eitle Mann liebte vor allem sich selbst, hörte kaum zu und erkannte einfach nicht, was Isabella von ihm wollte.

Gütiger Himmel, dachte sie, der kapiert es nicht. Ich kann doch nicht sagen, er soll seine Waffe nehmen und Gerd damit …

So entpuppte sich Cornelius für ihre Interessen als völlig ungeeignet. Doch sie ließ sich nichts anmerken und behielt ihn mit gehöriger Distanz im Kreise ihrer Freunde, Günstlinge, Verehrer oder Mitläufer.

»Dieser Amtmann ist die unfähigste Person, aber wer weiß, vielleicht brauche ich ihn noch!«

Mit dieser Überlegung sortierte sie ihn aus und behielt ihn dennoch in ihrer Nähe. Cornelius bemerkte dies nicht. Als Sammler exklusiver Niederlagen musste diese seine schönste gewesen sein.

Isabella passte sich ihrem Gerd wieder an, um die Kontrolle zu behalten. Er kam und ging, blieb lange weg und war plötzlich wieder zurück. Isabella nahm es wie Regen und Schnee, suchte nach Ideen für ihr Problem und fand keine Lösung.

Doch das Schicksal hielt aus heiterem Himmel eine völlig unerwartete Perspektive bereit, als wenige Tage nach ihrem Lapsus auf dem Empfang eine Postkutsche vor ihrem Haus hielt. Ein Bote sprang ab, griff in die Transportkiste und entnahm ihr einen schweren Umschlag. Isabella kam gerade hinzu, nahm die Sendung entgegen und sah auf die Adresse. Dort stand in bestem Teufelsmoor-Platt: »An dat Froonsmensch Isabella de la Conté«.

Sie war durchschaut worden! Vor Entsetzen ging sie fast in die Knie.

Macht kennt oft nur schwarz und weiß,
alles oder nichts, jetzt oder nie!
Isabella spielte zwischen den Extremen,
und wie erfolgreich das war,
mussten zwei Männer schmerzlich erfahren.

ISABELLAS SPIEL

Der Brief kam ohne Absender und er wirkte bedrohlich. Als Isabella ihn öffnete, fiel ihr ein kleiner Zettel entgegen: »Erwartet mich am … an der Ecke zur … und kommt allein. Sehe ich eine weitere Person, erfahrt Ihr nie, wer ich bin. Die Welt aber würde erfahren, wer Ihr seid! Befolgt diese Anweisungen genau. Ihr geht …« Weitere Hinweise auf den Treffpunkt und wie sie sich dort zu verhalten hätte folgten. Das war Erpressung!

Sie saß vor dem Kamin und schaute sich den Brief genau an. Es gab keinerlei Anhaltspunkte auf einen Absender. Die Größe des Umschlags im Verhältnis zu nur einem Blatt Papier sollte wohl Bedeutung signalisieren. Isabella hatte durch den Versprecher auf der Feier neulich erfahren müssen, wie gefährlich aufgewühlte Gefühle für sie werden konnten. Denn je weiter sie gesellschaftlich aufstieg, umso aufmerksamer wurde sie beobachtet. Und aus einem bisher nur theoretisch vorhandenen Problem mit Gerd war nun eine reale Bedrohung gewachsen. Bisher hatte sie ihren Aufstieg der Fähigkeit zu verdanken, sich auf das Wesentliche zu konzentrieren und die Ursache für Misserfolge bei sich selbst zu suchen. Daher verordnete sie sich absolute Präzision bei der Planung der nächsten Schritte.

So kam sie zu der wichtigen Erkenntnis, dass alles ihre eigene Schuld war. »Ich muss erreichen, dass Gerd mir diese Bedrohung durch den unbekannten Briefeschreiber vom Hals schafft, oder dieser Unbekannte mich meines Problems mit Gerd entledigt. Egal wie es laufen wird, mindestens einer von beiden muss zum Schweigen gebracht werden. Aber am besten erledige ich beide!«, beschloss sie in diesem Moment der Bedrängnis. Nur noch zwei Tage bis zu dem Treffen mit dem Unbekannten ließen ihr nicht viel Zeit der Vorbereitung.

»Was soll ich nur machen? Ich kann nur versuchen, die Richtung des Gesprächs zu bestimmen«, beruhigte sie sich.

Wie bestellt, verließ sie in der Dämmerung das Haus. Ein langer grauer Mantel umhüllte sie vollständig. Den Gürtel hatte sie weggelassen, um ihre weibliche Figur nicht zu betonen, und die langen Haare waren zusammengebunden. Nur nicht auffallen, war ihr Bestreben! Gegen neugierige Augen würde sie eine Kapuze überziehen. Aber jetzt am Abend vor dem Sonntag gab es kaum noch Betrieb in der Stadt und sie ging ohne die Kopfbedeckung weiter. Der Erpresser hatte den perfekten Zeitpunkt und Ort gewählt. Rechts entlang zog sich eine Häuserzeile, die an einem Stadtkanal endete. Sie bog nach links in eine Straße mit Kopfsteinpflaster ab, sodass der Kanal jetzt rechter Hand verlief. Die Bäume formten mit ihren Kronen ein Dach, als läge die Straße in einem Tunnel. Plötzlich hörte sie hinter sich das Klappern von Pferdehufen und das holpernde Geräusch einer Kutsche, die jetzt langsamer wurde. Als die Räder gleichauf abbremsten, öffnete sich die Tür und Isabella stieg sofort ein.

Genau wie beschrieben, dachte sie, und nahm Platz. Neben ihr auf dem Ledersitz saß eine schwarze Gestalt mit über den Kopf gezogener Kapuze. Obwohl in der Kutsche zwei Öllampen rechts und links flackerndes Licht abgaben, war das Gesicht nicht zu erkennen.

»Man nennt mich den Schwarzen Vogt«, stellte sich der Mann ohne weiteren Gruß vor und wartete auf die Wirkung seiner Worte. Die Kutsche fuhr wieder an.

Isabella gab sich betont gelassen. Sie hatte gelernt, auf Provokationen zunächst nicht zu reagieren. Sie wusste, dass ihre Zeit für eine Antwort kommen würde. Darum verhielt sie sich ebenso distanziert wie der unhöfliche Mann neben ihr.

»Ich kenne Euch nicht, aber Ihr bedroht mich mit dem Brief. Also, was wollt Ihr?«

Der Vogt verbreitete üblicherweise Angst und er war überrascht, wie abgeklärt sich Isabella präsentierte. Sie wartete nicht einmal eine Antwort ab.

»Wer immer Ihr seid, kommt mit Eurem Anliegen in mein Haus, in genau einer Woche, um diese Zeit, und …« Sie zögerte, damit die Worte gleichfalls wirken konnten. »Ohne diese Kapuze!« Im selben Moment zog sie die ihre über den Kopf, beugte sich vor und gab dem Kutscher die Anweisung zu halten. Sie stieg sofort aus und bevor die Tür zufiel, ermahnte sie den Mann nochmals.

»Solltet ihr dieses Zelt über Eurem Kopf vor meiner Haustür tragen, lasse ich nicht öffnen. Dann macht, was Ihr wollt.« Und als hätte sie nicht schon hoch genug gepokert, kehrte sie nach einigen Schritten wieder um. »Noch etwas! Erscheint als Kavalier mit Blumen und einem Geschenk, seid elegant gekleidet und dann sehen wir, ob ich öffnen lasse.«

»Tattaa!«, entfuhr es ihr ironisch als Signal an den Kutscher, dass er abfahren könne. Selbst mit dieser Geste behielt sie die Initiative. Den Vogt samt Kutsche ließ sie hinter sich und ging heim.

»Wenn dieser Mann nur ein Machtspiel will, wird er mich ohnehin verraten. Doch was könnte er vorhaben? Sollte es nur die Liebe sein, hätte ich eben einen weiteren Verehrer.« Sie nahm es strategisch. »Aber, wenn es doch etwas Interessantes wäre, wovon ich gern wüsste, warum nicht?« Neugier war ihre große Verbündete.

Trotz der Bedrohung spürte sie eine belebende Spannung. Langweilig wurde ihr Leben in Bremen jedenfalls nicht. Jetzt würde Sie prüfen, wie viel Macht sie über diesen Mann erlangen konnte. Mit dieser Herausforderung verschob Isabella einmal mehr ihre Grenzen weit nach vorne.

Der Tanz um das Feuer
und was passiert,
wenn niemand es löscht.

UNENTSCHIEDEN IST KEIN SIEG

Isabella wollte die Kontrolle, es ging ihr bereits um mehr, als nur eine Bedrohung abzuwenden. Diese Woche galt den Vorbereitungen. Sie richtete den Salon exquisit her, ließ den Bodendielen frischen Glanz geben, die feinen Teppiche glätten und die Kristalle im Kronleuchter polieren. Was es auch war, sie beachtete jedes Detail. Am Schluss versprühte sie etwas Duft über dem Gummibaum, der vor kurzem in Mode gekommenen Zimmerpflanze aus Indonesien. Sie war ein Geschenk eines reichen Verehrers.

Sie legte ein Seidenkleid zurecht und neueste Schuhe aus Paris. Die dunklen Haare färbte sie nach und achtete auf einen dezenten Schimmer. Kosmetik und Parfüm sollten ihre Erscheinung abrunden und alles Weitere würde sie ihrer weiblichen Intuition überlassen.

Ihr Kammerdiener erhielt die Anweisung, den angekündigten Besucher nicht einzulassen, sollte er eine Kapuze über dem Kopf tragen. Am Sonnabend bei Dämmerung läutete es. Er öffnete und wollte gerade die Tür wieder ins Schloss werfen, als ihn wie mit einer Keule der Satz traf: »Halt, wagt es nicht!«

Isabella hörte den Befehl hinter der Tür zum Salon und spürte, dass es ohne sie nicht weitergehen würde. Sie ahnte schon, dass er mit der Kapuze über dem Kopf vor dem Eingang stand.

Wie unkultiviert, dachte sie und fand es dennoch richtig, die Situation zu retten. »Willkommen, großer Unbekannter, tretet ein.« Und an den Diener gewandt: »Danke, Gustav!«

Ihr ungebetener Gast hatte sich mit Erpressung Zutritt in ihr Haus verschafft und sich in der Kutsche als Schwarzer Vogt bezeichnet. Isabella wusste also nicht, wen sie erwartete. Sie kannte nicht das Anliegen und nicht den Namen. Obwohl sie sich nicht gegen diese unhöfliche Aufdringlichkeit wehren konnte, spielte sie ihre Höflichkeit mit bewundernswerter Nonchalance. Wer Isabella kannte, hätte ihren unbedingten Willen spüren können, sich im eigenen Hause nichts diktieren zu lassen.

Bereits mit der ersten Geste zeigte sie ihrem Gast, dass sie die Kontrolle hatte. Der Schwarze Vogt überschritt die Schwelle und sofort bedeutete ihm Isabella mit einem energischen Handzeichen, er möge stehen bleiben. Überrascht hielt er inne und erst als sie ihn lange gemustert hatte, erlaubte sie ihm, sich zu nähern.

Ohne etwas zu sagen, stellte er eine Truhe ab, beugte sich hinunter und öffnete den Deckel, ohne dass Isabella den Inhalt sehen konnte. Mit einem Schwung stand er wieder auf, warf mit der einen Hand die Kapuze in den Nacken und präsentierte mit der anderen tatsächlich Blumen. Er überreichte sie etwas unbeholfen, griff erneut hinab und schenkte Isabella ein buntes Glasobjekt, ganz ähnlich den teuren Kreationen aus Murano in Italien. Dieses hier stammte jedoch aus einer der Glasmanufakturen in Gnarrenburg im Teufelsmoor, was Isabella sofort erkannte. Manchmal hatte Gerd ihr eines dieser nachgemachten Stücke mitgebracht. Das Glas sah zwar sehr schön aus, doch wegen der Einfachheit des Geschenkes musste sie lächeln, was wiederum der Vogt falsch deutete.

Isabella fühlte sich versöhnt. Eben hätte sie ihn fast fortgeschickt, weil er sich nicht an ihre Anweisung, gehalten hatte, doch nun wertete sie sein Verhalten als Vorteil für sich.

Ich habe letztlich erreicht, was ich wollte. Anscheinend kann auch ich etwas fordern!

Da der Diener fort war, bedeutete sie ihm, den Mantel auf dem Sofa abzulegen und ihr in den Salon zu folgen. Sie trug die Blumen und das Glas, der Vogt folgte ihr mit der Truhe.

»Ihr könnt das Gepäck draußen lassen.«

»Gnädigste, ich bin noch nicht fertig, habt Geduld.«

Abwarten hatte noch nie zu ihren Stärken gehört. So hatte sie aus Neugier bereits etwas von ihrer Konsequenz aufgegeben. Das Kräfteverhältnis verschob sich. Erst jetzt erlaubte es die Situation, dass sich beide richtig wahrnehmen konnten. Sie hatten auf zwei kleinen Sesseln Platz genommen, die schräg zueinander standen. Isabella wusste von Gerd, dass sie auf diese Weise den Anflug einer Konfrontation vermeiden konnte, denn die Positionen durften nie direkt gegenüberliegen. Geschickt spielte sie mit ihrer weiblichen Intuition, mit ihrer Klugheit und dem sicheren Gespür für die Schwächen ihres Gegenübers.

Das Tischchen schmückte eine Spitzendecke und zwei Weingläser standen bereit. Schwere Vorhänge verdunkelten die Fenster, im Kronleuchter und in einigen Wandhalterungen brannten Kerzen. Nichts deutete darauf hin, dass Isabella vor ihrem Erpresser saß. Sie überging erst einmal das Unangenehme dieser Begegnung. Mit ihren gekonnt unauffällig auffälligen Bewegungen signalisierte sie jedoch ihre Bereitschaft, in wirklich jede Richtung verhandeln zu wollen. Je mehr sie vortäuschte, eigene Positionen preiszugeben, umso mehr Kontrolle würde sie haben. Sie war überzeugt, seine Schwächen zu erkennen, sobald er etwas fordern würde.

Mit ihrer Erscheinung versuchte sie ihn zu verwirren. Die Eleganz der auf das Wesentliche reduzierten Kleidung trug dazu bei, denn gegen die Mode der Zeit ließ sie alle Verzierungen in Spitze oder mit Tüchern und kleinen Jäckchen weg. Nichts lenkte von der natürlichen Schönheit ihrer Figur ab, die sie geradezu provozierend mit dem Ziel einsetzte, den Vogt zu verunsichern. Die braunen Augen, umrahmt von ihren dunklen langen Haaren, schauten den ungebetenen Gast freundlich an. Wie zum Kontrast wurde sie nun abweisend konkret.

»Vom Schwarzen Vogt weiß die Stadt, dass er am Schlachte-Hafen lebt, nur wie er heißt und was er dort tut, blieb bisher unbekannt. Wie lautet denn nun Euer wirklicher Name?

»Ich bin Freiherr Jasper von Waldersfeen.«

Unbedacht entfuhr es Isabella: »Ist der Name echt?«

Der Vogt antwortete nach kurzem Zögern: »Ich dachte, Ihr seid bewandert in der Ahnenforschung? Das jedenfalls lässt sich an Eurem klangvollen Namen erkennen.« Wer genau hinhörte, erkannte die wahre Aussage in der diplomatischen Antwort und die hieß: Mein Name ist genauso falsch wie deiner!

Isabella biss sich auf die Lippen, was der »Freiherr« bemerkte und genoss. Er behielt die Kontrolle. Am liebsten hätte sie ihn vergiftet, um den Störenfried sofort loszuwerden, zumal sie immer noch nicht wusste, was er eigentlich von ihr wollte! Doch der Schwarze Vogt blieb zielstrebig, griff abermals in die Truhe und holte eine Papierrolle heraus. Er nahm sie schweigend in die Hand und lehnte sich zurück. Isabella wurde neugierig. Lässig saß er im Sessel. Sein schwarzer Anzug zeigte keine schillernden Knöpfe, aber der Schnitt gab dem Mann eine markante Statur.

Isabella erkannte die Maßarbeit, ebenso wie die der glänzenden Schuhe. Ein helles Hemd und ein locker sitzendes Halstuch rundeten das Bild ab. Die dunklen Haare fielen kaum auf, passten jedoch perfekt zum Gesamteindruck. Als Isabella bei der Begrüßung sein Gesicht sah, hätte sie nur zu gern vergessen, dass hier ein Feind in ihr Haus eingedrungen war. Die breiten Wangenknochen, der entschlossen wirkende Mund mit den gleichmäßigen Zähnen und dem breiten Kinn zeigten einen Mann, dem jeder Erfolg zuzutrauen war. Einschüchternd und wie eine Waffe signalisierten die tief liegenden dunklen Augen die Bereitschaft, jedes Ziel rücksichtslos durchzusetzen. Die markanten Augenbrauen verliefen nicht gleichmäßig und ihre zum Ende leicht nach oben gezogene Form ließ Intelligenz und Wachsamkeit erahnen. Alle Merkmale zusammen gaben Isabella das Gefühl, als sei sie ihm ausgeliefert. Kurz, sie fühlte sich überwältigt und ihre Kräfte verließen sie. Vieles erinnerte sie an den Roten Gerd, ihren großen Gönner.

»Was habt ihr da?« Sie zeigte auf das Papier in seiner Hand und versuchte, hinter der Frage Schutz zu suchen.

»Gnädigste, sollten wir auf den großen Moment nicht anstoßen? Wo bleibt der Wein?«

Über dieses schlechte Benehmen des unverschämten »Gastes« geriet Isabella in Zorn, den sie sich aber nicht anmerken ließ. Stattdessen schenkte sie elegant ein und kam ihm näher als erforderlich. Er bemerkte es und deutete ihre Freundlichkeit abermals falsch. Sie ging in die Offensive mit einer Direktheit, die dem Eindringling die Überheblichkeit sofort wieder nahm.

»Mein lieber Herr Jasper von irgendeinem Feen! Ihr seid direkt, aber Ihr sagt dennoch nichts. Wir verschwenden unsere Zeit.«

Sie deutete auf einen freien Platz an der Wand. »Ihr könnt dort Euer Papier aufhängen und mir Euren Plan erklären. Begeistert mich oder verschwindet wieder!«

»Dann machen wir es kurz, Ihr werdet fasziniert sein.«

Herr Jasper stand auf, rollte die Zeichnung aus und schob die obere Kante unter die Tapetenleiste. Rechts und links gaben die Kerzen an der Wand gutes Licht. Isabella trat heran, der Freiherr ebenfalls. Seiner etwas aufdringlichen Nähe entzog sie sich mit einer spielerischen Bewegung zwei Schritte zurück.

»Ich muss Euer Kunstwerk als Ganzes sehen.«

Er stand nun vor ihr und als der Freiherr mit einem Schritt zur Seite die Sicht freigab, war sie überrascht.

»Ohhh! Allmächtiger, etwas so Großes habe ich noch nie gesehen! Was ist das für eine Maschine?« Sie trat wieder näher heran und streifte in voller Absicht mit den offenen Haaren knapp das Gesicht des Mannes, der sofort nachsetzte. Aber Isabella suchte erneut Distanz, stand lächelnd im Raum und ihre ganze Erscheinung glich einem Versprechen an den Freiherrn, je nachdem, wie er sich benehmen würde.

Nur eine Fahrt in das Teufelsmoor trennte den Schmuggler von seinem neuen Leben. Aber wenige Worte, gesprochen in einer Villa in Bremen, ließen eine bisher unbekannte Gefahr Wirklichkeit werden.

EINE FRAGE DER MACHT

Das Interesse des »Gastes« galt mehr und mehr Isabella, darum präsentierte er sich nun charmanter.

»Das habt Ihr gut erkannt«, schmeichelte er. »Es ist eine Maschine, die, wenn sie arbeitet, praktisch Gold von selbst ausgräbt. Aber sie ist teuer, sehr teuer! Ich brauche Geldgeber und Ihr, meine Teuerste, habt über die Empfänge in Bremen unbegrenzten Zutritt zum alten Geldadel der Hanse. Das Vermögen ist vorhanden, ich will es und Ihr wollt es auch!« Er versuchte, auf gemeinsame Interessen zu zielen, und sie so für seinen Plan zu gewinnen.

Isabella dachte nach.

»Jasper.« Sie sprach ihn mit Vornamen an. »Überseht Ihr nicht etwas? Die Hanse gibt es seit 200 Jahren nicht mehr.«

»Aber der Geist lebt fort! Auf dem letzten Hansetag in Lübeck gehörte auch Bremen zu den wichtigen Städten, die weiter zusammenarbeiten wollten. Und das taten sie auch. Bis heute hat sich viel des einstigen Reichtums erhalten. Isabella, lasst Euch nichts vormachen. Glaubt mir, hier warten viele Nachfahren der erfolgreichen Hansekaufleute darauf, endlich wieder etwas Großes zu erschaffen. Ihr lockt sie auf die Bühne und gemeinsam bieten wir ihnen eine Vorstellung. Verkauft Beteiligungen und alle werden reich daraus hervorgehen. Na ja, wir jedenfalls ganz sicher! Bisher hat es nur niemand erkannt, aber das angeblich so arme Teufelsmoor ist eine Goldgrube und meine Maschine wird den Reichtum ausgraben! Wir erschaffen für uns das Monopol auf *Torfbrennstoff*«, wie der Vogt nach kurzem Zögern sein Produkt benannte. »Denkt darüber nach, dann ich komme wieder!«

Selten hatte sich der Vogt so gesprächig gezeigt. War es sein ernsthaftes Anliegen oder doch Isabellas Erscheinung, die ihn eine gewisse Unsicherheit hinter vielen Worten verstecken ließ?

Nach einer kurzen Pause fuhr er fort. »Und seid nicht so töricht wie Gerd, der sich wegen Kleinkram mit den Zöllnern anlegt und sich nun bei mir im Lagerhaus verstecken muss. Lächerlich, bei ihm geht es um ein bisschen Schmuggelware mit Torfkahnromantik. Er faselt von seiner Liebe zum Moor und ja, er ist auch reich. Aber das ist nichts gegen das, was uns mein Plan einbringen wird. Zu allem Überfluss provoziert Gerd die Zöllner, wo er nur kann. So eine Dummheit habe ich selten gesehen und der bunte Amtmann am Hafen ist ganz besessen von der Jagd auf ihn. Die werden sich noch gegenseitig umbringen.«

Isabella horchte auf. »Was für ein Gerd? Wilhelm Gerd?«

»Nein, der Rote Gerd wird er genannt, ich weiß nichts von anderen Namen.«

Isabella sah sich ihrem ursprünglichen Ziel plötzlich sehr nahe.

»Natürlich kenne ich die Geschichten um den Roten Gerd, jeder weiß von den Gerüchten. Diesen Schmuggler meint ihr also!«, sprach sie scheinheilig. »Also, mein lieber Herr Jasper, ich werde Euch bei den Plänen helfen und überzeuge die reichen Pfeffersäcke von Eurer Maschine, was immer die auch graben wird. Aber ich mache nur mit, wenn alle Gefahren beseitigt sind. Der Rote Gerd ist so eine Gefahr für Euch! Wenn er Eure Pläne kennt, wird er sie stören und es könnte Verwicklungen geben. Wozu das Risiko eingehen? Also, weg mit ihm!«, rief sie derart emotionsgeladen, dass der Vogt stutzig wurde. Aber es gefiel ihm!

Mit dieser Frau erobere ich das Teufelsmoor, beschloss er. Sie hatte ihn auf eine unbekannte Gefahr aufmerksam gemacht, aber das Problem mit Gerd hatte er noch nicht verstanden, trotzdem versprach er ihr: »Ich kümmere mich darum. Die beiden Streithähne werden auch ohne mich irgendwann aufeinandertreffen, dennoch werde ich bei passender Gelegenheit nachhelfen!«

Der weitere Abend verlief mit allgemeinen Floskeln. Isabella hielt den Freiherrn auf Distanz und gab doch durch ihr Verhalten jedes Versprechen. Sie behielt die Fäden in der Hand und dachte: Ich bin wieder im Spiel, die Figuren wurden getauscht, aber ich gewinne! Nur anders und besser als je zuvor. Davon war sie nun überzeugt.

Als sie zum Abschied aus dem Salon auf den Flur traten, fragte Isabella: »Nur aus Interesse, Herr Jasper, woher wusstet Ihr, dass Ihr mich erpressen konntet?«

Der Freiherr, der gleich wieder zum Vogt werden würde, antwortete knapp: »Ich war an diesem Abend auf dem Empfang, ich war es, der euch gerettet hat.«

Isabella versank im Boden. Durch die Aufregung damals hatte sie sich nicht an das Gesicht erinnern können.

»Ohhh«, entfuhr es ihr und sie schaute etwas verlegen zur Seite.

Die allzu förmliche Verabschiedung machte erneut deutlich, dass dieser erzwungene Besuch den Freiherrn noch längst nicht zum Gast gemacht hatte. Auch gab es keine Kompromisse für den Vogt. Er ging aus dem Haus im Mantel mit Kapuze. Keine Kutsche, nichts, er verschwand einfach in der Dunkelheit.

Gerd war von der Entwicklung abgehängt. In den letzten Wochen waren bedrohliche Wolken über ihm aufgezogen, doch er verdrängte die Gefahr. Als Moorbauer wäre er in Ruhe gelassen worden, als Schmuggler erschien er gefährlich und als Partner konnte er nichts mehr bieten. Sein Schicksal besiegelten die neuen Mächte, Isabella und der Schwarze Vogt! Amtmann Cornelius diente dabei lediglich als kleinlicher, in Vorschriften verliebter Erfüllungsgehilfe. Und so stimmte der Vogt Isabella zu. Der Sonderling Gerd musste jetzt zur Strecke gebracht werden, damit Ruhe einkehrte.

»Ich kann für meine Pläne keine Zöllner gebrauchen, die ständig im Moor auftauchen und nach ihm suchen. Daher werde ich dem bunten Amtmann einen Tipp geben!«

Zweifel können zur Krise führen oder der Antrieb für etwas Neues sein. Isabella entschied sich für das Letztere. Wenn Bedenken in den Gedanken entstehen, kann nur Nachdenken die Lösung sein.

DAS STRATEGIE-GENIE

Isabella konnte sich mit den Neuigkeiten des Abends nicht so recht anfreunden. Die Anspannung blieb erhalten, als sie zurück in den Salon ging und sich in einen der Sessel fallen ließ. Mit einem Glas Wein in der Hand schaute sie nachdenklich an die Wand, wo vorhin die Zeichnung der Maschine gehangen hatte.

Im Geiste sah sie sich vor dem Plan stehen und obwohl das Bild fehlte, inspirierte sie der Entwurf der Maschine. Sie fühlte sich geschmeichelt, dass der Vogt ihr größere Aufgaben zutraute. Aber es kehrte ebenso Ernüchterung ein, denn sie erkannte die Unstimmigkeit im Verhalten des Vogtes beziehungsweise des Freiherrn, je nachdem, wen er heute gespielt hatte.

»Der Schwarze Vogt geht nur mit Kapuze aus dem Haus und niemand weiß, wer er wirklich ist. Er soll der heimliche Herrscher des Hafens an der Schlachte sein, so jedenfalls wird überall erzählt.«

Nach dem langen Gespräch war Konzentration kaum noch möglich und doch weckte sie ein erneuter Geistesblitz wieder auf, den sie nur im Selbstgespräch verarbeiten konnte.

»Warum aber hat er sich mir offenbart? Bin nur ich es, die jetzt sein Gesicht in Verbindung mit der Figur des Schwarzen Vogtes kennt? Wahrscheinlich ja. Was macht ihn so sicher, dass ich nichts verraten werde?«

Sie starrte erneut auf die jetzt leere Wand und suchte nach einer Lösung für diese Frage.

»Dieser Mann muss unfassbar mächtig sein! Wer auf den großen Empfang im Rathaus eingeladen worden war, ist entweder ein bedeutender Gast von außerhalb Bremens oder selbst ein Mitglied der Bremer Stadtregierung.«

Diese Schlussfolgerung verursachte Gänsehaut und jetzt wurde ihr klar, dass sie wohl doch nichts unter Kontrolle hatte.

»Der Mann ist und bleibt brandgefährlich. Zuerst habe ich gedacht, Gerd sei meine Gefahr, doch nun bin ich dem Vogt ausgeliefert und ich Dummkopf habe zugestimmt, den Amtmann zur

Jagd auf Gerd anzustiften, dem einzigen Mann, der mich vielleicht hätte retten können. Himmel noch mal, ich mache einen Fehler nach dem anderen!«

Dabei schwang mehr Empathie für Gerd mit, als sie sich eingestehen wollte. Er war eben doch ihre erste große Liebe. Isabella saß wie versteinert im Sessel und spürte nicht mehr den Wein, den sie trank. Ihr wurde klar, dass sie wieder einmal nur reagieren konnte, anstatt selbst zu gestalten. Weiter kam sie heute nicht mehr, die Müdigkeit forderte die Nachtruhe ein.

Am nächsten Tag sah die Welt schon wieder heller aus und sie konnte klare Gedanken fassen.

Was hat mich bloß so schwermütig gemacht gestern Abend? Das Angebot des Vogtes ist eine neue und größere Gelegenheit für mich als alles jemals zuvor! Ich verstehe seine Maschine zwar nicht und außerdem ist sie aus Holz. Doch weshalb eigentlich aus diesem Material? Überall reden die Leute jetzt von den neuen Dampfmaschinen, die sogar Ozeanschiffe antreiben. Und er will mit Holz in die andere Richtung und das arme Teufelsmoor erobern? Dorthin, wo von der modernen Welt so gut wie nichts zu spüren ist? Entweder ist er dumm oder seine Idee ist brillant. Aber dumm ist er mit Sicherheit nicht!

In den folgenden Tagen hielt sie den Kontakt zum Vogt aus strategischen Gründen aufrecht und »der Freiherr« besuchte Isabella oft. Dann sprachen sie über die Pläne und es formte sich endlich eine genauere Vorstellung seiner Geschäftsidee heraus. Erneut musste sie viel lernen und dieses Mal arbeitete sie ernsthaft und zielstrebig. Einladungen zu Empfängen folgte sie vorerst nicht mehr, Verehrer wies sie ab und beschloss, sich ein zweites Mal neu zu erfinden. Gewiss, der Vogt bestimmte jetzt das weitere Vorgehen, es war schließlich sein Projekt.

Als Isabella erfuhr, dass ihr tatsächlich die wohl wichtigste Aufgabe bei der Realisierung der Planungen zufallen würde, war sie wie elektrisiert. Sie sollte die Investoren für den Bau der Maschine finden, Beteiligungen verkaufen und den Unternehmergeist der glorreichen Hanse wieder auferstehen lassen. Fachliches Wissen allein reichte hier nicht aus, sie brauchte die Fähigkeit, Menschen für etwas zu begeistern. Das war ihr bereits einmal gelungen, als sie am Hafen die Brockenweiber zu geschlossenem Handeln bewegt hatte.

Isabella war klar, dass sie sich anfangs bedingungslos dem Kommando des Vogtes ausliefern musste, wenn der Plan erfolgreich umgesetzt werden sollte.

»Je mehr Geld ich für das Projekt einsammele, desto mehr Einfluss werde ich ausüben können.« Davon war sie überzeugt.

Monate später wurden ihre Gefühle auf eine harte Probe gestellt. Das neue Leben erforderte Disziplin und sie musste sich eingestehen, dass Gerd mit der Forderung nach weiterer Ausbildung recht gehabt hatte. Seit dem Tag, an dem sie ihn unsanft aus dem Haus komplimentiert hatte, war er verschwunden. Nichts, keine Nachrichten von ihm, sondern nur die vielen Zeitungsartikel über einen verwegenen Schmuggler, der grausam, wild und mordend durch das Teufelsmoor zog und besiegt worden sei.

Nach dem ersten Schreck glaubte Isabella den Berichten nicht und ignorierte das Sensationsgeschrei.

Isabellas Einfluss reichte bereits bis in die Amtsstube der Königlichen Regierung, weil sie den Vogt zum Verrat gedrängt hatte.

AMTMANN CORNELIUS WILL ES WISSEN!

Vor lauter Aufregung kam Cornelius nicht zur Ruhe. »Heute Nacht fangen wir ihn!«, wiederholte der Amtmann immer wieder und wieder. Zur Ablenkung bearbeitete er Akten und als es plötzlich an der Tür klopfte, rief er verärgert: »JAAAA doch!«

Wer musste ihn gerade jetzt stören! Er ging die wenigen Schritte und öffnete selbst die Tür. Die Klinke noch in der Hand, sprang er mit einem Riesenschritt zurück, wodurch sich die Tür löste und erneut aus den Scharnieren brach. Sein erschrockener Blick fixierte die Gestalt im Türrahmen, die ihm ähnlich groß wie der Rote Gerd vorkam. War das der Schmuggler in Verkleidung? Jedenfalls sah Cornelius einen schwarzen Umhang, der wohl wegen des Regens leicht glänzte. Eine tief in das Gesicht gezogene Kapuze bedeckte den Kopf der Gestalt.

»Ich bin der Schwarze Vogt und komme geschäftlich, denn ich kann Euch etwas liefern, das Ihr mehr als alles andere begehrt. Im Gegenzug will ich eine Ausnahme von den Zollvorschriften. Ich erwarte, ohne Zollkontrollen mit meinen Bockschiffen durch diesen Hafen gelassen zu werden. Niemand darf uns aufhalten!«

Cornelius ließ sich von dem Ton des Vogtes provozieren und wurde puterrot im Gesicht.

»Waaas? Befehle gebe hier nur ich! Wie könnt Ihr es wagen?«

Mit der vollen Autorität seines Amtes glaubte er, den Vogt beeindrucken zu können. »Das ist ja unglaublich, selbstverständlich werden meine Männer alles kontrollieren! Was erlaubt Ihr Euch!« Cornelius war zutiefst aufgebracht und rang um Fassung. Abermals kam fremdes Ungemach in seine Zollstube und wollte ihm das Handeln diktieren.

Für eine Antwort brauchte der Vogt keine großen Gesten. Langsam hob er die rechte Hand wie eine Drohung, hielt dann inne und ignorierte die schroffen Worte. Als wollte er einem Kind etwas erklären, sprach er mit demonstrativ ruhiger Stimme.

»Ihr wünscht Euch nichts sehnlicher, als den Roten Gerd zu fangen! Ich weiß, was er vorhat. Ich kann ihn Euch liefern. Als Gegenleistung erwarte ich Euer Wort, dass meine Schiffe passieren können.

Entscheidet Euch schnell, ich muss wieder fort. Außerdem habe ich gehört, dass Ihr häufiger an meinem Lagerhaus gestanden haben sollt, um etwas zu kontrollieren. So haben es mir jedenfalls meine Leute berichtet. Das solltet Ihr lieber vergessen und nie wieder versuchen! Klar soweit? Verärgert mich niemals! So, was ist nun, wollt ihr den Roten Gerd haben oder nicht?«

Der Amtmann kalkulierte mit Vorteilen für sich. Er würde dem Vogt sein Wort geben, denn wer würde später schon nach ein paar Schiffen fragen, die versehentlich nicht kontrolliert wurden? Aber er, Cornelius, würde der geniale Stratege sein, der den Roten Gerd gefangen hatte.

Diese Heldentat steht mir zu, dachte er grimmig. »Gut, wann werden Eure Schiffe kommen?«

»Einige sind schon da und fahren bereits. Ich gebe Euch rechtzeitig Nachricht, wenn die großen Transporte beginnen. Es wird noch bis zum Frühjahr dauern. Aber Gerd will sich in dieser Nacht durch Euren Hafen schleichen und er hat Waffen dabei. Ihr fangt ihn jetzt oder nie, denn er verlässt Bremen für immer! Stellt ihn außerhalb, wo er den Kanal in Richtung Teufelsmoor verlassen muss ins überschwemmte Blockland. Das ist die beste Stelle, dort gibt es weder Zuflucht noch Schutz – und keine Zeugen.« Kaum zu Ende gesprochen, drehte sich der Schwarze Vogt um und verschwand. Zurück blieb die Gewissheit, dass der Rote Gerd tatsächlich heute kommen würde.

Na wunderbar, das hatte ich ja bereits vermutet! Mit diesem Gedanken klopfte sich der Beamte anerkennend auf die Schulter, während seine Männer dastanden, als hätten sie die Befehle direkt vom Vogt erhalten. Kleinlaut bereiteten sie sich auf den Einsatz vor. Es bildete sich eine unausgesprochene Allianz, über diesen Vorfall niemals zu sprechen. Jetzt würden sie aufbrechen, um am Ausgang des Kuhgrabens in Stellung zu gehen. Es war so weit: Gerd oder die Zöllner! Sie glaubten sich im Vorteil, aber …

Nicht immer findet sich die Zukunft weit voraus.
Der Blick des Vogtes hätte ihm eine Warnung sein können.

VERRAT OHNE GEWISSEN

Für den Roten Gerd sah es so aus, als ginge eine Epoche für ihn zu Ende. Er hatte bereits realisiert, dass er nur noch eine Fahrt mit unverzollten Waren durchführen durfte. Nach den Aufregungen der vergangenen Monate würde er niemals Ruhe finden, wenn er weitermachen sollte wie bisher. Jetzt hieß es, ankommen in seiner versteckten Moorkate und für lange, lange Zeit verborgen bleiben. Danach würde er weitersehen.

Er war zufrieden mit sich, wie er dem Amtmann in der Zollstelle den eingefrorenen Beamten vor die Füße geworfen hatte.

Irgendwann müssen die doch verstehen, dass es keinen Sinn hat, sich mit mir anzulegen!, dachte er noch, während er das Lagerhaus erreichte. Dort sah er die Frachtschiffe im Kanal, die ihn gestern im Hafen in Bedrängnis gebracht hatten. Die wuchtigen Schiffsbäuche lagen jetzt etwas tiefer im Wasser. Die Beladung musste bereits in der Nacht begonnen haben.

Er klopfte das bekannte Zeichen, der Vogt öffnete und ging wie immer wortlos voran. Gerd rief ihm noch zu, dass er heute Nacht fahren würde, auch bei Sturm.

Als kurze Zeit später der Tag anbrach, lag Gerd auf seinem Lager und suchte Schlaf für die kommende lange Nacht. Die letzte Tour saß ihm noch immer schwer in den Knochen, derart erfolglos war er noch nie gewesen. Alles umsonst! Ich bin genau wieder hier, wo ich abgelegt habe. Auch die großen Schiffe beunruhigten ihn mehr, als er zugeben wollte. Warum genau sind sie hier? Hat das etwas mit der Maschine zu tun? Worum geht es dabei eigentlich? Sieht so aus, als ob der Vogt in mein Revier kommt. Ich muss mehr herausfinden!

Über diese Gedanken schlief er fast den ganzen Tag. Danach überprüfte er Schiff und Ladung. Da der Transport nicht beendet worden war, befand sich noch immer alles an seiner Stelle. Er schaute zum Himmel, der zwischen den eng stehenden Lagerhäusern kaum zu erkennen war und sah dunkle Wolken, die der Westwind auftürmte. Selbst zwischen den Häusern wehte er schon kräftig.

Trotzdem muss ich aufbrechen! Der Sturm birgt zwar ein Risiko, aber ohne Unwetter wäre das Wagnis noch größer. Mit Rückblick auf seine bisherigen Fahrten war er sich sicher, dass bei dieser Witterung kein anderes Schiff draußen sein würde. Vorsichtshalber werde ich die Pistolen bereithalten, dachte er bei sich. Schließlich suchte man ihn wegen Mordes und weil er zusätzlich das verbissene Ziel des persönlichen Rachefeldzuges von Amtmann Cornelius war, ging es nun um Leben und Tod.

Soweit sich im Kahn noch etwas verstauen ließ, zurrte er weitere Kisten fest, durch deren Gewicht das Boot tiefer im Wasser lag. So gewann es mehr Stabilität bei heftigem Wind. Zu guter Letzt legte er noch den Spaten mit dem goldenen Griff dazu, um ihn im Moor zu versenken, so wie es der Vogt wünschte. Gerd blieb seinen Versprechen treu.

Er nahm das Bündel mit den Schriftstücken zur Hand, an denen er nächtelang gearbeitet hatte, und überprüfte die vielschichtige Verpackung aus ölgetränktem Papier. Gerade dieses Paket war ihm wichtig, denn Gerd behandelte es sorgfältig. Er befestigte es unter der Sitzbank am Mast und vergewisserte sich, dass seine Seemannsknoten gut hielten.

Bei der umgelegten Takelage fiel der Wechsel des Segels leicht. Er verwendete das kleinere, welches er sich für eine Fahrt im Sturm extra hatte anfertigen lassen. Es entwickelte etwas weniger Kraft und würde den Mast nicht brechen lassen, so hoffte Gerd jedenfalls.

Nur für den Fall, dass er doch ein Zollboot antreffen sollte, zog er sich den Mantel an, und zwar so, dass ihn nun jeder als den Roten Gerd erkennen konnte.

Kein Schiff ist so schnell, wie meines, dachte er und malte sich aus, wie die Verfolger ihn sehen würden, wenn er einfach vorüberfuhr. Gerd wollte aufrecht mit wehendem Mantel vor dem Mast stehen und die Hand mit dem schwarzen Handschuh drohend in die Höhe heben. Diese Idee gefiel ihm und er wünschte sich insgeheim, dass es so kommen möge. Die größte Provokation aber sollte der Moment sein, wenn er das Tuch theatralisch vom Mast abreißen und der daran angebrachte goldene Orden deutlich zu erkennen sein würde. Diese Vorstellung hatte er für Amtmann Cornelius reserviert, genau für den Moment, wenn sein Schiff auftauchen sollte. Der Konflikt war auf beiden Seiten längst persönlich geworden.

Gerade wollte Gerd den Vogt suchen gehen, um seine Abfahrt mitzuteilen, als er dessen Stimme weit hinter sich hörte.

»Gerd, warte. Ich bin hier!«

Erst zum dritten Mal hatte er den Schwarzen Vogt außerhalb des Hauses gesehen. Zuerst, als Gerd ihn befreit hatte, dann auf dem Weg zu Isabella und jetzt, als er aus Richtung des Findorff-Hafens heranschlenderte.

Wo kam er her? Weshalb sollte er jetzt im heraufziehenden Sturm den leeren Hafen aufgesucht haben? Dort ist doch um diese Zeit niemand mehr. Sonderbar! Sein wachsamer Instinkt machte ihn misstrauisch, doch er fand keine Erklärung. Dass ihn der Vogt verraten haben könnte, lag jenseits seiner Vorstellung von Ehre.

»Du willst aufbrechen?«, fragte der Vogt, als er Gerd erreicht hatte. »Dann wünsche ich gute Reise! Wie ich sehe, bist du bereit.« Der Vogt gab sich freundlich, wohl wissend, dass Gerd heute Nacht in die Falle tappen würde.

Freundliche Worte? Das sah dem Vogt doch gar nicht ähnlich! Gerd entschied sich, nicht zu antworten, bestieg seinen Kahn und legte ab, während der Verräter dem *Fliegenden Friedrich* noch lange hinterherschaute. Eine Geste, die der Vogt bisher nie gezeigt hatte.

Gerd stakte weiter, ohne sich umzudrehen. Er hätte es tun sollen, denn der Blick des Vogtes wäre ihm eine Warnung gewesen.

Tagebucheintrag:

Auf, zurück ins Teufelsmoor, meinem Königreich!
Ik bin de Rode Gerd!

Leider übersah er einige dunkle Vorzeichen.

IDEN* DES MÄRZ

Die Nacht senkte sich über die Stadt, als Gerd den Findorff-Hafen passierte. Der Wind frischte stetig auf, sodass selbst im geschützten Bereich kaum an eine ruhige Passage zu denken war. Zum ersten Mal sah er bei der Fahrt vorbei an der Zollstelle kein Licht und auch die Dienstschiffe fehlten am Anleger. Gerd freute sich spontan, alles richtig gemacht zu haben.

Die Exzellenzen, wie er sie in Gedanken verächtlich nannte, sind bei diesem Wetter zu ihren Familien geflüchtet.

War es sein Wunschdenken oder hatte er wirklich jede Vorsicht verloren? Die Zöllner waren mit einer Stunde Vorsprung durch den Kanal zum offenen, überschwemmten Blockland unterwegs.

Nur dort auf der freien Wasserfläche konnte das Schmugglerschiff von jeder Seite angegriffen werden. Gerd zog es mit Macht zu seiner Moorkate und trotz oder gerade wegen des Wetters glaubte er an eine Heimfahrt ohne Störung.

Die Sehnsucht nach seinem Zuhause blendete jede Vorsicht aus. Das Verhalten des Vogtes und der Anblick der verwaisten Zollstelle, an der nur das große Bockschiff lag, mit dem die Wachposten gerettet worden waren, hätten ihn alarmieren müssen. Jedoch sah sein Blick nur den Horizont, für die Gefahren am Wegesrand fehlte ihm in seiner Ungeduld das Gespür.

Er hatte keinen Zweifel daran, dass er erfolgreich sein würde. Die meisten Fahrten waren gelungen und jeden Kampf hatte er stets für sich entschieden. Niemand konnte ihm etwas anhaben. Der erwartete Triumph begann ihn zu berauschen! Diese positiven Momente waren es, wofür er als Schmuggler lebte.

Schon seit Jahren begeisterte er sich für Schriften mit Weisheiten über die Kunst der Staatsführung, die selbst in seinem Alltag im

* Die Iden bezeichnen im römischen Kalender die Monatsmitte und sind eine weit verbreitete Metapher für bevorstehendes Unheil; so wurde z.B. Julius Cäsar am 15. März 44 v. Chr. im Senat erstochen.

Moor galten, wie er meinte. Besonderes Interesse hatte er an den Berichten über den Umgang mit der Macht.

Der Italiener Niccolò Machiavelli, der mit seinem Werk »Der Fürst« vor langer Zeit einen Klassiker zu diesem Thema geschrieben hatte, inspirierte ihn in seinen Entscheidungen. Weshalb er jetzt einen wichtigen Grundsatz daraus außer Acht ließ: »Die größte Gefahr besteht im Gedanken an den Sieg, denn damit könnte ›Der Fürst‹ unaufmerksam und überraschend wieder angreifbar werden.«

Die Iden des März hatten die düsteren Vorzeichen seines Schicksals angekündigt, doch Gerd hatte sie nicht erkennen wollen. Stattdessen liebte er die Vorstellung, wie er seine Verfolger narren würde. Nun waren sie bereit für die Jagd, doch Gerd sah die Bedrohung nicht kommen.

ANNO 1861

In der Vergangenheit ruhen Ereignisse, die vielleicht ein Geheimnis bewahren. Wer sie entdeckt, könnte die Zukunft verändern.

NEUE ERKENNTNISSE

Am Tisch in der Moorkate beugten sich Birte und Jan über den Stapel der Berichte aus einer für sie fernen Welt. In den Dörfern gab es bereits Schulhäuser mit fest angestellten Lehrern. Jan war ein interessierter Schüler gewesen, der mit Theobald Siems auch nach dem Unterricht über das Leben und das Glück gesprochen hatte. Denn die Arbeit der Eltern im Torfstich war hart und dazu passten die Predigten in der Kirche über das Glück so gar nicht.

»Warum soll ich ein bestimmtes Schicksal ertragen, so wie es mir viele andere vorschreiben wollen? Daran kann ich doch etwas ändern, oder?« Jan war bereits als Schüler auf der Suche nach Antworten auf Fragen gewesen, die sonst selten jemand stellte.

Birte hatte keine Schule besucht, wie Jan sie kannte. Dennoch konnte sie lesen und schreiben. Einmal hatte sie im Dorf versucht zu erklären, warum sie vieles wusste oder ganz anders machte als üblich.

In ihrer Welt sei sie mit Wollgraselfen und anderen Sagengestalten zur Schule gegangen. Das hatte ihr natürlich niemand geglaubt. Sie wurde nur belustigt angesehen und die Sache abgetan mit den Worten: »Das Mädel hat Fantasie!« Deshalb fühlte sie sich manchmal unsicher, ob ihre Vergangenheit tatsächlich so verlaufen war, wie sie erinnerte.

Jan aber wollte die rätselhafte Geschichte verstehen, und nachdem sie ihm ihre Erinnerungen geschildert hatte, meinte er: »Irgendwann kommt die Zeit und du schreibst alles auf.«

Heute spürten die beiden wieder das Gefühl ihrer verschworenen Gemeinschaft, genau wie damals, als es mit ihren tierischen Freunden im Kampf gegen die riesige Maschine um die Zukunft des Teufelsmoores gegangen war.

Sollten diese Schriften etwas damit zu tun haben? War es immer noch nicht vorbei mit der Bedrohung? Das erste Blatt des Papierstapels lag nun säuberlich ausgebreitet vor ihnen. Im Schein der

Öllampe lasen beide das, was sie als unglaublich bezeichnet hatten. Als hätten die Zeilen die Stimme ihres Verfassers mitgebracht, stand dort wortwörtlich:

Ik bin de Rode Gerd!
Seit meiner Ankunft im Teufelsmoor anno 1841 führe ich ein Tagebuch. Dieser Stapel Papier ist daraus geworden in der Absicht, der Welt das Teufelsmoor zum Verständnis zu bringen. Heutzutage ist Wissenschaft all überall anzutreffen, nur hier tut sie ihre Aufgabe nicht und lässt die Menschen allein mit ihren seltsamen Wesen, den Riesen und Geistern. Niemand glaubt daran und schon wird das alles als Märchen abgetan. Was wirklich im Teufelsmoor geschah, habe ich auf diesen Blättern berichtet.

Diese Zeilen der Erklärung und mein beigefügtes Testament entstehen aus Vorsicht, denn ob ich selbst meine Arbeit vollenden kann, liegt nicht mehr in meinen Händen, sondern in denen des Amtmanns Cornelius sowie des Moorkommissars Erasmus Castell. Sie haben wohl die Jagd auf mich eröffnet. Ich schrieb diese Zeilen im Lagerhaus des Schwarzen Vogtes und meine Befürchtungen wachsen, dass die folgenden Ereignisse meinen Tod bedeuten könnten.

Wem auch immer diese Schriften in die Hände gelangen mögen, handelt als Ehrenleute und macht meine Berichte der Welt öffentlich!

Geschrieben zu Bremen im November 1855
Wilhelm Gerd zu Jagdfein alias De Rode Gerd

Also waren die Papiere mindestens sechs Jahre alt und für die lange Zeit im Wasser in einem erstaunlich guten Zustand. Birte und Jan mochten es kaum glauben. Vor ihnen lag der Beweis für die Existenz des großen Schmugglers. Immer nur hatte es geheißen »Den Roten Gerd gesehen«, »Gerd war da«, »Gerd hat geraubt« oder

»Das war bestimmt der Rote!« Wurde jemand befragt, blieben konkrete Angaben stets aus. Auf diesem Nährboden wuchsen die Gerüchte, die schließlich zu Legenden wurden. Wie sich nun zeigte, gab es einen wahren Kern. Sie schoben das Blatt zur Seite und eine wunderschön gestaltete Urkunde lag vor Ihnen:

Mein Testament
Ich, Wilhelm Gerd zu Jagdfein, Graf von Hessen Niedertannen, unerkannt lebend in den unwirtlichen Weiten des Teufelsmoores und kaum hoffend, dass mein Wille, den ich als meinen letzten bezeichne, ehrenhaft ausgeführt wird, verfüge ich dennoch hiermit in unbekannte Hände:

Was immer ich zu hinterlassen in der Lage sein mag, möge den Menschen im Ort Teufelsmoor zur Grundlage ihres Daseins dienen. Also nehmt mein Erbe, teilt und werdet glücklich. Was immer ihr damit zu tun geruht, es bleibt die Entscheidung eures freien Willens.

Im Bewusstsein, dass keine offizielle Macht eines Königreiches diesem letzten Willen eines Gesetzlosen Anerkenntnis gewähren würde, dafür jedoch alle Güter an sich risse, verfüge ich wie zuoberst beschrieben.

Wilhelm Gerd zu Jagdfein, Graf von Hessen Niedertannen
Verfasst zu Brem … Am … 1855 …

»Der letzte Wille eines Gesetzlosen ist niemals ein gültiges Testament, auch das Datum ist vom Wasser verwaschen«, meinte Birte. »Ich glaube, Gerd hoffte, dass jemand diese Urkunde findet und sich darum kümmert. Aber was sollte er hinterlassen haben und wo befindet sich das Erbe?«

»Vielleicht weiß ich es«, flüsterte Jan nachdenklich. »Wollen wir das nächste Blatt lesen?«

Es war, als hielte der berüchtigte Schmuggler eine Fackel in die Höhe, um die Schatten der Vergangenheit zu vertreiben.

ES WAR EINMAL IM TEUFELSMOOR

Jan schob die Urkunde mit dem kleinen Lederbeutel sorgfältig zur Seite. Dann nahm er das folgende Blatt und las den Text laut vor:

Ich, Wilhelm Gerd zu Jagdfein, Graf von Hessen Niedertannen, erkläre hiermit feierlich und mit aller Ehre, die mir selbst geblieben ist und die meinem wahren Dasein entspricht:

Als Abkömmling des Landgrafen Friedrich zu Hessen, Graf zu Katzenellenbogen, Dietz, Ziegenhayn und Nidda. In sechster Generation habe ich ein Leben wählen müssen, das meiner wahren Bestimmung, meinem Stand und meiner Absicht nicht gerecht wurde. Umstände zwangen mich, zu tun, was ich tat. Es wurde mir mitgegeben, dass ich niemals andere in Verantwortung stelle für das, was mein Ansinnen ist. Als Graf war mir stets bewusst, für diejenigen, die meiner anvertraut waren, das Beste zu wollen und für deren Schutz zu sorgen. Meine Ausbildung im Sinne und in der Pflicht meiner Vorfahren war das Erlernen von Sprachen, der Schriftkunde, der Schönheit der höfischen Künste, der militärischen Taktik sowie der Staatskunst allgemein.

In der Folge erfasste mich eine dunkle Zeit. Unschuldig wurde ich im Landgrafenschloss zu Wanfried gefangen, versperrt in einen Kerker und für etwas bestraft, das nicht mit meiner Ehre zu verantworten gewesen wäre, jenes zu tun. Einer Untat bezichtigt und verleumdet zu werden, ist an Niedertracht nicht zu überbieten. Immer noch sinne ich nach Rache, doch lohnt sie?

Es hat mich ins Teufelsmoor verschlagen. Ich konnte aus Festungshaft entweichen und folgte dem Ruf nach neuen Siedlern für das Teufelsmoor. Hier übte ich mich in der Kunst der Unauffälligkeit und gleichzeitig im Unberechenbaren für meine Geschäfte. Auch wenn ich als grausam, ungerecht und verrufen gelte, das Teufelsmoor wurde meine Zuflucht, und dieses in Schutz zu nehmen, ist meine Ehre. Dass die Menschen es nicht verstanden, ist nicht ihre Schuld, ich zürne ihnen nicht.

Ein Teil meiner Abstammung lag bereits in Worpswede. Mein Vorfahr, der Landgraf Friedrich zu Hessen, begann in Worpswede am Weyerberg mit der Erbauung eines Schlosses anno 1650. Die Grundmauern und eine Werkscheune habe ich als sein Andenken vorgefunden.

Niemals erwarte ich, dass mir Glauben geschenkt wird zu meinen Berichten. Wer sehen kann, wird sehen, wer nicht, wird lachen: Der Landgraf ist mir als Geist erschienen, ob im Traum oder in der wahrhaftigen Welt, vermag ich nicht genau zu sagen. Er legte Zeugnis darüber ab, dass er aus lauter Zorn nicht zur Ruhe der Toten finden könne, weil sein Schloss in Worpswede nicht fertig geworden sei, denn hier wollte er seine Bestimmung finden. Es fluchte der Landgraf Friedrich zu Hessen auf diesen Ort, denn hier könne er nichts erschaffen und müsse wohl abwarten, bis ein ferner Nachfahre seines Hauses die Mission erfüllt. Sein gräflicher Geist aber lebe für immer in Worpswede und nun sei er hier gefangen. Nur ein fertiges Schloss könne ihn befreien. In die Lande seien bereits 200 Jahre gezogen und nichts, rein gar nichts sei hier passiert. Er müsse wohl noch die Begegnung mit der Ewigkeit abwarten, bis er diesem Fluch entkommen könne.

Als Geist habe er sich oft gezeigt. Deshalb würde man ihn den Fliegenden Friedrich nennen. Wenn man ihn sehe, sei er halb durchsichtig wie ein durchscheinendes Fensterglas, das durch windbewegte Lüfte am Himmel zu schweben scheine. Vielleicht hätte Friedrich, der Fliegende, seinen Frieden mit Worpswede machen sollen – und sein Fluch wäre vorbei! Ich hatte es ihm vorgeschlagen, doch er wurde wütend.

Mein Testament verfüge ich zu ehrenhaften Händen. Und wer es erfüllt, soll Glück und Frieden mit sich und der Welt finden. Sollte ich Schätze hinterlassen, so mögen diese für die Menschen sein, denen ich nicht, so wie es meine fürstliche Pflicht gewesen wäre, habe helfen können. Ihr, ehrenwerter Finder, sollt als dieser Beauftragte meinen Willen erfüllen. Handelt so, als sei es der meine. Der Nachlass liegt versteckt und die Karte, die ich zeichne, weist den Weg. Meine schriftlich dargelegten Erfahrungen, die Rezept-Sammlung und die Berichte zu Worpswede und den

Fabelwesen sollen in kundige Hände zum Wohle derjenigen Menschen gelangen, die ich zu oft erschrecken musste.

Aber hier sei eine Warnung ausgesprochen: Als Roter Gerd habe ich ein selbstbestimmtes Leben geführt und magische Dinge erlebt, die es nur im Teufelsmoor gibt. So, wie diese unerklärlich und gut waren, seid dagegen wachsam vor den Kräften der dunklen Seite, die aus dem Moor über Euch kommen könnten. Also handelt ehrenhaft! Dann werdet Ihr aufgenommen in den werten Kreis derer, die nicht nur sich selbst gedenken.

Geschrieben in Bremen 1855
W'G – Wilhelm Gerd
R'G – Roter Gerd

Das nächste Blatt enthielt eine skizzierte Landkarte und Jan sah die Markierung darauf.

»Wenn der Rote Gerd diesen Ort meint«, Jan tippte auf die Zeichnung, »dann kenne ich die Stelle. Genau dort bin ich gewesen. In der alten Moorkate liegen jede Menge Kisten, Krüge und Ballen mit Stoff, oder was sonst noch drin ist. Ach ja, zwei Figuren mit Totenköpfen habe ich auch gesehen. Ob die Dinger Schatzräuber abschrecken sollen? Wir gehen jedenfalls hin und machen es so, wie Gerd es gewollt hätte.«

Birte nickte zustimmend.

Es wäre unmöglich gewesen, die vielen Blätter mit den Geschichten, Rezepten, Listen von Waren und Hinweisen für das Leben im Moor sofort durchzulesen. Deshalb hörten sie erst einmal auf.

»Jan, überleg mal! Dieser Mann behauptet, er sei geflohen und musste sich verstecken. Er stammte aus einem Fürstenhaus und lebte allein im Moor. Er muss doch der einsamste Mensch der Welt gewesen sein. Zurück konnte er offenbar nicht und wer hätte ihn hier im Moor verstanden? Du hast gelesen, in welchem Stil er geschrieben hat. Wenn er auch in dieser Art gesprochen haben sollte, blieb er bestimmt allein. Lass uns später weiterlesen, ich habe zwar viel verstanden, aber eine Frage sollten wir noch versuchen zu begreifen: Warum kam er hierher und weshalb ging er nie zurück, um die Ungerechtigkeit aufzuklären – vorausgesetzt es stimmt, was er hier berichtet?«

Birte wurde müde und so ließen sie es für heute dabei bewenden.

Mit der Schatzkarte in der Hand fanden Jan und mehrere Männer aus dem Dorf später die Moorkate wieder. Sie räumten das alte Warenlager aus und brauchten zwei Torfkähne für die gesamte Ladung. Als die tief im Wasser liegenden Boote den Ort erreichten, staunten die Dorfbewohner nicht schlecht. Sofort gingen die Meinungen weit auseinander, wie sie sich über den Reichtum einig werden sollten.

Jedenfalls waren die meisten von ihnen davon überzeugt, dass die Totenköpfe einen Fluch über das Dorf bringen würden und darum musste Jan sie zurückbringen.

Er machte sich einen Spaß daraus, die Figuren innen direkt hinter der Tür der Moorkate aufzubauen. Wer öffnete, würde vom Fluch des Schmugglers begrüßt.

ANNO 1861

Nach dem Kampf gegen den Roten Gerd kam Amtmann Cornelius auch Jahre später nicht zur Ruhe. Irgendwo musste der Schatz seines Gegners versteckt sein. Ein Dorf machte ihn misstrauisch.

EINER, DER VERWIRRT IST

Den Zollbeamten blieb auf ihren Kontrollfahrten nicht verborgen, dass im Dorf Teufelsmoor sichtbarer Wohlstand eingekehrt war. Die Häuser wurden schöner, die Menschen konnten sich in der Stadt neue Kleidung kaufen und im Torfstich sah man die Moorbauern seltener. Selbst die Torfkähne schienen zu glänzen, wie die Zöllner misstrauisch glaubten.

Amtmann Cornelius, nach sieben Jahren immer noch im Dienst, war seit der Jagd auf den Roten Gerd schnell gealtert. Er war von den Enttäuschungen gezeichnet, Isabella hatte ihr Übriges getan. Jedes noch so kleine Vorkommnis regte ihn fürchterlich auf. Verbissen, misstrauisch und übel gelaunt begegnete er seinen Mitmenschen.

Besonders im Anschluss an die Jagd auf den Roten Gerd hatte die Ungewissheit an ihm gezehrt, ob der Schmuggler sich nicht doch hatte retten können, um irgendwo ein feines Leben zu führen. Der Gedanke daran blieb unerträglich und die Sache mit dem Schwarzen Vogt versuchte er, vergeblich zu verdrängen. Aber das war eine andere Geschichte.

Das vielleicht reichste Dorf der Region war zum Ziel seiner pedantischen Ermittlungen geworden.

Mit rechten Dingen kann das hier nicht zugehen!, dachte er immer wieder. Ist der Rote Gerd etwa noch aktiv und hat sich mit diesem Ort verbündet? Immer und überall witterte Cornelius eine Verschwörung.

Aber so oft sie das Dorf auch durchsuchten, die Beamten konnten einfach nichts finden.

Ein jedes Mal trieb er seine Leute an mit den Worten: »Dass wir nichts sehen, heißt nicht, dass nichts da ist!«

Seine Männer schauten ihn fragend an. Etwas schlicht erklärte einer der Beamten: »Amtmann, hier ist nichts – und gut!«

Cornelius begann, an seinem Verstand zu zweifeln.

Bis jetzt, sechs Jahre nach der Jagd, hatte sich kein Beweis für den Verbleib des Roten Gerd gefunden. Darüber war der Amtmann fast verrückt geworden, oft sah man ihn wild gestikulierend am Mast seines Zollbootes stehen. Die übrigen Männer sahen sich das Schauspiel stets schweigend an, dachten sich ihren Teil und folgten kaum noch den immer wirrer werdenden Anweisungen des Amtmanns.

In all seinen Dienstjahren hielt Cornelius vergebens Ausschau nach dem Roten Gerd und es wurde die Legende erzählt vom ewig Suchenden, der sein Ziel nie erreichen konnte.

Wird heute ein einsamer Torfkahn in der Ferne gesehen, dann heißt es oft: »Kiek mol, dor is de koppdödelige Cornelius un de weet gor nix mehr. De Rode Gerd hett emm an'n Enn doch besiegt.«

Beweise sind eine tückische Angelegenheit.
Sie können vorhanden oder unsichtbar sein,
werden weder geglaubt noch verstanden.

BEWEISE SIND DIE BESSERE WAHRHEIT

Oft machten Birte und Jan die Nacht zum Tag, um sich mit den Nachrichten des Schmugglers zu beschäftigen und sie besser zu verstehen. Mit Kerzen und Lampenöl waren sie nun reichlich ausgestattet. Obwohl der Rote Gerd oder richtiger Wilhelm Gerd zu Jagdfein, Graf von Hessen Niedertannen aus dem Landgrafenschloss in Wanfried, seine Erlebnisse für die Moorbauern dokumentiert hatte, konnten sie in ihrer Zeit wenig damit anfangen. Vieles klang mystisch und romantisch, als sei es nicht von dieser Welt.

Jan fühlte sich an die Märchen der Kindheit erinnert. Einen praktischen Nutzen für ihr Leben konnte er in den Schriften nicht entdecken. Seine Aufmerksamkeit hatte bereits nachgelassen, als endlich ein Bericht auftauchte, der in großen Lettern überschrieben war mit der Frage: WARUM?

Die ersten Zeilen wurden sichtbar unter einer gezeichneten Burg und der Skizze eines Gemäldes. Es wirkte, als wollte sich der Schreiber in eine Ahnengalerie einreihen.

»Kaum zu glauben«, sagte Jan. »Birte, hattest du nicht neulich gefragt, warum er unschuldig verfolgt worden ist? Vielleicht finden wir hier die Antwort.«

Warum?
In unserem Fürstentum waren mein Bruder und ich selbst die Anwärter auf das Erbe unseres Hauses. Die Landgrafen zu Hessen regierten seit anno 1247. Als Erstgeborener war ich vorgesehen, das Vermächtnis anzutreten, wofür ich ausgebildet wurde. Unser Vater erkrankte schwer und als ich mich bereitmachen wollte, stürmten Wachen in mein Gemach und führten mich ab. In einem Prozess mit fingierten Beweisen wurde ich der Untreue angeklagt. Mein Bruder inszenierte ein vernichtendes Schauspiel gegen mich und in einem Kerker sollte ich wohl für immer vergessen werden. Ich konnte fliehen, aber wohin sollte ich gehen?

Warum ich mir das Teufelsmoor aussuchte, hatte ich bereits beschrieben. Damit ich nicht aufzuspüren war, durfte ich meine Identität nicht preisgeben. Lange Zeit sann ich auf Rache, bis ich meine neue Heimat lieben lernte und ein auskömmliches Leben führte. Ich hatte bereits mit einer Zukunft als Landgraf zu Hessen abgeschlossen. Aber wer weiß! Der Ausgang des Kampfes gegen Amtmann Cornelius ist ungewiss und falls ich triumphieren sollte, wird die Regierung mich bis an das Ende meiner Tage jagen. Ein Sieg wäre also kein Gewinn! Gefangen nehmen lasse ich mich niemals wieder. Ich denke darüber nach, unterzugehen, nicht zu sterben, dennoch gut weiterzuleben und nicht mehr gejagt zu werden.

Was bleibt, ist der falsche Landgraf, mein Bruder. Aber alles Weitere wird die Zukunft zeigen!

Und ein letztes Mal hatte er seine Unterschrift gesetzt:

Ik bin de Rode Gerd

Der Bericht beantwortete zwar die Frage nach den Gründen für die Flucht des Roten Gerd ins Teufelsmoor, doch ergaben die Informationen für Jan und Birte keinen praktischen Nutzen. Darum schoben sie jedes weitere Blatt schneller und schneller zur Seite.

Plötzlich fuhr Birte der Schreck in die Glieder. Schweigend saß sie neben Jan, der die Gefühle seiner Frau jedoch nicht bemerkte.

In einigen Schriften wurde sie erwähnt und jetzt, so meinte sie, wäre nicht der Zeitpunkt, mit Jan darüber zu reden. Die Papiere sollten besser aus dem Haus und damit aus dem Sinn befördert werden. Als Jan das letzte Blatt beiseitegeschoben hatte, lehnte sich Birte zurück und schaute ihren Mann lange nachdenklich an. Sie zögerte kurz und berichtete von ihrer Idee:

»Was sollen wir nun mit diesen Papieren machen? Die Nachrichten und Informationen mögen wertvoll sein, aber doch nicht für uns! Hier sind die Aufzeichnungen nicht sicher, wenn einmal Hochwasser kommt. Am besten bringen wir alles zum Pastor der Worpsweder Kirche. Dort sollen die Schriftstücke verwahrt werden.«

Jan war einverstanden.

Der Worpsweder Pastor hörte sich die Geschichte freundlich an, glaubte den beiden aber kein Wort. Trotzdem versprach er, die Schriften wegzuschließen. Im Laufe der folgenden Jahrzehnte gerieten die Aufzeichnungen des Roten Gerd in Vergessenheit. Weitere Dokumente stapelten sich darüber und der berühmte Schmuggler blieb, was er war – eine Legende!

Etwa 200 Jahre später, im Jahre 2041, findet vor der geplanten Renovierung der Worpsweder Kirche eine Aufräumaktion mit engagierten Bürgerinnen und Bürgern des Künstlerdorfes statt. Die fleißigen Helferinnen und Helfer sichten gerade alte Unterlagen aus dem Archiv, als eine Frau in die Menge ruft: »Schaut mal Leute, was ist das denn? Dieser Stapel Papier soll Schriftstücke des Roten Gerd enthalten! Erinnert ihr euch an die Erzählungen über ihn? So ein Quatsch! Diese Urkunden können doch niemals echt sein. Er soll als Pirat und Schmuggler unterwegs gewesen und mit seinem Schiff untergegangen sein!«

Ein Mann neben ihr schaut von seiner Arbeit auf, nimmt das Blatt in die Hand, um den Staub abzuschütteln, und schlägt vor: »Dann bringt das mal schön zu unserer Gemeinde, die können die Schriften in ein Museum legen. Wissenschaftlich kann das keinen Wert haben. Den Roten Gerd gab es nicht wirklich, das ist alles gefälscht.«

Wenn die freundlichen Helfer in der Zukunft die Sache doch nur ernst genommen hätten. Jedenfalls blieb der historische Wert der Schriftstücke zunächst unerkannt.

Nach jahrelangen Überprüfungen der Schriften wurden Übereinstimmungen mit den alten Sagen des Teufelsmoores festgestellt, die nicht mehr ignoriert werden konnten. Schließlich legten die Mitglieder der Arbeitsgruppe aus dem Ortsarchiv die ersten Beweise dem Bürgermeister vor. In seiner Amtsstube mit Blick auf den Weyerberg schaute er lange aus dem Fenster und sagte visionär: »An der Sache ist was dran. Aus den Geschichten werden wir etwas machen!«

Schließlich wurde eine Projektidee vorgestellt und nach den Diskussionen der Befürworter (Gerd hat existiert) und der Zweifler (alles nur Märchen) entschloss man sich zum Bau eines Museums für Mystische Realität. Lange Zeit war es schwer gewesen, über die geheimnisvolle Welt des Teufelsmoores zu sprechen. Wer etwas wusste, behielt es lieber für sich, um nicht ausgelacht zu werden. Doch jetzt fielen die Bedenken und es fügte sich ein umfassendes Bild wie aus den Teilen eines Puzzles. Die seriöse Archäologie konnte sich dem nicht länger verschließen und kam zu dem Ergebnis: Alles ist echt! Ein neuer Kultur- und Wissenschaftszweig zur Erforschung unerklärlicher Phänomene etablierte sich dauerhaft in Worpswede.

Die Schriftstücke des Roten Gerd hatten gut 200 Jahre geruht, bis sie endlich wissenschaftlich ausgewertet wurden. Jetzt verbreiteten sich die Nachrichten sekundenschnell um die Welt und Nachfahren von Auswanderern aus dem Königreich Hannover, die einst von Bremerhaven in die Neue Welt aufgebrochen waren, schickten seltene Fundstücke und Berichte aus den Nachlässen ihrer Familien. Bisher hatte sie niemand ernst genommen, doch die neue Entwicklung im Teufelsmoor änderte alles.

Während die Flut der Artefakte ständig zunahm, ging nach neun Jahren Planung und vielen Hindernissen, die sich eigentlich niemand erklären konnte, endlich das Museum an die Öffentlichkeit. Gerade zum Ende der Bauarbeiten hatte der Architekt etwas verwirrt über die Begegnung mit einem besonderen Phänomen berichtet. Ein Boulevardblatt bauschte die Geschichte auf und schrieb, dass ein Geist namens Fliegender Friedrich den Bau des Museums verhindern wollte, weil auch sein Schloss nicht fertig geworden sei. Natürlich glaubte das niemand!

Die Eröffnung am 1. April 2050 war ein Ereignis, das die altehrwürdige Geschichte Worpswedes fast überlagerte. Das positive Echo und die touristische Bedeutung ließen einige ewige Kritiker verstummen und niemand wollte sich erinnern, woher die Schwierigkeiten denn eigentlich gekommen waren. Am Ende wurde mit einem zwinkernden Auge erneut der Fliegende Friedrich verantwortlich gemacht.

Ein weiteres Mal avancierte der gute Ruf Worpswedes zum Weltereignis. Waren es bisher die Künstler allein gewesen, die diesen Ruhm begründet hatten, so kam nun die magische Ebene hinzu, die das Forschungsteam als Mystische Realität bezeichnete.

Das Museum erhielt archäologisches Material, wie Fußabdrücke von Riesen und Figuren kleiner Feen, die das Wollgras im Wind dirigierten. Weil die etablierte Wissenschaft diese Erkenntnisse nicht wahrhaben wollte, setzten sich neue Bezeichnungen durch, die auf weltweiten Kongressen Anerkennung fanden: Worpsweder Archäomystik und Archäomystisches Material.

Schließlich legte sich die Aufregung, das Museum zog mehr und mehr Besucher an. Ein Spaten mit einem goldenen Griff, eine Taschenuhr mit einer Inschrift und ein großer goldener Orden galten als ***die*** Glanzstücke der Ausstellung.

Anlässlich einer Führung durch das Museum gab es folgende Begebenheit: Die Museumsleiterin wurde von einem Zweifler gefragt: »Das ist doch alles nur Fantasie, oder? Sie haben die Geschichten und die Exponate doch frei erfunden?!«

Nach kurzem Innehalten antwortete sie jedoch in ernstem Ton: »Was Sie hier sehen, ist alles echt!« Und um ihren Worten mehr Bedeutung zu verleihen, zögerte sie nochmals, bevor sie kryptisch hinzufügte: »Wir in Worpswede haben die Kunst erfunden!« Der Sinn dieses Satzes blieb bei flüchtiger Betrachtung verborgen, man war schließlich im Museum für Mystische Realität. Auf der Taschenuhr leuchteten die Schriftzeichen kurz auf. Niemand bemerkte es.

Gerd wird im Bewusstsein der Menschen durch die Fehde mit Amtmann Cornelius endgültig zur Teufelsmoor-Legende.

ENTSCHEIDUNG AUF DER HAMME

Trotz der widrigen Umstände durch das Wetter, die Verfolgung und Isabellas Intrige freute sich Gerd über seinen Entschluss, nun für lange Zeit im Teufelsmoor zu bleiben. Hier gehörte er hin und würde sein Leben neu ordnen. Oder sollte er einer wagemutigen Alternative folgen, auf die er sich insgeheim für den Notfall vorbereitet hatte? Jedenfalls ließ ihn die Aussicht auf ein Ende der Verfolgungen, die Gefahren der vor ihm liegenden Fahrt vergessen. In Gedanken stellte er sich bereits seine warme Moorkate vor und Gerd dachte an bessere Zeiten, wenn das Frühjahr mit allen Schönheiten der Natur wiederkehren würde.

Eine kräftige Sturmbö mit Schlagregen brachte ihn zurück in die Wirklichkeit.

Das Wetter zerrte am Boot, es ließ sich nur mit Mühe durch den Torfkanal staken. Je näher er dem überschwemmten Blockland kam, desto schwerer wurde der Kampf mit dem Westwind, der den Kahn oft gegen das Ufer drückte. Wolken wechselten sich mit Abschnitten von freiem Himmel ab und silbernes Mondlicht brach sich im aufgewühlten Wasser. Zwei Segel in der Ferne, die sich schnell bewegten, ließen Gerd stutzen. Sofort war klar, dass diese Aktion nur ihm gelten konnte!

»Unmöglich, eigentlich unmöglich! Das kann doch kein Zufall sein. Bei dem Wetter fährt niemand raus, um in der Nacht sinnlos zu kreuzen. Woher wissen die, dass ich komme?« Gerd schrie die Worte wütend gegen den Wind.

Wie gut, dass er beim Bau seines Schiffes auf jedes Detail geachtet hatte. Niemand könnte schneller sein. Darum ging er aufs Ganze und zog kurz vor dem freien Wasser das Segel hoch. Selten zuvor hatte Gerd sein Boot so hart wie heute in den Wind gelegt. Jetzt noch umzukehren wäre unmöglich gewesen.

Bis er die beiden Schiffe erreichen würde, war noch etwas Zeit. Die Hand an Segel und Ruder zu halten genügte, denn der Torfkahn fuhr wie von selbst und nahm ihn mit, trug ihn seinem Schicksal entgegen. Plötzlich wurde Gerd klar: Nur einer kann mich verraten haben. Der Schwarze Vogt wird es bereuen, seine Pläne im Teufelsmoor kann er vergessen, ich werde ihn vernichten! Gerd schüttelte sich voller Wut bei dem Gedanken an diesen ehrlosen Verbrecher und schwor Rache.

Die Zollboote wirkten etwas hilflos, als sie hektisch versuchten, auf seinen Kurs einzulenken. Die Verfolger hatten Gerd, der zuvor mit eingezogenem Segel im Torfkanal unterwegs gewesen war, zu spät bemerkt. Als er nun in voller Fahrt auf die Wasserfläche hinausschoss, konnten die Jäger seinen Weg nicht mehr versperren. Damit begann eine Kette kleinerer Niederlagen für den Amtmann und seine Männer.

Da Gerd nicht manövrieren musste, zog er unbehelligt durch sie hindurch. Während er vorbeifuhr, erkannte er auf einem der Schiffe Amtmann Cornelius in seiner bunten Uniform. Beide Männer starrten sich wütend an und Gerd spürte, dass der Mann von seinen Rachegedanken geradezu besessen war.

Je mehr ich ihn provoziere, umso unbedachter wird er handeln, kam es Gerd intuitiv in den Sinn und er dachte wieder an seinen Plan. Hier geht es nicht um eine Zollkontrolle, dies wird ein Kampf auf Leben und Tod! Möge der Mond mein Zeuge sein!

Das Gewicht der Ladung, der Sturm und die gleichmäßige Richtung sorgten für die Stabilität seines Schiffes. Später änderte Gerd den Kurs auf Nordnordost in Richtung Hamme. Zu dieser Jahreszeit machte das überschwemmte Land die Schiffe unabhängig von den gewundenen Flussläufen. Die Fahrt ging rasant voran. Seine Jäger versuchten mitzuhalten, doch die Kontrollschiffchen, wie Gerd sie abfällig nannte, waren keine Rennmaschinen und taten sich mit der Geschwindigkeit schwer. Konnte er sich schon in Sicherheit wiegen?

Die Boote ließen das Blockland zügig hinter sich und segelten bereits auf der Hamme, die wegen der Überschwemmungen deutlich breiter war, als das normale Flussbett. Nur die Bäume rechts und links, die aus dem Hochwasser ragten, gaben Orientierung.

Sie passierten in voller Fahrt die Hütte mit der Zollstelle, die knapp über dem Wasser stand. Bereits hier hatte Gerd einen sicheren Vorsprung.

Sein Gefühl der Überlegenheit überkam ihn erneut und er stieß alle Bedenken beiseite, als er sich fragte: Wozu habe ich den Mantel, meinen Degen und die Pistole und weshalb habe ich den Orden an den Mast genagelt? Ich werde Cornelius zeigen, wem das Teufelsmoor gehört! Seine Wut wird mein Sieg werden!

Die Erfolge der Vergangenheit ließen ihn leichtsinnig werden.

»Sie werden mich nicht fangen, die nicht!«, brüllte er abermals.

Auch dieses Mal sollte er recht behalten, wenn auch anders als gedacht! Der Rote Gerd sollte nun endgültig zur Legende werden.

Ihn musste der Teufel der Schmuggler geritten haben. Gerade zogen Wolken vor den Mond und im schwachen Licht ließ Gerd das Segel fallen. Sein Torfkahn trieb vor dem Wind, wurde langsamer und die anschlagenden Wellen hoben etwas Wasser über die niedrige Bordwand. Gerd blieb still, während die Boote und Stimmen seiner Verfolger näherkamen. Ganz auf den flüchtenden Schmuggler fixiert starrte Cornelius auf das Wasser vor ihm und bemerkte das angehaltene Boot weit rechts von ihm nicht. Seine Schiffe zogen in schneller Fahrt vorbei.

Jetzt hätte Gerd entkommen können, doch das wäre nicht sein Spiel gewesen! Kein Zweifel, er wollte gewinnen und er wollte es ihnen zeigen! Er handelte, wie zuvor geplant. Das Segel schnellte hoch und jetzt verfolgte er die Zollboote. Die Rollen hatten gewechselt und Gerd war der Jäger. Das war seine Welt! Er, der Rote und gejagt werden? Lächerlich!

Plötzlich war er gleichauf mit dem Schiff des Amtmannes. Dieser drehte hektisch den Kopf hin und her und suchte in der Dunkelheit nach Gerd. Zunächst bemerkte er nichts in dem Schatten, der sein Boot verdunkelte. Dann sah er das Unmögliche! Das Schiff des Schmugglers schob in voller Fahrt eine schäumende Bugwelle vor sich her. Gerd hielt das Ruder in der Hand und stand mit dem linken Bein im Boot. Mit dem rechten stützte er sich auf der Bordwand ab, um besseren Halt zu haben. Seine Haare und der Mantel wehten im Wind und ließen ihn größer erscheinen, als er ohnehin war. Der Degen blitzte und die rechte Faust mit dem schwarzen Handschuh hielt er als Geste der Drohung in die Höhe. Aus der Bewegung heraus riss er das Tuch vom Mast und der nun aufblitzende goldene Orden versetzte Cornelius einen Stich in die Seele. Gerd hielt den Stoff wie eine Fahne im Sturm, blickte verächtlich zum Amtmann hinüber und umwickelte Mast und Plakette mit schnellem Griff. Cornelius sah seine goldene Auszeichnung nur für wenige Sekunden, doch die Wirkung auf ihn war enorm.

Wut berauschte den Königlichen Würdenträger. Blind vor Zorn gab er den Befehl, sofort auf den Roten Gerd zu schießen. Die Männer feuerten aus dem schwankenden Boot, aber nichts geschah. Der Schmuggler stand aufrecht am Ruder seines Schiffes und genoss den siegreichen Auftritt.

Wie in Zeitlupe vergingen die Sekunden, bis peitschende Pistolenschüsse anzeigten, dass der Kampf weiter ging. Zwei der Männer aus dem anderen Zollboot nahmen ebenfalls den Schmuggler ins Visier. Doch auch diese Kugeln trafen ihr Ziel nicht. Gerd verharrte ruhig und stolz in seiner Position.

Beide Gegner folgten einem anderen Antrieb. Cornelius ließ seinem Sinnen nach Rache freien Lauf und Gerd dem Gefühl der Überheblichkeit. Jeder Fehler aus diesem Verhalten sollte eine andere Wirkung zeigen.

Der Wind tobte unregelmäßig heftig. Wolken zogen am Mond vorbei. Licht und Dunkelheit wechselten sich ab. Eine Flussbiegung erforderte es, eine neue Richtung anzusteuern. Der Kampf wurde unterbrochen, alle bedienten die Ruder und Segel. Gerd, der inzwischen wieder vorausfuhr, sah darin eine Gelegenheit. Er wollte der Erste sein, der nun seinerseits schussbereit sein würde. Ganz darauf fixiert bemerkte er nicht, dass sein Kahn durch die Manöver erneut Wasser aufgenommen hatte. Dennoch folgte sein Schiff nach der Kurve einem stabilen Kurs. Gerd feuerte auf Cornelius und der Knall wurde durch den Sturm sonderbar verzerrt, gefolgt von einem Splittern des Mastes. Cornelius blieb unverletzt.

Der Treffer zerriss das Schot, wodurch die Mannschaft auf dem Zollboot nur mit Mühe die Kontrolle behalten konnte.

Doch auch Gerd verpasste den Moment des Handelns. Sein Torfkahn wurde bereits überspült, er verharrte regungslos und musste plötzlich realisiert haben, dass nichts mehr zu retten war. Erste Teile der Ladung trieben im Fluss. Eine starke Böe schlug in das Segel und zerriss die Halterung für den Stein, der im Hinabfallen die weiße Fahne mit den roten Initialen in die Höhe zog. Was einmal erfunden wurde, um seine Überlegenheit sichtbar zu machen, wurde nun zu einem Fanal für die Katastrophe.

Gerd stand ungläubig auf dem sinkenden Schiff. Eines der Zollboote jagte heran und die Männer zogen ihre Degen. Zum Nachladen der Pistolen war es zu stürmisch. Nur einer der Zöllner hatte noch eine Kugel im Lauf, doch plötzlich zögerte er beim Anblick seines Gegners. Bereits knietief im Wasser stehend, neigte sich das Boot jetzt zur Seite. Ohne jedes Anzeichen von Furcht blieb die schwarze Faust in die Höhe gereckt und als sei der Lärm des Sturmes vorbei, sang der Schmuggler ein schauriges Lied.

Beim Klang seiner Stimme vergaßen die Zöllner ihren Auftrag. Das beschädigte Boot mit Cornelius trieb heran und er brüllte seinen Befehl in den heulenden Wind, dass man doch endlich schießen möge. Nach kurzem Innehalten und als ob der Knall die letzten Klänge des Liedes beenden sollte, fiel der Schuss.

Fast gleichzeitig brach der Mast, Gerd ging über Bord und die Wellen ließen ihn abtreiben. Nur die schwarze Faust ragte sichtbar in die Höhe. Eine lange Minute dauerte es, bis die Zöllner das Bild aus den Augen verloren. Sie ließen die Segel fallen, suchten Schutz zwischen den Inseln der Holtstelle und vertäuten die Schiffe. Die aufgeregten Jäger versammelten sich am Ufer.

»Wir haben ihn, wir haben ihn«, freuten sich die Männer. Doch Cornelius war mit seinem Zorn nicht fertig. »Also, wo ist er denn nun?«, fuhr er seine Männer schroff an. »Wie lange konntet ihr die schwarze Faust sehen? Zu lange! Das war Absicht, die reine Provokation! Und was um alles in der Welt sollte der Unfug mit dem Lied? Ablenkung war das Ziel, wie bei einem billigen Zaubertrick! Aber ich habe aufgepasst, er ist vor dem Schuss gesprungen. Mich hält er nicht zum Narren!« Der Chef der Zöllner brüllte in den Sturm. So langsam glaubte er, verrückt zu werden. Es gab keinen, aber wirklich gar keinen Beweis für einen Sieg, obwohl alle den Roten Gerd hatten untergehen sehen.

Tagelange Nachforschungen, ob der Schmuggler irgendwo angetrieben worden war, blieben ebenso ohne Ergebnis wie die Suche nach seinem Schiff, dem *Fliegenden Friedrich*. Lediglich die eingesammelten Steckbriefe, die lose im Boot gelegen hatten, verteilte die Strömung im Fluss. Der Amtmann suchte den Schmuggler und fand ihn in Form des Bildnisses auf dem Wasser treibend. Darin sah er einen höhnisch grinsenden Feind, den er nicht besiegen konnte. Lange Zeit ging das so, bis es im Teufelsmoor hieß, der Oberkommandeur des Zolls habe einen wirren Blick.

Erasmus Castell gründete seinen Erfolg auf zwei klugen Standpunkten. Kleinigkeiten ignorierte er und unfähige Leute empfahl er in höhere Positionen. Amtmann Cornelius durchschaute das Manöver nicht.

EIN PHANTOM ODER DOCH NICHT?

Als das Frühjahr kam, hofften die Männer, der Fluss würde wenigstens irgendetwas von dem besiegten Schmuggler freigeben. Aber nichts geschah. Gerd und sein Schiff blieben verschollen. Cornelius ließ seine Beamten unentwegt suchen, aber nichts, rein gar nichts war zu finden. Als er später im Hafen Kreuzkuhle mit Erasmus Castell zusammentraf, wollte dieser von der Geschichte nichts mehr wissen. Der Moorkommissar befand, es sei besser, sich an höherer Stelle nicht mit Siegesmeldungen zu blamieren, für die jeder Beweis fehlte. So blieb der Bericht über seine erfolgreichen Heldentaten weiterhin ein Wunschtraum, was den Amtmann einmal mehr zutiefst verletzte.

»Ist es wahr, was ich gehört habe, Cornelius? Der Rote Gerd schmückt sich jetzt mit Eurem Orden? Meint Ihr wirklich, dass wir das nach Hannover melden sollten? Der spöttische Ton in Erasmus Castells Frage war nicht zu überhören und sorgte abermals dafür, dass der Amtmann von einem heftigen Zittern befallen wurde. Wortlos drehte er sich um und widmete sich wieder seiner weiterhin erfolglosen Suche im Moor.

Schon am nächsten Tag fand der Moorkommissar Castell unweit der Ziegelei im lehmigen Gelände einen großen Fußabdruck, besorgte sich Gips aus einer der Glasmanufakturen, nahm einen Abguss der Spur und ließ es dabei bewenden. Das Beweisstück bekam eine Archivnummer und es landete schließlich im Büroschrank. Castell schloss ab: den Fall, den Schrank und mit der Akte!

Als der Amtmann Cornelius nach einigen Wochen routinemäßig im Büro des Moorkommissars vorbeischaute, zeigte dieser ihm schweigend den Gipsabdruck, und es war unglaublich, was er damit auslöste. Lange besah sich der Amtmann die auffällige Signatur R'G im Stiefelabdruck, begann am ganzen Körper zu zittern und wies mit zerfahrener Geste darauf. Er konnte nur flüstern: »Das ist er doch! Wir müssen weiter ermitteln. Ich muss los, ich finde ihn. Ganz bestimmt!«

»Amtmaaaaan!« Castell versuchte, ihn zu beruhigen. »Vergessen Sie das doch endlich!«

»Nein, niemals!«, kam es trotzig zurück. »Denkt nach! Wie ist der Mann überhaupt hierher ins Teufelsmoor gekommen ohne jegliche Spur und Identität? Wir wissen es nicht! Obwohl unsere Bürokratie sonst jede Information hat. Ich sage Euch, der Untergang dieses Verbrechers war eine einzige Theatervorstellung. Wir hatten ihn bei der Jagd mehrfach verloren und dann ist er absichtlich vor unsere Schiffe gefahren! Er hätte uns besiegen können, aber ich glaube, er war zu schlau, das auch nur zu versuchen. Er wusste, dann würden wir ihn mit einer Armee jagen. In Sicherheit kann er für die Zukunft nur sein, wenn wir glauben, er sei tot. Ich bin sicher, der taucht noch einmal irgendwo auf und zieht die gleiche Masche ab. Ich hoffe nur nicht wieder hier!«

»Könnte, würde, glauben wir ...«, entgegnete der Kommissar fast gütig. »Eure Aufgabe war es, ihn zu jagen, und das habt Ihr erfolgreich abgeschlossen. Punkt! Ich bin sehr zufrieden mit Euch. Das werde ich auch so nach Hannover melden und Euch für höhere Aufgaben empfehlen.«

Der Amtmann hatte sich festgebissen in der Vorstellung, den Schmuggler vor aller Welt sichtbar besiegen zu wollen. Er begriff nicht das höhere Ziel, das der Kommissar verfolgte. Ihm ging es allein um die Botschaft der Aktion: Schmuggel lohnt sich nicht! Ohne dass Erasmus Castell etwas dazu beitragen musste, erledigten die Zeitungsberichte den Rest. Sie meldeten, dass der Rote Gerd auf der Hamme besiegt worden war und den Tod gefunden hatte.

Sollte Cornelius erneut eine Suchaktion starten, würden Zweifel am Tod des Schmugglers aufkommen und darum setzte sich Castell mit einem Machtwort durch: »Amtmann, die Akte bleibt geschlossen und versiegelt, ist das klar?« Der verbissene Jagdeifer des Amtmanns war längst zu einer Belastung der hiesigen Beamten geworden und nervlich war er für neue Aufgaben nicht zu gebrauchen.

Was mache ich nur mit ihm?, fragte sich der Moorkommissar schon lange. Er ist ein Emporkömmling aus der königlichen Familie, deshalb muss ich besonders vorsichtig sein. Als sein Vorgesetzter müsste ich ihn eigentlich von seinen Pflichten entbinden. Einfacher wird es sein, wenn ich ihn weglobe!

Noch zögerte er, aber dann blitzte eine Idee auf. Er trat an den Schreibtisch, nahm eine Akte in die Hand und sagte fast fürsorglich: »Lieber Cornelius, schauen wir einmal die Fakten an. Ihr selbst habt den Fall kleingeredet, weil Ihr nicht zugeben wolltet, dass Gerd die Urkunden mitgenommen und Euch den Orden gestohlen hat. Ja, es gab gewalttätige Auseinandersetzungen mit den Beamten am Torfschiffhafen und in der Zollstelle. Auch hat er einen Eurer Beamten besonders schlimm gequält und ihn nach der Jagd auf dem Eis vor Euren Füßen bewusstlos geschlagen. Meine Männer hat er auf dem zugefrorenen Blockland überlistet und sie einbrechen lassen. Ja, er war ein Schmuggler, da habt Ihr recht. Aber ist das etwas Besonderes? Den Zoll nicht zu entrichten, ist für die Moorbauern ein kleiner täglicher Nervenkitzel und unsere Regierung wäre gut beraten, das nicht so eng zu sehen. Dann die Überfälle, bei denen niemand zu Tode kam? Müssen wir uns darum wirklich kümmern? Ihr wisst doch, im Moor leben ein paar Raufbolde und besonders die neu angekommenen Siedler werden feindselig empfangen. Und, mischen wir uns da etwa ein?«

Er schaute auf die Akte und überlegte, wie es nun weitergehen sollte. Schließlich sprach er feierlich und um den Amtmann aufzubauen: »Hier habe ich eine neue große Aufgabe für Euch!« Cornelius konnte es kaum glauben. »Ihr müsst gut zuhören und aufpassen. Dieser Fall ist komplexer, als Ihr denkt und es ist eine Herausforderung für einen intelligenten Ermittler wie Euch.«

Keine Frage, dieser Satz gefiel Cornelius.

»Seid Ihr bereit, Cornelius?« Dieser nickte und Castell öffnete die Akte: »Der Fall ist als GEHEIM klassifiziert. Ihr könnt andere zu den

Ermittlungen hinzuziehen, doch den Grund dürft Ihr nie erklären, ist das klar?«

Der Amtmann nickte stumm.

»So etwas, wie dieses hier«, fuhr Erasmus Castell fort, »ist bisher noch nicht vorgekommen. Wahrscheinlich läuft da in Bremen ein Riesending. Die Ermittlungen gestalten sich schwierig. Bei einer Überprüfung der Zollstellen durch die Regierung ist herausgefunden worden, dass seit einigen Monaten viel Bauholz in Bremen an der Schlachte gelöscht wird. Das ist so weit nichts Besonderes, es wird ja ständig gebaut. Zusätzlich sind aber auch massenhaft sonderbare Eisenteile angekommen, deren Zweck unklar ist. Die Deklaration lautete: *Technische Erfindungen zur Weiterverarbeitung*. Was sollen wir damit anfangen?«

Der Amtmann schaute den Moorkommissar fragend an.

»Das ist nicht alles, Cornelius! Gleichzeitig wurden Unmengen an Zahnrädern, Werkzeugen und so viel Stoff angeliefert, wie man ihn in zehn Jahren weder in Bremen noch im Teufelsmoor braucht. Zur gleichen Zeit sind Spezialisten aus dem Ausland eingereist, was heutzutage durchaus üblich ist in diesen Zeiten neuer technischer Möglichkeiten.«

Cornelius traute sich zu, etwas einzuwenden: »Castell, was soll das? Wenn alles ganz normal ist, warum ist die Sache dann als GEHEIM eingestuft?«

»Die Frage ist doch: Wo bleibt das alles?«, erwiderte Erasmus Castell scharf. »Unzählige Schiffsladungen mit riesigen Mengen an Material werden an der Schlachte gelöscht und danach verliert sich ihre Spur. Keine Meldungen, kein Zoll, nichts. Als würde der Hafen alles verschlucken. Uns ist bisher nur aufgefallen, dass die Bremer Eichenfahrer mit ihren Bockschiffen häufiger ins Moor fahren als bisher. Gerade heute übrigens auch. In Euren Listen der Zolleinnahmen finden sich aber keinerlei Einträge. Sagt selbst, das ist doch sonderbar, oder?«

Cornelius stand stocksteif da. Mit voller Wucht traf ihn die Hitze aus der Hölle seines Gewissens. Er war es gewesen, der dem Vogt für den Verrat an Gerd freie Fahrt zugesagt hatte. Dass ihn sein Fehlverhalten so schnell einholen würde, hätte er nie gedacht. Immerhin schien Erasmus bisher keinen Verdacht geschöpft zu haben.

»In Hannover wüsste man gern, was im Teufelsmoor passiert. Aber die Sachlage wird noch komplizierter und ob ein Zusammenhang besteht, ist noch nicht klar. Darum sollt Ihr ermitteln. Da gibt es außerdem eine Frau, von der man nicht genau weiß, woher sie stammt, die aber in den Kreisen der Bremer Gesellschaft und des Senats als Finanzexpertin auftritt und viel Geld für ein Projekt einsammelt, über das keiner sprechen will. Die Dame heißt: Isabella de la Conté.«

Cornelius strauchelte. Seine verehrte Isabella stand unter Beobachtung?! Hatten sie schon etwas über ihn und seine Besuche bei ihr herausgefunden? Die Nerven des Amtmannes lagen abermals blank und er wurde blass.

»Geht es Euch gut?« Der Kommissar durchschaute ihn auch dieses Mal nicht. »Also Cornelius, wofür sammelt man große Summen, wenn es offiziell kein Projekt, kein Bauvorhaben gibt? Wofür kaufen die Menschen in Bremen Beteiligungen? Ich will, dass Ihr herausfindet, was da los ist? Hier sind Eure Anweisungen, geht an die Arbeit!«

Cornelius nahm die Akte entgegen und schritt aus dem Büro, als sei er auf der Flucht. Erasmus Castell schüttelte den Kopf und war froh, dass er ihn los war.

Und der Amtmann? Der ging schwer atmend an der frischen Luft auf und ab. Er wusste, hinter allem steckte der Schwarze Vogt. Er wusste, dass die Männer des Vogtes ihn niemals das Lagerhaus kontrollieren lassen würden, dafür hatte er es zu oft versucht. Ich werde eine Armee brauchen, um den Speicher auseinanderzunehmen. Er ahnte nicht, dass wenig später die Hölle über ihn hereinbrechen würde.

Plötzlich war der Hinweis da, den der
Amtmann so gern als Trophäe gehabt hätte.
Aber wann ist ein Beweis ein Beweis?

EIN WINK AUS DER VERGANGENHEIT

Jan und Birte hatten an einem Sonntag nach dem Besuch in der Worpsweder Kirche beschlossen, nach Hechten zu angeln. Trotz der aufziehenden dunklen Wolken suchten sie einen geeigneten Platz.

»Lass es uns dort versuchen, wo ich unseren Spaten im Wasser wiedergefunden habe«, sagte Jan.

Sie gingen den weiteren Weg schweigend nebeneinanderher. Alles war gesagt, alles war erzählt worden. Birte wusste, welche Erinnerungen an dieser Stelle auf Jan lasteten.

Immer wieder warf er die Angel aus und zog sie zurück.

»Die Welt ist so schön«, sagte er. »Das Licht glänzt auf dem Wasser durch die Wellen wie tausend Perlen. Das Wollgras wiegt sich am Ufer und die weißen Wattebäuschchen auf den Stängeln tanzen, als würden sie von einer Fee dirigiert.«

Der beginnende warme Regen war angenehm und auffrischender Wind kündigte ein Gewitter an. Beide genossen das Naturschauspiel der Wolken über der weiten Landschaft.

Plötzlich hatte etwas angebissen.

»Na endlich!«

Jan zog, bis die Angel fast abbrach. Birte musste mit all ihrer Kraft helfen, sie festzuhalten. Als wollten Blitz und Donner den Moment begleiten, zogen sie mit vereinten Kräften, um ihre Beute einzuholen. Jan war stutzig geworden, denn kein Fisch kämpfte mit der Angel. Dann erkannten sie ihren Fang: Das Gewicht am Haken war ein schwerer, schwarzer Handschuh.

Jetzt konnten sie sicher sein, den Beweis in Händen zu halten: Der Rote Gerd war damals wohl doch untergegangen. Durch das Studium seiner Schriften waren sie ihm nähergekommen als gedacht. Als einzige wussten sie alles über den Roten Gerd und konnten nachempfinden, dass er ganz anders war, als die Legenden erzählten. Doch nun ließ sich die unbestimmte Hoffnung nicht mehr halten, dass er entkommen sein könnte.

Als sie den ungewöhnlichen Fang genauer untersuchten, fiel Birte auf, dass bei dieser Art von Zuschnitten der Handschuh eine weitere Funktion hatte.

»Das könnte eine zusätzliche Tasche sein.«

Das mehrlagige Leder war erst vernäht und dann sauber aufgetrennt worden. Aber was war darin gewesen und wer hatte die Fäden zerschnitten?

Jan nahm Birte das Lederstück ab und untersuchte es ebenfalls. Tatsächlich, jemand hatte viel Mühe darauf verwendet, die Nähte sorgfältig zu öffnen.

»Das geschah mit Bedacht.« Er klappte die erste Lage auf und bemerkte runde Abdrücke im Leder. »Sieh mal, in diesem Handschuh waren Münzen eingenäht. Hier ...«

Jan schwieg und zog die obere Lederschicht so weit auf, bis eine intakte Naht die Bewegung hemmte. Nach der langen Zeit im Wasser rissen die Fäden wie von selbst. Dann hielt er eine goldene Münze in der Hand. Hinter den Wolken schaute die Sonne hervor und die Welt um sie herum wurde wieder heller.

Birte und Jan wechselten einen bedeutungsvollen Blick und dachten wohl das Gleiche. Wahrscheinlich wusste nur der Eigentümer des Handschuhs von den Münzen, nur er konnte es gewesen sein, der die Nähte aufgetrennt hatte! Sie sprachen es gleichzeitig aus:

»De Rode Gerd!«

ENDE

AUSBLICK AUF BAND 2: DER SCHWARZE VOGT

In der Fortsetzung »Der Schwarze Vogt« entführt uns die Teufelsmoor Saga in eine Welt aus Bedrohung, tiefer Freundschaft und dem Zauber, was Fantasie und Zusammenhalt erreichen können.

Niemand wollte den kleinen Helden des Teufelsmoores glauben, als sie vor der Maschine des Vogtes gewarnt hatten. Am Ende waren sie auf sich allein gestellt. Die Vorbereitung für den Bau dieser riesigen Konstruktion gab ihnen die Möglichkeit, mit Intelligenz und List eine ausgeklügelte Strategie zu entwickeln. Hilfe kam von unerwarteter Seite. Lange schon hatten einige der kleinen Tiere des Moores nach einer Lösung gesucht, ihre Welt zu retten. Erst jetzt, als alles verloren schien, kamen die richtigen Ideen.

Die Teufelsmoor Saga beschreibt in liebevoller Weise, wie verschiedene Fähigkeiten durch Begeisterung zu einer Kraft werden, die nicht nur das Teufelsmoor retten könnten. Schauen wir genau hin, entführen uns die Abenteuer bis in unsere Welt und befreien unsere Sinne von allem, was uns so oft im Wege steht. Aber die größten Abenteuer bleiben Liebe und Freundschaft.

Wir treffen alte Bekannte wie den Schwarzen Vogt, Isabella und Amtmann Cornelius, die geradezu schicksalhaft miteinander verbunden sind. Moorkommissar Erasmus Castell wusste mehr, als alle je ahnten.

Hätte es nicht die Wollgrasfee mit ihren Freunden, dem Moorfrosch Platon Platsch, der Schlange Mr. Hyde, dem Schmetterling Otti Ottchen und dem alten Storch gegeben, dann wäre das Teufelsmoor heute … aber lesen Sie selbst!

Mehr erfahren Sie in Band 2 der Teufelsmoor Saga:
Der Schwarze Vogt!

Über dieses Buch

Die Teufelsmoor Saga ist ein Heimat-Roman, der überlieferte Figuren aus Sagen und Geschichten der Region zu einer großen Geschichte vereint. Menschen, Tiere und Geistwesen agieren auf einer abenteuerlichen Bühne und erleben die Welt in einer Zeit, in der alte Tradition auf neue Technik trifft.

Der Spannungsbogen führt Charaktere, die trotz ihrer Verschiedenheit über sich hinauswachsen, zu Freundschaft, Liebe und Verständnis. Die Handlungsorte entsprechen mit Fantasie den Gegebenheiten um 1850. Die Spielstätten finden sich auf alten Karten und können selbst heute noch besucht werden.

Soweit historische Ereignisse eingeflossen sind, wurden diese dem Handlungsrahmen zeitlich wie räumlich angepasst. Ein wissenschaftlicher Anspruch besteht nicht. Charaktere und Handlungen sind überliefert oder frei erfunden. Ähnlichkeiten zur heutigen Zeit wären Zufall.

Interessantes um die Teufelsmoor Saga wie unser Making-Of und das Saga-Wiki finden Sie auf **www.worpswede-tipps.de**

Danksagungen

Bis zu den ersten Buchstaben der Teufelsmoor Saga war es langer Weg, der geebnet wurde durch Zuspruch, aktiver Hilfe, künstlerischem Können und historischem Wissen. Unser Dank gilt allen, die mitgewirkt haben auf unserer Reise der Fantasie.

Wir danken:

Karin Bison-Unger
Illustrationen - Charakterdarstellungen
www.karibudesign.de

Malschule Worpswede
Kunst und Malerei zur Saga
www.malschule-worpswede.de

Maren Arndt
Fotografie für Illustrationen
www.marenarndt.de

Heinz Kommerau
Torfkahnfahrten Worpswede
Themenfahrten zur Saga und Geschichten
www.worpswede-tipps.de/heinz_kommerau_torfkahnfahrten

Richard Henning
Findorffs Erben vom Kolbecksmoor e.V.
Torfkähne – Fotos – Schauspiel – Fahrten im Torfkahn zur Saga
»Moorheuler« - Musik
www.findorffserben.de

Matthias Mahnke
Darstellung Moorkommissar Erasmus Castell
Szenen-Fotografie – Geschichtswissen
www.moorperle.de

Matthias Mahnke
Torfkahnmuseum in der Museumsanlage Osterholz-Scharmbeck
Bilder – Geschichte – Szenen
Führungen Moorkommissar zur Saga
www.vogelmuseum-museumsanlage-ohz.de

De Düwelsmoorer e.V.
Heimatverein Teufelsmoor
Information – Fotos – Geschichten –
Museum Kleines Haus im Moor
Informationen zur Saga
www.worpswede-tipps.de/kleines_haus_im_moor

Jan Brünjes
Übersetzer in die plattdeutsche Sprache.
Echtes Teufelsmoorplatt, erlernt in einer Zeit,
als diese Sprachform Umgangssprache war.
www.worpswede-tipps.de/team

Bonschen Manufactur Worpswede
Süße Produkte zur Saga
www.worpsweder-bonschen-manufactur.de

Haus im Schluh
Inspiration
www.vogeler-worpswede.de

Jens Welsch
Fotografie
www.jens-welsch.de

Landbäckerei Kärgel Worpswede
Brote zur Saga: Torfschipperknust und Hüklüt-Brot
www.bäckerei-kärgel.de

Zum Hemberg Worpswede
Das Gasthaus zur Saga
www.zum-hemberg-worpswede.de

Kaffeerösterei de koffiemann Lilienthal
Segelkaffee & Abenteuer
Kaffee als Schmuggelware zur Zeit der Saga
www.de-koffiemann.de

Glasmuseum Gnarrenburg
www.worpswede-tipps.de/glasmuseum_gnarrenburg

Melissa Madadi
Szenendarstellungen der Hauptfiguren: Elsbetta – Isabella
www.worpswede-tipps.de/team

Schriftatelier Hoyer
Schriftzug/Logo Teufelsmoor Saga – Historische Schriftdarstellungen
www.callitype.de

Yvonne & Jürgen Geffers
Testlesungen – Handlungslogik – Figurendarstellung
Plotentwicklung im Workshop
www.worpswede-tipps.de/team

Wilhelm Gebhard
Bürgermeister Stadt Wanfried:
Thema historischer Hafen / Landgrafenschloss
Einbindung touristischer Ziele in die Handlung der Saga
www.wanfried.de

Stefanie und Andreas Garbade
Handlung – Figurendarstellung – Sprecher
www.worpswede-tipps.de/stefanie_garbade_trauerleben

Edition Falkenberg
Betreuung des Buchprojektes
www.edition-falkenberg.de

Danke für Ideen, Anregungen und aktive Beteiligungen
sowie Hilfestellungen für diesen und die Folgebände:
Andres Kottisch ePhilosAG
Peter Schneider M3B GmbH

Team Cityinitiative Bremen
Carolin Reuther

Entwicklung Teufelsmoor Saga-Merchandise für Bremen
und den ersten touristischen Organisationen der Großregion
Bremen – Hamburg – Cuxhaven – Hannover.
Hier werden Handlungsorte touristisch erlebbar.

Firoozeh und Michael Milbradt
Alle Informationen auf: www.teufelsmoorsaga.de